그 의견에는
동의합니다

1판 1쇄 인쇄 | 2018년 2월 27일
1판 1쇄 발행 | 2018년 3월 5일

KI신서 7347

그 의견에는 동의합니다

지은이 | 이준석 · 손아람
엮은이 | 강희진
펴낸이 | 김영곤
펴낸곳 | (주)북이십일 21세기북스

기획위원 | 신승철
출판영업팀 | 이경희 이은혜 권오권
출판마케팅팀 | 김홍선 최성환 배상현 신혜진 김선영 나은경
홍보기획팀 | 이혜연 최수아 김미임 박혜림 문소라 전효은 염진아 김선아
제휴팀 | 류승은
제작팀 | 이영민

교정교열 | 박선희
진행 · 디자인 | 놀이터
사진 | 함성주

출판등록 | 2000년 5월 6일 제406-2003-061호
주소 | (10881) 경기도 파주시 회동길 201(문발동)
대표전화 | 031-955-2100 **팩스** | 031-955-2151 **이메일** | book21@book21.co.kr
페이스북 | facebook.com/21cbooks **블로그** | b.book21.com
인스타그램 | instagram.com/21cbooks **홈페이지** | www.book21.com

보수와 진보의 새로운 아이콘,
좌우의 간극과 그 접점을 이야기하다

그 의견에는
동의합니다

이준석 · 손아람 지음
강희진 엮음

21세기북스

보수와 진보의 대화는 언제나 설레면서도 불완전한 결론을 낳는 한계성을 가지고 있습니다. 이런 익숙해진 다름 속에서도 끝없이 대화를 시도해 제 관점을 세상에 널리 퍼뜨리려는 시도는 상대의 주장을 이해하는 과정에서 부터 시작한다고 확신합니다.

2004년, 미국 사회가 이라크 전쟁에 대한 관점 차이로 진영 간 극심한 갈등을 겪을 때, 당시 일리노이주 상원의원이었던 오바마 전 대통령은 민주당 전당대회에서 이라크 전쟁에 대한 신랄한 비판을 기대하던 청중에게 다음과 같은 말을 던집니다.

"미국에는 이라크 전쟁에 찬성하는 애국자도 있고, 이라크 전쟁에 반대하는 애국자도 있습니다."

당원들끼리 파이팅하자는 취지로 연 전당대회에서 이런 말을 하는 것은 우리나라에서는 찾아보기 어려운 풍경이었고, 미국에서도 생소한 광경이었습니다. 그때 충격을 받은 미국인들은 연방 상원의원도 아닌 주 상원의원 오바마를 4년 후 미국의 대통령으로 만들어냅니다.

마찬가지로 이 책을 펼치는 독자들이 손아람과 이준석의 대화를 읽으면서 한국 정치의 흔한 프레임인 '선과 악 가르기'를 하기보다는 둘의 제언이 사회를 바꿀 수 있는 좋은 아이디어들인지를 판단해보셨으면 합니다. 또한 저희의 생각에 부족함이나 어리석음이 있다면 독자의 아이디어를 대화 속에 끼워 넣어 완성해보셨으면 합니다.

세상을 바꾸는 것은 이론가들의 머릿속에서 태동한 순수한 보수주의도 아니고, 순수한 진보주의도 아닐 것입니다. 제 정치 성향에 대한 질문을 받을 때 저는 저 자신을 보수적인 인물로 규정짓지만, 그건 보수와 진보 둘 중 하나로 구분하라는 요구를 받았을 때 하는 선택입니다. 우리 사회를 위한 답은 독선에 있지 않고, 더 나은 답을 찾기 위한 합리적 논쟁 속에 존재합니다.

사회를 바라보는 손아람 작가의 관점은 신선하면서도 때로는 딜레탕트의 분위기가 느껴질 정도로 이상적이라는 인상을 받았습니다. 어쩌면 어린 나이에 현실정치에서 여러 역할을 맡으며 이상과 현실을 조합하기 시작한 제 모습보다 당위성과 논리적 정합성에 의존하는 모습이 보여서 부럽기도 했고, 앞으로 저와 손아람 작가가 이 사회를 바꾸기 위해 노력하는 방식은 조금 다르겠다는 생각을 했습니다. 대화 속에서 제가 제시한 광의의 정치의 개념에 들어맞는 인물이 손아람 작가일 것입니다. 그가 용산참사를 모티프로 한 소설을 써서 철거촌 문제에 관해 분명한 목소리를 내고, 불합리한 대우를 받는 예술가들을 위해서 용감한 도전을 했던 것처럼, 앞으로 협의의 정치 영역에서 저를 비롯한 직업정치인들이 놓치거나 잊은 영역을 밝혀주길 염치없게도 부탁하고 기원합니다.

볶은 당근과 달걀부침과 다진 고기가 각각의 색과 질감을 유지하면서 밥

위에 얹혔을 때 우리는 그 비빔밥이 조화롭고 먹음직스럽다고 생각합니다.
한 가지 재료만 얹어놓거나, 재료는 다양하지만 믹서기로 갈아 대충 얹는다
면 우리는 맛있는 비빔밥을 기대하지 못할 것입니다. 손아람의 생각, 이준
석의 생각, 그리고 여러분의 생각이 가지런히 조화롭게 놓여 대한민국의 미
래에 대한 해법들이 나오면 좋겠습니다. 오바마의 말처럼, 방향만 다를 뿐
모두가 대한민국을 사랑하고 잘되기를 바랄 테니까요.

이준석(배움을 나누는 사람들 대표교사)

작가의 말;
인간은 만들어진다

이준석 대표는 매우 특수한 유형의 보수 정치인으로 꼽힙니다. 저에게는 결
코 특수한 사람으로 느껴지지 않습니다. 이준석 대표와 닮은 유형의 친구가
많기 때문입니다. 유소년기를 함께 보냈고, 취미와 관심사, 비슷한 가정 형
편까지를 공유했고, 우정과 지식을 깊이 나누었고, 오랜 시간이 지나 다시
만났을 때 서로 전혀 다른 세계관 위에 서 있다는 사실을 발견하게 되는 그
런 친구들. 그들 중 일부는 진보 정치를 맹렬하게 비난하다가도 제가 하는
일을 응원해주고, 저는 보수 정치를 맹렬하게 비난하다가도 그들이 곤란에
처하면 위로해줍니다. 우리 사이에는 대개 소주 한 병이 놓여 있지요. 헤어
질 때 기습적으로 오만 원짜리 지폐를 제 주머니에 넣어주는 친구도 있습
니다. "제발 밤에는 택시 좀 타라, 불쌍한 작가야!" 라면서.
　갈림길은 어디였을까? 우리 삶의 분기점에 작용한 필연적인 계기는 없
어보였습니다. 저들도 갈림길 근처에서 다른 상황과 다른 세계를 만났다면

내가 될 수 있었다. 자주 그런 생각을 합니다. 거기에 도달하면 아주 불편한 상상이 따라옵니다. 나도 갈림길 근처에서 다른 상황과 다른 세계를 만났다면 저들이 될 수 있었다.

새누리당 비상대책위원으로 정치 경력을 시작한 이준석 대표는 보수 정치의 불확실성 속에서 탄생한 정치인입니다. 자기 세계를 완성한 채로 보수 정당의 초대를 받지 않았습니다. 저는 그 불확실성이 그의 세계관을 결정지었다고 판단합니다. 그의 언어에서 보수가 추구해야 할 당위적 가치와 진보적 사고방식이 섞여 있다는 것을 느낄 수 있었습니다. 제 세계관 역시 불확실성 위에 구축되었습니다. 저는 이준석 대표가 갑작스레 정치에 입문했던 나이에 확신 없이 작가의 길로 뛰어들었고, 내가 바라보는 세계를 설명하기 위한 언어를 개발하는 과정에서 조금씩 세계관을 형성했습니다. 작가는 완성된 세계관 속에서 언어를 뽑아내지 않습니다. 저는 작가가 선택하는 언어가 그가 도달할 수 있는 세계의 범위를 결정한다고 믿습니다. 비트겐슈타인의 표현을 빌리자면, '내 언어의 끝이 내 세계의 끝'이죠. 그 불확실한 젊은 날에, 저는 인간적 최소한을 해결하지 못하는 부조리한 상황에 놓인 사람들을 만났고, 이준석 대표는 타고난 가능성을 낭비하고 있는 경직된 사회의 재능들을 만났을 것입니다. 거기가 우리의 갈림길인 듯합니다. 그가 나로 살게 됐을 가능성만큼이나 내가 그로 살게 됐을 가능성을 얼마든지 상상해볼 수 있습니다. 아마 다음 세대에서 반복될 정치적 과정이 아닐까 합니다.

이 긴 대화가 논쟁이었는지는 모르겠습니다. 저는 이준석 대표를 꺾고 설득하거나 그에게 꺾여 설득당할 거라는 기대는 하지 않았고, 이준석 대표 역시 그와 비슷한 시도는 하지 않았습니다. 서로의 생각을 탐색하고 그 기원을 추측해볼 수 있어 좋았습니다. 어쩌면 독자보다 서로에게 흥미진진한

경험이었는지도 모르겠습니다. 우리는 마주앉아서 세계를 어떻게 만들어

가야 하는가를 주로 이야기했지만, 제가 도달한 결론은 이렇습니다. 인간은

만들어진다.

손아람(작가)

차례

보수와
진보의
DNA

나는
욕망에
투표한다

최근 보수와 진보의 신세대 아이콘으로 평가받고 있는 '배움을 나누는 사람들' 이준석 대표, 그리고 《소수의견》 《디 마이너스》의 손아람 작가와 함께 현재 한국사회가 당면한 여러 문제들을 젊은 세대의 시각으로 얘기해보고자 이 자리를 마련했습니다. 두 분 반갑습니다.

손아람 안녕하십니까?

이준석 반갑습니다.

우선 보수와 진보에 대한 개념부터 규정하고 대담을 진행하는 게 좋을 것 같습니다. 사전적 의미로 보수주의는 급격한 변화를 피하고 현재의 체제를 유지하려는 사상이나 태도를 말합니다. 반면에 진보주의는 전통적 가치나 정책, 체제 등에 대항하면서 그 틀 자체를 허물고 새로운 가치나 정책의 창조를 주장하는 사상 또는 태도를 말하죠. 따라서 두 분이 보수주의자 혹은 진보주의자의 입장을 견지한다는 전제 하에 대담을 진행하도록 하겠습니다.

우리 사회에 지금처럼 진보와 보수의 가치를 되짚어봐야 할 시기는 일찍이 없었던 것 같습니다. 한국사회를 운동장으로 표현한다면 한국은 진보가 뛰어다니기 힘든 운동장이었습니다. 그래서 진보는 오랜 세월 자괴감에 빠졌었고, 패배의식에 젖어 있기도 했습니다. 그런데 최근 1, 2년 사이 전혀 다른 세상이 펼쳐졌습니다. 오히려 보수가 위기에 처해 존재 기반이 흔들리고 있죠. 저희가 두 분을 모시고 진보와 보수, 보수와 진보의 미래를 기획한 것은 이러한 오늘의 한국 현실과 무관치 않습니다. 더구나 이러한 새로운 흐름을 주도한 세력이 청년들이기에 두 분의 만남과 토론이 더 의미 있을 듯합니다.

인지언어학자 조지 레이코프는 《도덕, 정치를 말하다: 보수와 진보를 가르는 핵심 가치는 무엇인가?》에서 진보와 보수를 가정에 비유하면서 보수주의자를 엄한 아버지의 도덕으로, 진보주의자를 자애로운 어머니의 도덕으로 정의했습니다. 다소 거친 면이 없지 않지만 나름 재미있는 표현이죠. 아울러 좀 애매하기는 하지만 보수의 상징이랄 수 있는 통치자 박정희, 전두환 전 대통령과 진보의 김대중, 노무현 전 대통령 등을 생각한다면 레이코프의 비유는 적절하다는 생각도 듭니다. 서로 다른 도덕적 가치를 가지고 있으니 전자는 규율과 강인, 후자는 필요와 도움이 강조될 수밖에 없겠죠. 우리가 레이코프의 주장을 받아들인다면 한국사회는 규율이나 강인보다는 필요와 도움의 가치가 중요한 사회로 이동하고 있는 것 같습니다. 먼저 그동안 부드러운 보수를 주장해온 이준석 대표님이 2018년 한국 보수의 모습을 얘기해주시면 좋겠습니다.

이준석 그동안 보수가 집권했을 때 경제는 당연히 괜찮고, 교육도 나름 예측이 가능하고 공정하다는 믿음이 있었으며, 안보도 든든하다는 이미지가 있었습니다. 그런데 이런 믿음과 이미지가 이명박 정권이 들어서면서 깨지기 시작했습니다. 경제적인 관점에서 보수를 돌이켜보면 박정희 정권은 성장기, 전두환 정권은 안정기로, '경제라면 보수'라는 믿음을 각인시켜 국민의 신뢰를 다졌습니다. 이명박 정권은 그런 보수의 신뢰를 바탕으로 출발한 정권이었죠. 철저하게 보수정권의 후광으로 집권할 수 있었습니다. 하지만 성장론을 내세워 출발한 정권이 이렇다 할 성과를 내지 못했어요. 또 중요한 것은 진보정권이라고 하는 김대중 노무현 정권도 양극화 문제 해결을 중요한 정책으로 추진했지만 어떠한 해결책도 제시하지 못했고 오히려 심화시켰죠. 어쨌든 저는 이 점이 보수의 실패에 아주 중요한 문제였다고 생각합니다.

구호로 사람의 마음을 움직이는 데는 한계가 있습니다. 사람들의 마음을 오래 사로잡을 수 있는 방법은 경제적인 제반 문제를 해결해주는 겁니다. 정치 혹은 정치인은 그런 문제에 대한 해법, 구체적인 해결방법을 제시해야죠. 이명박 정권은 아쉽게도 경제정책에 실패했습니다. 박근혜 정권은 이명박 정권과 성격은 좀 달랐지만 역시 이명박 정권의 실패를 만회하지 못했고요. 또한 박근혜 정권은 대선에서 약속한 경제민주화를 실현시키려는 의지가 부족했습니다. 교육정책에서는 교육의 공정성이나 믿음을 강화하기보다는 불신을 키웠어요. 그 결과 교육감 자리를 진보에게 빼앗겼죠. 그나마 남은 것이 안보가 아닌가 싶습니다. 그러니까 보수의 기둥이 경제, 교육, 안보인데 안보 하나만 남은 셈이에요. 큰 범주에서 보수 정치인이라고 할 수 있는 저는 솔직히 자괴감이 많이 듭니다. 그리고 앞으로 보수는 예전에 국민들에게 주었던 경제보수, 교육보수, 안보보수라는 믿음을 다시 회복하는 일이 중요하다고 봅니다.

손아람 저는 좀 다르게 생각합니다. 사실 김대중 노무현 정권은 민주정권으로서 집권했지만 경제적인 측면에서 보자면 신자유주의 정권입니다. 두 정권은 경제적으로 보자면 개발독재 정권과 같은 성장담론에 기반하고 있었어요. 사실 거기에 더 어울리는 정권은 진보 혹은 민주정권이 아니라 보수정권입니다. 그런데 김대중 노무현 정권은 자신들이 보수보다 잘 할 수 없는 경제정책을 펼친 겁니다. 물론 그럴 수밖에 없는 사정이 있었죠. IMF라는 국가 위기가 있었고, 그것을 계기로 거부하기 힘든 신자유주의의 파고가 밀려들었습니다. 그것은 노무현 정권에서도 지속됐습니다. 당연히 그 끝은 CEO 출신에 정통 성장론자인 이명박 정권의 차례가 오는 것이었죠.

제가 이명박을 찍은 사람들에게 듣는 말이 있습니다. 나는 대통령에 투표하지 않고 내 욕망에 투표했다. 그 욕망이 무엇이겠습니까? 서울 사람들에게는 아파트와 안정적인 직장, 그런 것들 아니겠습니까? 실제 한국이 고도성장을 할 때 사람들은 자신의 욕망을 충족하면서 살았어요. 그런데 이제 성장을 통해 욕망을 충족할 수 있는 시대는 끝났습니다. 저는 국민들이 이명박 박근혜 정권을 통해 더 이상 국가 경제성장을 통한 자기 욕망의 충족은 가능하지 않다는 사실을 깨달았을 거라고 생각합니다. 이명박 박근혜 정권이 시대적인 요구로 출현한 것처럼 문재인 정권도 시대의 요구로 태어났습니다. 성장으로 국민의 욕망을 충족시킬 수 있다는 생각을 버려야 한다는 얘기죠. 그런데 현재까지 지켜본 바로는 나쁘지 않습니다. 문재인 정권은 성장의 청사진을 제시하기보다는 분배를 기준으로 한 경제정책들을 보여주고 있어요.

작가님은 현재의 문재인 정권을 진보라고 보시나요? 이에 대한 의견과 함께 2018년 진보의 현주소에 관해 정리해주시면 감사하겠습니다.

손아람 저는 문재인 대통령이 대선을 치르는 과정을 지켜보면서 깊은 우려를 했습니다. 당시 정치 경제 현안에 대해 뭐 하나 진보의 선명성을 보여주지 못했거든요. 저런 자세로 정권을 잡아 무슨 일을 하겠나 싶었습니다. 솔직히 큰 기대를 하지 않았어요. 그런데 막상 집권 후 대통령의 행보는 크게 보아 진보적인 방향으로 가닥을 잡은 것 같습니다. 아직 뭐라고 단정할 수는 없지만, 현재로서는 대통령이 시대정신을 정확히 읽고 있다고 생각합니다. 가령 비정규직 문제에 관해 전향적인 생각을 가지고 그 문제를 해결하려는 노력을 하고 있죠. 다만 문재인 정권이 지속가능한 진보의 가치를 실현할지는 의문입니다. 먼저 현재 문재인 정권의 지지자 중에는 보수에서 이탈해 유입된 사람이 많습니다. 정당이나 정권은 결국 자기 지지층의 중간값에 따라 끌려가기 쉽습니다. 그들의 요구를 다 수용해야 하는 어려움이 있을 겁니다.

이준석 저는 성장을 얘기했고, 손아람 씨는 분배를 얘기했습니다. 이게 보수와 진보의 차이가 아닌가 생각합니다. 저는 진보가 분배를 위해 시장 개입을 해야 하고 규제를 강화해야 한다고 주장하는 걸 보면, 진보는 본래 인간은 악하다는 생각에 기초해 논리를 펼치는 것 같아요. 악하고 이기적인 존재인 인간의 욕망을 정부가 규제해야 한다는 것이죠. 저는 오히려 공정한 경쟁을 바탕으로 인간에게 최대한 자유의 가치를 줄 때 진보와 보수를 떠나 행복한 세계가 펼쳐질 수 있다고 봅니다.

손아람 저는 생각이 좀 달라요. 인간이 가장 자유롭기 위해 이 문명을 발전시켜 왔나요? 저는 그렇지 않다고 봅니다. 다시 말해 자유가 인간의 궁극적인 목적, 혹은 절대선은 아니라는 겁니다. 모든 것이 자유로운 상태에서 인간의 삶은 어떻게 되겠습니까? 가장 큰 자유를 가진 사람이 모든 사람의 자유를 침해할 수밖에 없죠. 이것을 경제적인 측면에서 번역하면 많이 가진 사람들이 적게 가진 사람들의 욕망을 침해하는 겁니다. 규제가 없는 상태에서는 많이 가진 사람들이 적게 가진 사람들을 이길 수밖에 없어요. 양쪽이 경제적으로 정치적으로 불평등한 상황이라면 공정한 경쟁이 성립될 수가 없습니다. 좀 더 구체적으로 말해봅시다. 재벌이 가치와 돈을 독점한 상태에서 다수의 사람들이 원하는 자유가 실현될 수 있을까요?

이준석 좋습니다. 방송이나 다른 자리에서 해보지 못한 자유로운 토론이 기대되네요. 오늘은 제대로 된 진보와 보수에 대한 토론을 해보죠.

역사적으로 보면 보수와 진보는 고정된 개념도 아닙니다. 시대마다 보수와 진보의 개념이 다르고, 또한 두 개념 사이에 경계도 분명하지 않습니다. 한동안 진보의 전유물로 생각했던 가치를 보수가 받아들여 자기 가치화하고, 반대의 경우도 종종 있었죠. 어쨌든 우리는 훗날 한국사의 한 장을 장식할 격동의 시기를 살고 있습니다. 두 분은 그 격동의 시기의 중심에 있으니 오늘 토론 혹은 논쟁도 격동적으로 이끌어주시기 바랍니다(웃음).

나로 성장하기 위한
헤드퍼스트
슬라이딩

본격적인 토론으로 들어가기 전에 두 분의 성장 배경이 궁금합니다. 사실 두 분은 서로 전혀 상반된 이념으로 세계관을 확립해 자기 삶의 기준으로 삼았습니다. 인간은 자신을 둘러싼 환경에 영향을 받을 수밖에 없는 존재라, 두 분의 지난 삶을 이해하는 것은 두 분을 이해하는 지름길일 겁니다. 먼저 두 분은 어디에서 태어났습니까? 그리고 태어나기 전과 후의 가정환경에 대해서도 말씀해주시죠.

이준석 저는 서울 성수동의 한 빌라에서 태어났고, 몇 달 지나 부모님이 상계동으로 집을 옮기셨습니다. 그곳은 서울 외각이죠. 그래서 아버지한테 상계동으로 간 이유를 물었더니, 당시 서울역 인근의 회사를 다녔는데 지하철이 닿고 가장 싼 집을 찾아 상계동에 정착했답니다. 이

역사적으로 보면 보수와 진보는 고정된 개념도 아닙니다.

시대마다 보수와 진보의 개념이 다르고,

또한 두 개념 사이에 경계도 분명하지 않습니다.

번에 선거 때문에 예전에 살았던 노원역 앞 반지하 오성빌라를 찾아가봤는데 느낌이 남다르더군요. 저희 부모님은 대구에서 중산층의 꿈을 안고 서울로 올라오셨어요. 당신들의 꿈은 상계동의 허름한 빌라에서 시작됐죠.

유승민 대표와 이준석 대표의 아버님이 친구 사이라고 알고 있는데요.

이준석 네. 제 아버지는 유승민 대표와 고등학교와 대학교 동기동창입니다. 아버지는 서울대 경제학과를 나와 금융회사와 증권사 직원으로 평생을 살아오셨어요. 할아버지가 말단 공무원이라 아버지는 공부를 더 할 수 없었고, 학부를 졸업하고 가정을 꾸려야 했죠. 그리고 50대 중반에 조기퇴직을 하셨습니다.

손아람 저는 서울의 영동세브란스에서 태어났습니다. 아버지가 의사로 그곳에서 일을 했거든요. 초등학교는 여의도에서 다녔고요.

아버님이 의사 선생님이시군요.

손아람 네. 저희 집안은 전라도에서 서울로 올라왔고, 일가친척들이 전부 여의도에 모여 살았습니다. 제가 1988년 여의도초등학교에 들어갔는데, 누구 아빠는 정치인, 누구 아빠는 CEO, 누구 아빠는 증권사 대표

이사, 다 그렇더군요. 옆 반에는 노태우 대통령 손자가 다닌다고 들었습니다. 친구들 집에 가보면 아파트가 80평, 음식점을 해도 엄청나게 큰 중식당을 하고 그랬어요. 목욕탕을 해도 아주 크게 했고요. 저희 집이 제일 허름했습니다. 제가 중학교 들어갈 때까지는 의사를 아빠로 둔 가난한 집 아들이었죠. 저는 의사가 특별한 직업이 아니라 그냥 청진기를 든 사무직이라고 생각했어요. 그때 저는 왜 우리 아빠는 중식당이나 목욕탕을 하지 않고 의사를 했을까, 그런 생각을 많이 했습니다. 주변 환경 때문에 그랬던 것 같아요. 그리고 저는 초등학교 시절엔 그다지 눈에 띄지 않는 아이였어요. 당시 초등학교 분위기 때문이기도 했겠지만, 아버지의 직업과 재산에 따라 아이들의 서열이 정해지고 무리의 우두머리 혹은 졸병이 되기도 했죠. 정확히 말하면 아이들이 아주 영악했어요. 심지어 아이들의 성격까지도 아버지의 재력이나 지위에 영향을 받았지요.

아, 그 정도였나요?

손아람 그랬죠. 부자들이 사는 동네라 아이들이 영어, 수학 선행학습을 많이 했어요. 그런데 저희 부모님은 그런 데 별로 관심이 없었어요. 그러다 보니 저는 초등학교 시절 교과서를 들여다본 적이 없었고, 공부에 별로 관심이 없었어요. 당연히 성적이 좋지 않았고, 그런 사실 때문에 스스로 정신적으로 지체된 사람이라고 생각했습니다. 친구들 만점 받을 때 저는 20점, 30점 받고 그랬으니까요. 여러 모로 특별할 게 없었고, 스스로도 특별한 존재라고 생각해본 적이 없었어요. 지금 돌이켜보면 여의도 살았을 때만큼 주변에 부자가 많았던 적은 없었던 것 같아요. 1980년대 후반이었죠. 그렇게 어린 시절을 보냈고, 부모님은 서울의 중산층 가정처럼 넓은 아파트를 찾아 군포의 산본 신도시로 이사를 갔습니다.

이준석 저는 지금 사는 상계동 아파트 앞 온곡초등학교를 다녔습니다. 그런데 아버지 직장이 여의도로 옮겨가는 바람에 목동으로 이사를 갔고, 그곳에서 월촌중학교를 다녔죠. 당시에는 한 학년에 17반까지 있었어요. 친구들은 대부분 아파트에 살아 학생들 사이에 위화감은 없었습니다. 서로 비슷한 환경이라 아버지 직업이나 직위를 누구 앞에서 자랑할 일이 없었던 거죠. 그러다보니 남들보다 돋보이려면 공부로 자기를 보여주는 방법밖에 없었어요. 그 때문에 무한경쟁이 펼쳐졌습니다. 700명이 등수를 다퉜으니 살벌했죠. 목동에서 중·고등학교를 보낸 사람들의 운명이었던 것 같아요.

아, 그랬군요.

이준석 그런데 서울과학고에 입학했더니 전혀 다른 세상이 전개되더군요. 중학교가 죽기 살기로 싸우는 액션영화라면 과학고는 미장센을 즐기는 예술영화였습니다. 모두들 뛰어나게 공부를 잘하는 친구들이라 등수를 올리는 것이 불가능에 가까웠죠. 또 당시 서울과학고 학생들은 사실상 카이스트에 자동 입학이 되기 때문에 굳이 경쟁을 할 필요가 없었습니다. 일반고에 간 친구들이 살인적인 입시경쟁을 할 때, 저는 비교적 유유자적 학교를 다녔어요. 과학고에서만 이런 경험을 한 게 아니라 하버드에서도 비슷한 경험을 했습니다. 집단 구성원이 너무 우수하면 등수가 의미 없어집니다.

하여간 저는 무한경쟁의 초등학교와 중학교, 경쟁이 큰 의미가 없는 고등학교와 대학교, 양분된 교육을 경험했습니다. 경쟁이 없는 과학고 생활은 제 삶의 활력소였어요. 저는 공부에서 어느 정도 해방되어 학생회 활동을 할 수 있었습니다. 아무리 경쟁이 무의미하다고 해도 과학고생들의 기본적인 관심사는 공부지 학생회 활동이 아닙니다. 솔직히 말해 학생회 조직은 유명무실했죠. 하지만 저는 학생회를 통해 아주 특별한 경험을 하게 됐습니다.

좋습니다. 학교 다닐 때 인상 깊었던 일들도 소개해주시죠.

이준석 저희 과학고는 정부 지원을 받는 공립학교였는데 시설이 별로 좋지 않았어요. 제가 2001년에 학교를 다녔는데 1997년 빌 게이츠가 방문했을 때 사주고 간 컴퓨터를 사용했어요. 오래된 컴퓨터라 못 쓸 지경이었죠. 과학고는 정부가 투자를 많이 해 좋은 학교가 아니라 수재들이 모여 있어 좋은 학교였던 겁니다. 어쨌든 낡은 컴퓨터 문제를 해결해보려고 머리를 굴리던 중 2002년 부산아시안게임이 걸려들었어요. 그 행사의 공식 후원업체가 삼성전자였거든요. 제가 삼성전자 홍보팀에 전화를 걸어, 행사 끝나고 나면 사용하던 컴퓨터를 서울과학고에 보내 달라고 부탁했습니다.

고등학생 신분으로 그런 부탁을 했다는 건가요?

이준석 네, 그랬죠. 그런데 회사에서 학교로 확인 전화를 했어요. 그런 사실이 있냐고. 그 일 때문에 학교에서 제가 욕을 엄청 먹었어요. 우리가 거지냐? 그런 구걸을 하고 다니게! 그런데 결과적으로 학교는 삼성전자로부터 2천만 원 상당의 컴퓨터를 받았습니다. 저한테는 아주 신선한 경험이었죠. 내가 무엇을 시도하면 세상을 바꿀 수도 있구나! 한 사람의 노력도 세상을 변화시킬 힘이 되는구나! 공부만 하던 제가 사회에 눈을 뜨게 된 겁니다. 하버드 갈 때 에세이에 그 내용을 썼어요. 하버드에서는 그 점을 아주 높이 평가해주었습니다. 솔직히 말하면 제 SAT 1(미국 수학능력시험) 성적은 하버드에 입학한 친구들에 비해 좀 부족했거든요. 한국 대학은 모든 것을 점수로 결정하고 0.1점 차이로도 당락이 결정되잖아요. 하버드는 성적만으로 학생을 뽑지 않고 장래에 리더로서 성장할 가능성을 가진 사람을 선호해요. 수시로 학생을 뽑고, 합격한 사람들에 한해 입학원서 평가 열람이 가능

합니다. 입학사정관들의 평가를 볼 기회가 있었죠. 교수님들이 제가 쓴 에세이를 아주 높게 평가했다는 사실을 그때 알았습니다. 그런 일들 때문인지 저는 하버드를 다닐 때와 그 이후에 세상 혹은 제 주변을 변화시키려는 노력을 하게 되었고, 실제로 변하는 경험을 하게 되었죠.

아, 흥미롭네요. 하버드는 학비가 많이 들지 않나요?

이준석 당시 하버드에 입학하려면 대략 4년간 2억 원 정도의 학비가 필요했어요. 아파트 한 채 값, 저희 집에서 감당할 수 있는 돈은 아니었죠. 하버드에 합격하자 학비가 걱정이었습니다. 그런데 김대중 대통령이 퇴임하기 직전 과학장학재단을 만들었고, 노무현 대통령 취임하고 제가 1회 수혜자가 된 겁니다. 전액 국비 지원이었어요. 국가 장학금을 받자 저는 나라의 은혜를 입었다는 생각을 하게 되었고, 그 빚을 갚겠다고 결심했습니다. 받으면 줘야 한다는 것이 어릴 적부터 제 소신이었죠.

보수의 아이콘이 진보 대통령들의 덕을 본 셈이네요(웃음). 하버드대학에서의 생활은 어땠습니까?

이준석 하버드에서 특별한 경험을 많이 했는데, 특히 기억나는 일은 한국인

유학생 중에 장애인 형님을 만난 겁니다. 그 형은 장애인 아시안게임 수영 금메달리스트였어요. 제가 하버드에서 그 형님의 휠체어를 밀고 다녔죠. 그때의 경험은 장애인, 소수자에 대한 생각과 평등관을 확립하는 계기가 됐습니다. 형이 장애인이었지만 못 하는 일이 없었어요. 물론 미국이기 때문에 가능했겠지만, 형을 옆에서 지켜보면서 사람이 할 수 있는 일과 할 수 없는 일에 대한 경계가 흔들렸어요. 장애인이니 저런 것은 못 하겠지. 우리는 그런 편견을 갖고 있잖아요. 그 형이 저의 그런 생각을 많이 희석시켜주었습니다.

손아람 작가의 학창시절은 어땠나요?

손아람 저희 가족은 산본 신도시로 이사를 갔는데, 아파트 앞에 중학교가 있었어요. 저는 희한하게 그 학교에 배정을 받지 못해 산을 넘어 한참을 걸어가야 하는 군포중학교에 다니게 됐어요. 군포공단 근처에 있는 학교였습니다. 저는 너무나 낯선 세계로 들어온 바람에 중학교 입학하는 순간 아주 혼란스러웠어요. 초등학교 시절에는 아무도 저를 주목하지 않는데, 입학하는 순간 전교생과 선생님들이 저를 다 알아봤어요. 서울에서 온 학생이라고요. 그 중학교에는 산본 신도시 학생도 잘 오지 않았으니 서울 학생이 올 리가 없었죠. 한번은 아버지가 차로 학교까지 저를 태워다 주셨는데, 그것 때문에 친구들이 저를 더욱 특별한 아이로 보게 됐어요. 자가용으로 등교한다는 사실이 신기했던 모양입니다. 그게 싫어서 그 뒤로 걸어서 산을 넘어 등하교했지요.

부담이 컸겠군요.

손아람 맞습니다. 제가 특별한 아이가 될 수 있다는 사실도 의아했어요. 그 때문에 아이들이 저를 경계했고요. 학교에서 유명해지니 좀 논다는 아이들이 차례로 찾아와 저를 한 번씩 밟아주곤 했죠. 처음에는 이 정글에서 살아남을 수 있을까, 솔직히 자신이 없었습니다. 그런데 이상하게도 저를 밟으러 왔던 아이들과 친구가 됐어요. 그들은 어른의 관점에서 보면 통제 불가능한 아이들인데, 막상 친하게 지내다 보니 순진한 구석이 많았어요. 초등학교 친구들보다 훨씬 끈끈하게 지냈던 것 같아요. 저는 사람들이 제가 그들과 다르다고 생각하는 게 너무 싫어 스스로 그 친구들의 일원이 되려는 노력을 많이 했어요. 우리 집이 그 친구들 집보다 부유하고 특별하다는 것도 티를 내고 싶지 않았고요. 쟤들이 하는 모든 것을 나도 할 수 있다, 증명해야 했습니다. 친구가 되려면 그만큼 그들에게 애정을 느꼈어요. 그들의 진짜 친구가 되고 싶었죠.

기억에 남는 사건이 있었나요?

손아람 지금도 잊히지 않는 일이 있었어요. 졸업식 날, 학교에서 교복에 밀가루를 뒤집어쓰고 친구들과 산을 넘어 집으로 돌아가는데 한 친구가 이런 말을 했어요. "우리의 길이 여기서 갈라지는구나!" 그곳에서 저는 산본 신도시로 가고, 친구는 자기 집이 있는 공장지대로 가야 했거든요. 그 친구는 저와 싸움도 많이 했지만 아주 친했는데, 정말 그날 이후로 그 친구를 볼 수 없었습니다. 나중에 들은 바로는 그 친구가 조폭이 됐다고 하더라고요. 돌이켜보면 중학교 시절에 제 삶이 어느 정도 결정되지 않았나 싶어요. 초등학교 때와 전혀 다른 환경에서 살다보니 인식, 세계관이 전환되는 경험을 하게 됐다고나 할까요.

반항, 우연
그리고
방황

고등학교는 어디로 갔죠?

손아람 저는 중학교를 졸업하고 당시 명문이었던 안양고등학교에 들어갔습니다. 내신은 도저히 기대할 수 없을 정도로 학교 친구들이 공부를 너무 잘했어요. 그런데 저희 때는 수능을 잘 보면 좋은 대학을 갈 수 있었어요. 수능이 아주 중요했죠. 저도 수능 생각을 하고 내신 대비를 아주 느슨하게 했습니다. 실은 적당히 둘러대면서 공부를 하지 않았어요. 어쩌다 명문고를 왔지만 중학교 때부터 죽어라 공부하는 학생도 아니었고요. 저는 뭔가 좀 특별한 경험을 해보고 싶었습니다. 평범한 수험생들 중 한 명이고 싶지 않았죠. 당시 친구들은 그런 생각은 하지 않았어요. 학교 분위기도 전혀 그렇지 않았고요. 오히려 튀는 행동을 하는 저를 꺼려했습니다. 저는 자율학습을 거부했어요. 물론 학교 친구들은 그런 저를 싫어했죠. 다른 애들은 다 하는데 자기 혼자 뭐가 잘났다고 안 하냐! 그런 생각이었겠죠. 저는 공부가 아니라 읽고 싶은 책 읽기를 택했어요. 나는 서 애들보다 특별해야지, 그런 허영도 있었고요.

반항의 시절이었군요.

손아람 하지만 저는 수학자나 물리학자가 되고 싶었어요. 제가 과학에 재능이 있었기 때문에 그랬던 것은 아니었고, 그들에 대한 막연한 동경이 있었던 것 같아요. 그 분야에서 성공할 만한 재목이 아니라 판단했기에 즐기면서 할 수 있는 공부를 찾다가 서울대 미학과에 가게 됐고요. '아름다움의 학문', 재미있을 것 같았죠. 미학과가 왠지 그런 학과라는 생각이 들었습니다.

반항의 시절을 넘어 방황의 시절이었네요.

손아람 그런 셈이었죠. 돌이켜보면 제가 현실에 적응하지 못하고 방황할 수 있었던 것은 아버지의 묵인 때문이었던 것 같아요. 의사인 아버지는 의사만 아니라면 무슨 일이든지 해도 좋다고 하셨어요. 엄마는 아들이 아버지처럼 의사가 되기를 간절히 바라셨지만요. 원래 아버지는 수학자가 꿈이었다고 합니다. 그런데 갑자기 할아버지가 돌아가시는 바람에 의대에 진학했고, 의대 다닐 때는 암을 연구하는 과학자가 되고 싶었는데 그것도 여의치 않아 개업의가 됐다고 해요. 아버지는 당신의 삶과 비슷한 삶을 아들에게 강요하고 싶지 않던 모양입니다. 아버지가 자식 공부에 대해 방관에 가까운 태도를 보인 것도 당신이 원치 않았던 의사가 된 것과 관련이 있는 것 같아요.

솔직히 저는 뭘 공부해야 할지 몰랐어요. 경제학을 공부해도 경제학자가 될 것 같지 않았고, 경영학을 공부해도 사업체를 운영할 것 같지 않았어요. 그런데 미학이란 말에 혹한 거죠. 아름다움을 공부한다? 너무 매력적일 것 같았어요. 실제로 그렇게 막연한 생각으로 미학을 선택한 겁니다. 대학에 입학하니 저처럼 생각하고 들어온 애들이 많았죠. 그러다보니 서울대 미학과의 학풍도 커뮤니티 안에서 교양을 쌓는 데 맞춰져 있었어요. 미학은 예술을 이해하는 방식, 예술에서 인간은 왜 아름다움을 느끼는가를 공부하는 학문, 철학이죠. 제가 미학을 택한 것은 이것저것 다 훑어볼 수 있을 것 같았고 음악, 문학, 영화에 대한 관심을 전공과 접목시킬 수 있을 것 같았기 때문이었습니다. 그런데 공부를 하다 보니 미학도 내게 맞지 않는다는 생각이 들었어요.

미학도 맞지 않았다?

손이람 미학에 대한 제 관심은 교양 수준이었는데, 실제 미학은 철학 안에서 가장 고도로 추상화된 학문이었죠. 그런 학문, 이론들을 공부하는 과정이 썩 매력적이지 않았어요. 실제로 미학과에서 미학 자체에 관심을 가진 사람은 많지 않아요. 서울대 미학과를 졸업하고 미학과 대학원을 가는 친구는 한 명 정도밖에 되지 않으니까요. 미학과 졸업생으로 사회적으로 유명한 사람들이 더러 있습니다. 하지만 김지하, 유홍준, 황지우, 변희재, 이런 분들이 미학자로서 유명한 사람들은 아니잖아요? 그분들이 바로 서울대 미학과에서 무슨 공부를 하는지를 알려주는 셈이죠. 저는 미학에 영향을 받았다기보다는 미학과 분위기와 그곳에서 만난 사람들의 영향을 받았어요. 저만 그런 게 아니라 미학과의 다른 친구들도 그랬어요.

제가 대학 갈 때부터 학생들이 실용적인 학문을 선호하기 시작했습니다. IMF 이후라 의대 붐이 일었죠. 그런데 가장 비실용적인 학문인 미학을 공부하러 온 친구들은 분명한 성향이 있었어요. 이를테면 뭔가 남들이 하지 않는 것, 문화에 대한 특별한 관심사, 자유로움에 대한 갈망이 있었죠. 자기 인생을 결정할 문화적인 탐색기를 갖고 싶어 하는 겁니다. 그런 성향을 가진 사람들은 필연적으로 정치적인 결사를 만들게 되지요. 실제로 미학과가 2000년대 초중반 동안 서울대 운동권의 중심이었습니다. 2005년까지 한 학년 정원이 20명밖에 되지 않은 학과인데, 서울대 총학생회장과 인문대 학생회장을 계속 배출했어요.

손아람 작가의 세계관을 변화시킨 중학교 시절과 자발적 방황의 고등학교 시절, 특별했던 미학과 분위기의 영향을 받은 대학시절까지, 재미있게 들었습니다. 그에 앞서 이준석 대표가 하버드에서 공부할 수 있도록 만들어준 사람이 진보 대통령들이었다는 얘기는 아이러니가 아닐 수 없네요.

이준석 그런 셈이죠. 김대중 대통령이 재단을 만들었고 노무현 대통령으로부터 장학금을 받았으니 말입니다. 지금은 제가 정치인이 됐는데, 돌이켜보면 운명 같은 것이 있나 봐요. 제가 하버드로 떠나면서 만난 분이 노무현 대통령이에요. 대통령 명의의 장학증서를 청와대에서 받았습니다. 길지 않은 만남이었는데, 그 만남을 통해 정치인에 대한 이미지가 새롭게 정립됐어요. 다른 대통령, 가령 김대중 대통령조차 자신을 확 낮추고 그러지는 않았는데, 노무현 대통령은 유머도 넘치고 너무나 소탈했습니다. 노 대통령과 악수할 때가 기억납니다. 제 앞 사람이 너무 긴장을 했는지 노 대통령 손을 언제 놓아야 할지 몰라 한동안 그대로 잡고 있는 거예요. 노 대통령이 다음 차례인 제게 다가와 악수를 하면서 "짧게 하세요"라고 말씀하셨어요. 그냥 한번 웃고 넘어갈 수도 있는 일이지만 제게는 아주 신선한 충격이었습니다. 유머를 아시는 분이구나, 그런 생각이 들었습니다.

이준석 대표는 컴퓨터공학이 전공인데, 자신에게 컴퓨터란 뭐였나요?

이준석 컴퓨터는 정확히 말하면 계산기죠. 계산기란 인간이 지시하는 것들을 빨리 계산해주는 기계입니다. 제가 컴퓨터공학을 공부할 때는 컴퓨터가 계산하는 능력 정도를 가지고 있었어요. 계산기라는 건 엄밀히 말하면 논리 조합이에요. 컴퓨터는 프로그램에 의해 정보를 처리하는 장치지요. 여기까지는 인간의 훌륭한 보조 도구, 시키는 일만 하는 거죠. 진짜 중요한 일은 인간이 합니다. 그런데 지금은 컴퓨터가 공학을 넘어 과학의 영역으로 발전했어요. 그게 인공지능이죠. 이 단계를 순수 컴퓨터공학이라 할 수는 없고, 인문학까지 아우르는 영역으로 발전한 겁니다. 컴퓨터공학을 전공할 때 저는 컴퓨터가 인공지능으로까지 발전할 줄은 몰랐고, 정교한 연산기능에 매력을 느꼈어요. 컴퓨터를 효율화의 도구로 본 거예요. 산업화 과정을 보면 표준화, 자동화, 이런 단계를 지날 때마다 인간에게 엄청난 물질적 풍요와 시간적인 여유를 가져다주었죠. 저는 컴퓨터를 인간의 삶을 더욱 풍요롭게 만드는 하나의 도구 이상으로 생각하지는 않았어요. 그러니까 제게 컴퓨터는 수학이면서 논리학이었고, 그 이상은 아니었습니다.

손아람 제가 아는 컴퓨터광들은 10대 때부터 프로그램 하는 데 미쳐 있는 사람들이에요. 준석 씨도 그랬나요?

이준석 저도 그랬죠. 일곱 살 때부터 컴퓨터 학원을 다녔어요. 어린 나이에 그곳에서 프로그램을 짜고 자격증도 땄습니다. 하버드에 다닐 때 만난 일곱 명의 '페이스북' 창업자들도 일종의 괴짜들이었어요. 그들을 가까이에서 보게 된 것은 생활비 때문이었습니다. 제가 한국에서 받은 장학금에는 생활비가 포함돼 있지 않아 컴퓨터 고치는 아르바이트를 했거든요.

그때 함께 일을 한 사람들이 페이스북 창업자 중에 더스틴 모스코비치, 앤드류 맥컬럼, 크리스 휴즈였어요. 처음의 페이스북은 하버드 학내 커뮤니티로 사용하려고 했는데, 모든 사람이 사용하게 된 이유에는 페이스북 초기의 매니악한 기능들도 한몫했죠. 하버드는 기숙사마다 고유의 아이피(IP)가 있어 누가 어느 방에 접속했는지 알 수가 있습니다.

내가 다른 사람의 프로필에 들어가면 그 사람이 마지막에 어떤 방에 접속했는지도 알 수가 있고요. 내가 좋아하는 여성이 어느 방에 접속하는지 알고 싶다, 그러면 계속 추적을 하는 겁니다. 물론 내가 원하는 정보를 얻기 위해선 내 정보도 공개해야 하고요. 학교에서는 개인정보를 보호해야 한다며 페이스북을 중지하라고 난리였죠. 법적 조치를 취하겠다고 하는데도 그 친구들은 버티더라고요. 우리나라라면 중단했겠죠.

대단하네요.

이준석 처음에 페이스북은 아주 조잡한 서비스였죠. 그것은 상업적 창업을 하자는 게 아니라 함께 놀자는 것이었습니다. 저도 페이스북 초기 학과 내에서 인턴이나 멤버를 모집할 때 지원했을 수도 있었겠지요. 초기 멤버들 중 저희 과, 저희 학번 출신이 참 많았습니다. 저는 그 당시 한국의 '싸이월드'를 생각했어요. 당시 한국의 싸이월드는 페이스북보다 훨씬 좋은 가능성을 가졌었거든요. 싸이월드는 노래도 나오고, 아바타도 있고, 방이 있어 물건도 사서 넣고 방 꾸미기도 할 수 있었죠. 그렇게 방을 꾸미며 친구들에게 보여주기도 하고요. 한국에는 이미 그런 게 있는데 이런 조잡한 걸 만들어 뭘 하려는 거지? 싶었어요. 그런데 그들이 조잡한 페이스북을 키워나가는 걸 보면서 미국은 기술의 한계를 뛰어넘어 활동하고 있구나, 그런 생각이 들었어요. 컴퓨터를 다루는 단순 코딩 실력만 비교해보면 서울과학고 출신들이 하버드 친구들에 비해 20배쯤 생산성이 뛰어나지만 그게 전부가 아닌 거죠.

실감이 안 나네요.

이준석 제가 카이스트에 잠시 다녔는데, 그곳 기숙사에 각 층마다 TV가 한 대씩 있었어요. 그런데 채널을 놓고 싸우지 않았어요. 당시 스타크래프트가 유행이었는데 모두들 그 채널을 봤으니까요. 그러니까 똑같은 취향이나 관심사를 가진 사람들이 모여 있는 거예요. 하버드대학은 여덟 명이 방 하나를 썼고, TV가 한 대 있었어요. 그런데 여덟 명이 제각각이라 선호하는 TV 채널도 다 달라요. 어떤 친구는 스페인 방송, 어떤 친구는 미식축구, 이런 식이었죠. 저는 미식축구를 좋아하는 친구 덕분에 TV를 보고 미식축구 규칙을 배웠어요.

그런데 이들을 팀으로 조합한다고 생각해보세요. 겉으로 볼 때는 잘 안 맞는 오합지졸 당나라 군대 같아 보이죠. 미국에서 창업을 할 때는 기숙사 단위로 하는 경우가 많아 이런 조합이 이루어져요. 하지만 오합지졸이 아니라 다양한 전공의 사람들이 모여 사업을 하는 겁니다.

반대로 한국은 창업하는 친구들을 보면 사람을 크게 세 가지로 분류해요. 기획자, 개발자, 디자이너예요. 대단히 기계적이고 도구적인 접근이죠. 페이스북 창업자들을 보면 크리스 휴즈는 역사학 전공, 앤드류 맥컬럼은 디자이너, 이런 식입니다. 싸이월드와 페이스북을 한번 비교해볼까요? 싸이월드는 모든 기능이 게시판 방식입니다. 사진첩, 방명록, 게시판. 이렇게 나누면 모든 항목을 볼 수 있죠. 컴퓨터공학도의 기본적인 생각은 나누는 거잖아요.

그런데 페이스북 창업자 중 한 사람인 크리스 휴즈는 역사학도예요. 역사학의 기본은 연표죠. 모든 것은 연표다. 그는 컴퓨터공학도들은 왜 모든 것을 그런 식으로 분류하지? 우리는 연표처럼 시간 순으로 배열하자, 이런 발상을 한 겁니다. 그래서 페이스북은 시간 순으로 배열했습니다.

그리고 페이스북에 '좋아요' 기능이 있죠. 왜 이런 기능이 생겼을까요? 초기 멤버 중에 심리학을 전공하는 친구가 있었어요. 이 기능은 댓글을 달기 귀찮을 때 자기 느낌을 표현할 수 있는 도구가 필요하다는 생각으로 만들었습니다. 공학자들끼리 있으면 그런 생각이 나오지 않아요. 그런데 기숙사 단위로 묶여 있으니까 되더라고요. 저는 페이스북이 성장하는 것을 보고 미국은 다른 세상이란 사실을 알았습니다. 저는 그 분위기에 적응을 못 한 셈이죠. 게다가 유학 비자로 나가 미국에서 창업한다는 생각을 하지 못했고요.

핑장히 흥미롭네요. 페이스북 창업 과정을 살펴보는 것만으로도 보수와 진보의 접점이 매우 중요해 보이는군요.

이준석 싸이월드보다 훨씬 조잡한 단계로 시작한 페이스북을 성공으로 이끈 저력은 어디서 나왔을까요? 또 그 이유는 뭘까요? 제가 과학고 출신이라 하버드에서 수학은 최고 레벨에 속했습니다. 그런데 수업시간에 강의실에 들어가니 모두들 먹을 것을 들고 왔어요. 수업시간에 무엇을 먹든 아무도 뭐라 하지 않고, 책상에 다리를 올려놓아도 누구도 상관하지 않았어요. 다른 수업시간에도 마찬가지지만 특히 수학과에 그런 학생들이 많았어요.

기억에 남는 일화가 하나 있습니다. 수업시간에 학생이 노트북을 놓고 작문 숙제를 하는데 교수가 알면서도 별 말이 없었어요. 그런데 그 친구는 계속 작문을 하면서 힐끔힐끔 칠판을 보더니 교수가 문제를 잘못 풀었다고 지적을 하는 거예요. 교수는 어, 잘못 풀었네, 하면서 칠판을 지워요. 이들은 교수와 학생의 관계를 계약관계로 인식한 겁니다. 그래도 수학과는 교수의 권위가 어느 정도 살아 있는 편인데, 철학과 같은 경우는 교수와 학생이 거의 싸우자는 분위기랄까요. 하버드는 세계적인 석학들이 강의하는 일이 허다한데, 그들이라 해도 폼 잡고 수업을 할 수 있는 상황이 아니에요. 권위에 대한 도전이 일상화된 것 같아요. 교수와 학생이 계급장 떼고 논쟁하는 분위기였습니다. 지식인 사회에 그런 문화가 있다는 사실에 저는 엄청나게 충격을 받았죠. 그런 일들은 그대로 사회로 옮겨갑니다. 지금도 트럼프가 무슨 말을 하면 CIA 국장이 반발하죠. 트럼프 보좌관도 트럼프를 폭로하는 책을 집권 초기에 썼습니다. 우리 사회는 그런 문화가 많이 부족한 것 같아요. 하버드에서 공부하면서 그런 점을 뼈저리게 느꼈습니다.

싸이월드가 왜 페이스북으로 발전하지 못했을까요? 경영학적 측면에서 이유를 댈 수도 있겠지만 저는 상상력의 결핍 때문에 플랫폼이 더 확대될 수 있는 기회를 잡지 못했다고 생각합니다. 우리나라에서는 학창시절에 상상력을 키울 기회가 없는 거예요. 그것은 또한 일사불란을 강요하는 권위주의적인 문화와 관련이 있다고 봅니다. 박근혜 대통령이 저에게 정치 참여를 권유했을 때 "제가 하고 싶은 말 다 해도 됩니까?"라고 물은 데는 제 나름의 이유가 있었던 거죠. 그런데 안 되더라고요. 제가 할 말을 다 하니 바로 반발이 오고 저를 흔들어댔어요.

바로 외압이 들어왔다는 얘기군요.

인생은
언제나
아이러니

정치를 하겠다는 생각을 애초부터 하고 있었던 건가요?

이준석 학교를 졸업하고 나서는 병역문제를 해결하는 게 먼저였어요. 해외에 나간 이상 병역을 최대한 미루고 미국에서 영주권을 따려고 노력할 수도 있었는데 왜 한국에 돌아오려고 했는지, 사람들이 가끔 물을 때가 있어요. 저는 나라에서 받은 것이 있으니 돌려줘야 한다는 생각이 있었어요. 제 친구들은 대부분 공군 통역장교로 갔습니다. 공군 통역장교 중 선임은 거의 국방장관 통역이에요. 한국과 미국의 국방장관이 회담을 하면 중위가 가서 통역하는 거죠. 제가 처음부터 정치를 할 생각이었다면 공군 통역장교로 갔을 겁니다. 그러면 집안 좋은 친구들도 많이 알게 되고 통역을 하면서 정치인들을 만날 기회가 많으니까요. 외고 출신의 제 하버드대학 친구들은 정치를 하고 싶어 했어요. 그래서 다들 공군장교로 갔죠. 저는 당시 정치에 생각이 없어서 공대 출신들이 흔히 그렇듯 산업기능요원을 선택했어요. 하버드를 졸업하고 빨리 한국에 정착해 회사 일을 하면서 병역문제를 해결하려고 마음먹었습니다. 그런데 저는 정치를 하게 됐고, 제 하버드 친구들은 정치를 할 기회를 잡지 못했죠. 인생의 아이러니 같아요.

손아람 저도 인생의 아이러니를 경험했어요. 처음에는 저도 작가가 될 생각을 하지 않았거든요. 제가 2학년 때 복학생 대학 선배인 변희재 씨가 미학과 후배들을 모아 웹진을 만들었어요. 그때 거기 참여한 친구를 통해 글을 주어 매체에 실렸어요. 그런데 변희재 씨가 제 글을 보고 상당히 돋보인다며 직업적인 글쓰기를 하면 좋겠다고 하는 거예요. 저는 지금까지 진보적인 글쓰기를 해온 사람인데, 제 문재를 발견하고 작가로 인도한 사람은 보수 논객이었던 셈이죠(일동 웃음).

정말 아이러니한 일이군요. 당시 미학과 분위기는 어땠나요?

손아람 제가 다닐 때 서울대 미학과는 운동권 학과였어요. 학과 활동 자체가 운동권 커리큘럼이었죠. 그것대로 공부하다보면 운동권이 될 수밖에 없는 구조였습니다. 제가 운동권 본류는 아니었지만 상당히 특수한 경험이었어요. 운동권 경험이 우리 세대의 대표성을 가질 수는 없으니까요. 저희가 운동권 마지막 세대라고 할 수 있는데, 저도 자연스럽게 대학생활을 했다면 운동권 중심으로 들어갔을 겁니다. 당시 서울대 미학과에서 운동권에 편입되는 것은 너무나 자연스러운 과정이었거든요.

하지만 저는 고등학교를 졸업하자마자 프로페셔널한 음악인의 길을 가고 있었습니다. 서울대에 입학하고 1, 2학년까지 학교를 거의 나가지 않아 학교에 화장실이 어디 있는 줄도 몰랐어요. 음반 준비하고 공연하고 그러느라요. 물론 중간 중간 운동권 친구와 활동도 하고 시위도 했지만, 운동권이라면 조직 안에서 움직여야 하는데 저는 학교를 들락날락하는 바람에 그럴 수가 없었어요. 관심사에 따라 시위를 하기도 했지만 행사에 참여하는 정도라 스스로를 운동권이라고 부를 수는 없었습니다. 하지만 지금까지도 제일 친한 친구가 운동권이라, 운동권 조직이 돌아가는 사정을 잘 알고 있어 《디 마이너스》라는 장편소설을 쓸 수 있었죠. 사람들이 제 힙합을 운동권 음악이라고 부를 정도로 그들과 정신적인 친밀함은 있었습니다.

2001년 부평에서 대우자동차 파업으로 굉장히 큰 시위가 있었을 때 그에 관한 곡을 만들었는데, 이를테면 제 음악이 대부분 그런 식이에요. 사회적인 주제를 다뤘습니다. 그럼에도 제가 완전히 운동권의 정체성을 갖지 못한 것은 역시 조직활동을 하지 않아서였어요. 그래서 스스로 운동권이라고 하기엔 친구들에게 미안했죠. 저는 운동권 중심이 아니라 주변부에 있던 사람이었습니다. 1930년대 카프

(KAPF, 조선 프롤레타리아 예술가 동맹) 회원은 아니었으나 사상적으로 동조하는 일군의 작가들을 '동반자 작가'라고 불렀죠. 저도 그렇게 분류할 수 있을 것 같아요.

힙합 활동에 대해서도 말씀해주시죠.

손아람 대학 다닐 때 친구들과 함께 만든 힙합이 너무 주목을 받았어요. 우리나라 힙합이 성장기에 있었고, 더구나 제가 힙합 1세대라 그랬던 것 같아요. 그런 상황에서 음악가로서의 가능성을 높게 봤죠. 제 꿈은 가수였고, 유명한 음반사와 계약을 했습니다. 저와 친구 두 명이 함께요. 그런데 회사에서 계속 음반을 내주지 않고 다른 일을 시켰어요. 1년 정도 기다렸습니다. 저들이 음반을 낼 생각이 있긴 있나, 하는 마음이 들었어요. 그래서 음반을 내지 않으려면 계약을 해지해 달라고 했죠. 그런데 그쪽에서 하는 말이, 계약을 해지하려면 위약금으로 천만 원씩 내라는 겁니다. 저희는 계약금으로 200만 원씩 받았거든요. 우리 과실도 아닌데, 자기들이 음반을 내주지 않으면서 위약금을 내고 나가라니. 원래 음반사 대표가 음악을 하려고 찾아오는 뮤지션들을 그런 식으로 다룬다는 것을 그때 알았어요. 정확히 말하면 저희가 당했다기보다는 음반시장의 생리가 그랬던 거예요.

전형적인 갑을관계였군요.

손아람 저희는 어떻게 대처해야 할지 몰라 연예기획사 사건을 많이 취급하는 로펌을 찾아갔습니다. 전후 사정을 설명하니 그쪽에서 하는 말이, 우리가 한번 해볼 테니 계약금 천만 원을 내라는 거예요. 돈이 너무 많이 들어 변호사를 통해 소송을 할 생각은 접었죠. 다른 친구들은 아예 소송에 뜻이 없었고요. 그런데 저는 너무 화가 나 혼자서라도 소송을 해보겠다고 마음을 먹었어요. 친구들에게 위임장을 받아 소송에 들어갔죠. 혼자 소송을 한다는 게 그렇게 힘든 일인 줄은 알지도 못했습니다. 또 그토록 오래 걸리는 일인 줄도 몰랐고요. 4년 걸려 대법원까지 가서 이기기는 했는데, 위자료 판결만 받았을 뿐 아직 돈을 받은 것도 아니에요. 대학시절을 소송하느라 다 보낸 셈이죠. 정작 음악은 하지도 못했습니다.

이준석 악전고투로 승소는 했는데, 음반시장에 변화가 있기는 있었나요?

손아람 그렇지 않았어요. 가장 큰 문제는 가수 지망생들을 대하는 태도였고, 전속계약제도에도 문제가 있었습니다. 돌이켜보면 소송 때문에 너무 많은 시간을 낭비했어요. 그런데 4년 동안 법정을 들락거리면서 변호사들이 움직이는 것, 법정 돌아가는 것, 공판 준비 중에 변호사와 판사의 상호작용, 본의 아니게 그런 것들을 관찰하게 됐어요. 재미있기도 했고요. 머릿속에 입력된 법원과 법정 풍경이 나중에 《소수의 견》이란 소설을 쓰는 데 중요한 자료가 됐습니다. 그 전에 쓴 첫 소설은 한국 힙합의 발생 초기에서 성장기를 다룬 《진실이 말소된 페이지》고요. 음반사와 소송을 해봤기 때문에 작곡가들이 당하는 부당한 대우가 남의 일처럼 느껴지지 않았어요.

유령 작곡가 문제와 작곡가들의 창작노동 착취 문제로 아직도 로이엔터테인먼트 대표와 싸우고 있는 것으로 알고 있습니다.

손아람 제가 로이엔터테인먼트에서 일을 한 것은 아니었어요. 우연한 기회에 〈조선 명탐정2〉 개봉 파티에 간 적이 있습니다. 제 앞에 젊은 여자들이 앉아 있기에 영화에서 뭘 했냐고 물었죠. 음악 작업을 했다더군요. 〈조선 명탐정2〉 음악은 로이가 했거든요. 깜짝 놀랐죠. 거의 100억짜리 영화니 이런 영화의 음악감독을 맡았으면 1억은 받았을 텐데, 너무 젊은 여성들이었어요. 제가 돈을 많이 벌었겠다고 하니까 자기들은 월급 백만 원 받는 직원이라는 거예요. 그리고 음악은 자기들이 다 만들었는데 음악감독은 회사 대표라는 겁니다. 무슨 말이냐, 작곡가 이름은 사라지고 음악감독이 그 곡의 작곡가로 둔갑해 시장에 나간다는 얘깁니다. 그야말로 작곡가가 유령이 된 거죠. 작가에게 이름은 모든 것이잖아요. 왜 작가들이 가난과 싸우면서 예술활동을 하겠습니까. 소설가가 자기 작품에 저자로 이름이 올라가지 않는 상황을 한번 생각해보세요. 이럴 경우 그 작품이 사회적인 평가를 받는다 해도 그 명성과 고생 뒤에 받아야 할 경제적 보상은 온전히 작가의 몫으로 돌아올 수가 없죠.

이준석 그래서 어떻게 됐나요?

손아람 그들의 푸념을 들어보니 말이 안 되는 얘기였습니다. 당신들 문제는 그냥 푸념하고 넘어갈 일이 아니다, 내가 그와 관련해 칼럼을 써보겠다고 했어요. 그들은 처음엔 겁부터 먹더라고요. 회사에서 잘리면 어떻게 하고! 그래서 당신들이 정보를 취합해주면 이름을 밝히지 않고 내가 고발하는 형식으로 한겨레신문에 글을 쓰겠다고 했습니다. 김종휘 변호사가 이것을 맡아주겠다고 찾아왔고 민변을 통해 이 문제가 국회까지 갔습니다. 이것은 로이엔터테인먼트만이 아니라 음반시장 전반에 만연한 문제였어요. 음악을 전혀 모르는 사람이 음악감독으로 이름을 올려요. 로이엔터테인먼트 대표가 그런 사람인데, 그는 작곡을 아예 못 하는 사람입니다. 그가 잘하는 일은 음악이 아니라 방송국이나 영화사에 로비하는 겁니다. 그것도 능력이라면 능력이겠지만요.

이준석 구조적으로 문제가 많군요.

손아람 문제를 해결하기 위해서는 영화, 드라마, 애니메이션의 크레디트에 음악감독만 올리는 게 아니라 곡에 관여한 작곡가 이름을 구체적으로 다 올려야 합니다. 요즘 CJ 같은 데서는 작곡가 이름이 다 올라간 크레디트를 요구해요. 또 곡이 나간 장부도 정확해야죠. 정확한 장부가 있어야 돈도 정확히 받을 테니까요. 그것을 지금처럼 민간, 사단법인에 맡기지 말고 장부 자체를 국가통합전산망으로 관리해야 합니다. 전례로 영화입장권 통합전산망이라는 게 있었어요. 그게 없던 시절에는 어떤 영화로 돈을 얼마 벌었는지 알 수가 없어 영화사에서 마음대로 착복했죠.

음악 저작권을 관리하는 국가통합전산망이 필요하다는 것을 국정감사로 확인했습니다. 국정감사에서 음반저작권협회에 확인했더니 자기들이 마음대로 장부를 조작했어요. 음악감독이 곡에 자기 이름을 붙여 제출해도 방송국이나 영화사에서는 모르죠. 음반시장에 유령 작곡가가 존재하는 걸 당연하게 받아들였고요. 그럼 곡이 음악감독 이름으로 인정받아 돈이 음악저작권협회에 넘어갑니다. 그곳에서 음악감독에게 돈을 쏘아주죠. 음악저작권협회에 등록된 작곡가가 있으면 돈을 받아야 하는데, 장부가 없으니 돈을 받을 수가 없습니다. 애초에 제대로 된 장부는 존재하지 않았으니 말입니다. 그 돈은 음악저작권협회 계정에 쌓여 있다가 3년이 지나면 협회 돈이 돼요.

국정감사 이후 문체부에서도 음악 저작권을 국가가 관리하는 통합전산망 구축 논의가 시작됐어요. 민변의 변호사들, 여러 활동가들, 유은혜 의원 등 여러 의원들의 도움으로 일이 어느 정도 마무리된 상태입니다.

이준석 손아람 씨 대단합니다. 칼럼으로 글의 힘을 보여줬군요. 제가 산업기능요원을 시작할 무렵 가수 모씨가 산업기능요원 기간에 잦은 콘서트와 음반 활동을 했다고 조사를 받았습니다. 연예인뿐만 아니라 좋은 학교 다니는 친구들은 산업기능요원을 하면서 과외로 돈 많이 벌고 그러더군요. 저는 영리활동은 생각도 못 했고, 제가 잘하는 게 공부니 아이들의 학업을 돕기로 마음먹었습니다. 사회로부터 받은 게 많은 사람이니 항상 돌려줘야 한다는 생각이 있었거든요.

그때 제 집이 이태원이었는데 용산에서 저소득층 아이들을 모았어요. '배움을 나누는 사람들'이란 교육봉사 단체를 만들었죠. 그곳에서 사심 없이 열심히 가르치니 아이들 성적이 오르더라고요. 저는 당시 1년에 60명 정도 뽑는 IT 산업기능요원이어서 월급을 250만 원 정도 받았습니다. 하버드 출신에 어디서 기부를 받아 하는 게 아니라 제 돈으로 하고 누구 눈치를 볼 일도 없어서 '배움을 나누는 사람들'은 잘 될 수밖에 없었죠. 클 수밖에 없는 모델인 거예요. 서울과학고 출신으로 산업기능요원을 하는 제 후배들이 많았습니다. 대부분 서울대 출신이었는데, 당시 분위기로 볼 때 영리활동을 할 수 없으니 저와 함께 비영리 단체인 '배움을 나누는 사람들'을 도와주었어요. 그 덕에 단체가 엄청나게 활성화됐죠.

학벌 좋은 학생들이라 관심이 많았겠어요.

이준석 사실 저희가 처음엔 순진한 마음에 학벌을 숨겼어요. 그런데 부모들도 학생들도 저희들을 믿지 못해 어느 대학 출신이냐고 계속 캐묻는 겁니다. 있는 그대로 말할 수밖에 없었죠. 그러고 나니 '배움을 나누는 사람들'에서는 서울대, 하버드대 출신이 가르친다는 소문이 나 아이들이 많이 오게 되었습니다. 저희가 열심히 가르쳐 20점 받던 아이들이 90점, 100점을 받게 되자 더 많은 아이들이 모여들었어요. 2007년에 '배움을 나누는 사람들'을 시작했는데, 2008년에는 대한민국에서 가장 큰 봉사활동 단체가 됐죠. 교육장을 금천구, 마포구, 구로구로 확장해 얼마 뒤에는 교육장이 14개까지 늘어났어요. 교사로 활동하는 사람도 400명 정도 되었고요. 나중에는 서울대 출신이니 과학고 출신이니 따질 것 없이 다른 대학생들에게도 문을 열었습니다.

2009년에는 이명박 대통령이 교육기부 활성화 정책을 내세웠어요. 그것을 모토로 삼은 이명박 대통령의 눈에 '배움을 나누는 사람들'과 '공부의 신'이 들어온 거예요. '공부의 신'도 비영리 단체로 시작했는데, 고등학교 졸업생들이 수험생들에게 도움을 주고자 만든 웹사이트예요. 그래서 저와 '공부의 신' 설립자 강성태 씨가 청와대에 가서 표창장을 받았고, '배움을 나누는 사람들'이 조선일보에 대서특필됐습니다.

진보와
보수의
중간 어디쯤

손아람 그러고 보니 이준석 씨는 모든 대통령과 한 번씩 인연이 있네요?

이준석 그런 셈이죠. 그런데 유승민 대표가 대선에 출마할 때 함께 이명박 대통령께 인사 가서 그 얘기를 했더니 기억을 못 하시더라고요. 아무튼 '배움을 나누는 사람들'이 조선일보에 보도된 이후 대우증권에서 연간 1억 원씩 6년 동안 후원을 해주었어요. 박근혜 대통령과의 인연은 이렇습니다. 그분이 2012년 대선에 나갈 생각으로 2011년부터 젊은 인재를 영입한다고 찾아다닐 때였어요. 당시 모 의원 보좌관을 통해 '배움을 나누는 사람들' 얘기가 문고리 삼인방 중 한 명인 정호성 씨의 귀에 들어가 박근혜 대통령을 만나게 됐죠. 그분이 '배움을 나누는 사람들'로 저를 만나러 왔었습니다.

저는 작가로 남고 싶어요.

작가는 제도권 정치 바깥에 있을 때 더 큰 권력입니다.

박근혜 대통령의 첫인상은 어땠습니까?

이준석 제 아버지가 박근혜 대통령을 그다지 좋아하지 않아 저도 보통 젊은
사람들처럼 그다지 좋은 이미지를 갖고 있진 않았죠. 그런데 박근혜
대통령은 뜻밖에 대화를 잘 하더군요. 고급 정보를 많이 들어 그런
지도 모르겠지만요. 박근혜 대통령에게 '배움을 나누는 사람들' 식의
교육 기부 모델이 활성화됐으면 좋겠다, 왜냐면 지금 교육 사다리가
무너지는 것이 너무 싫다고 말씀드렸죠. 저는 상계동에서 태어나 교
육의 중요성을 알고 계셨던 저희 아버님 덕분에 교육 사다리를 타고
여기까지 오게 되었다, 과학고도 가고 하버드도 가고 그렇게 성장할
수 있었다고 했어요. 박근혜 대통령에게 그런 얘기를 한 이유가 있습
니다. 용산에서 저보다 열 살 어린 아이들에게 너희도 공부만 잘 하
면 잘 먹고 잘 살 수 있다고 했더니 아이들이 그것을 부정하더라고
요. 굳이 그 아이들 얘기가 아니라도 교육 사다리가 무너졌다는 걸
어느 정도 짐작하고 있었기에 박근혜 대통령에게 이 일을 계속하고
싶다고 했습니다.

박근혜 대통령이 이준석 대표를 처음부터 영입 대상으로 삼은 게 아니었나
요?

이준석 그때 박근혜 대통령은 저를 영입하러 왔다고 하지 않고 그냥 단체 방

문을 왔다고 했습니다. 그리고 별 얘기 없이 그냥 가셨죠. 그런데 두 달 뒤 정호성 씨가 연락을 해왔는데 대뜸 비상대책위원을 하지 않겠냐고 하는 거예요. 저는 그때 비대위가 뭔지도 몰랐어요. 그래서 저희 아버지가 유일하게 알고 있는 정치인 유승민 의원에게 물어봤죠. 유승민 의원은 "그거 하지 마"라고 말했다고 했어요.

제가 이 얘기를 하는 이유는 태극기 부대의 주장이 맞지 않다는 걸 말하기 위해섭니다. 그들은 유승민 의원이 저를 박근혜 대통령에게 추천했다고 해요. 그것은 사실이 아닙니다. 제가 정치를 해야겠다고 결심한 것은 '배움을 나누는 사람들'을 하면서 겪었던 사건들 때문입니다.

그렇군요. 정치에 뛰어들게 된 배경이나 동기에 대해 조금 더 구체적으로 설명해주시죠.

이준석 한번은 제가 중학교 2년 동안 가르친 여학생이 고등학교에 입학해 저를 찾아왔습니다. 1995년생이었는데, 그 친구 말이 13년 동안 엄마에게 구타를 당하며 살았다는 거예요. 그래서 제가 거짓말하지 말라고 했어요. 저도 그 엄마를 알고 있었거든요. 그런데 그 학생이 교복 치마를 확 들어 올리는 겁니다. 제가 놀라자 허벅지를 자세히 보라고 하더라고요. 허벅지에 빨간 피멍 줄이 가 있었습니다. 상처가 왜 생겼는지 물었더니, 중학교 2학년이 되면서부터 엄마가 의자에 묶어놓고 때렸다고 했어요. 그 아이를 가정폭력으로부터 구출해야겠다고 생각했죠. 그 여학생을 집으로 데려와 제 여동생과 사흘을 함께 지내게 했어요. 그런데 그 여학생 엄마가 제가 아이를 빼돌렸다면서 자살을 시도했습니다.

더더욱 여학생을 집으로 돌려보낼 수 없겠더라고요. 청소년 보호시설 쉼터로 학생을 보냈죠. 그 아이가 그곳에 있다가 1년 뒤에 저를 찾아왔어요. 쉼터에서는 엄마한테 맞는 대신 상급생에게 맞는다는 거예요. 그때 저는 사회복지에 문제가 많다는 것과, 세금만 낸다고 할일을 다하는 게 아니라는 것을 알았어요. 정치판에 들어가 청소년 보호 분야 하나라도 고쳐봐야겠다고 생각했죠. 아니면 제대로 된 쉼터라도 확충해야겠다는 순진한 마음도 먹었어요. 박근혜 대통령의 정치적 권위를 업고 하면 뭐 하나라도 할 수 있을 것이라 믿었습니다. 그런데 국회의원을 만나 제 뜻을 얘기하면 전혀 관심을 보이지 않는 거예요.

손아람 그래서 정치판에 실망을 했나요? 박근혜 키즈라는 호칭도 들으셨을 텐데, 최고 권력을 통해 이룬 건 없는지요.

이준석 박근혜 대통령이 당선된 뒤에 저는 임명직은 하지 않겠다고 했습니다. 그리고 윤창중 대변인 임명 시에 대립각을 세우면서 완전히 틀어졌죠. 그때까지 저는 협의의 정치가 광의의 정치보다 힘이 더 세다고 믿었어요. 그런데 아닌 것 같았어요. 오히려 세상을 바꿀 수 있는 것은 좁은 의미의 정치가 아니라 일상적 삶과 밀착된 시민사회활동이나 봉사활동 같은 광의의 정치적 행위라는 생각을 하게 됐죠.

　제 눈에 들어온 사람은 박원순 서울시장이었습니다. 그분은 시민사회활동, 광의의 정치를 하면서 현실정치, 협의정치를 시작했잖아요. 저는 광의정치와 협의정치의 경계를 무너뜨려야 한다고 생각했어요. 그런 생각으로 자유롭게 '배움을 나누는 사람들'도 하고 협의정치도 하고 방송활동도 하게 됐죠. 제 삶의 방식은 그렇게 자리를 잡았습니다.

손아람 우리나라 젊은 층에서 보수는 별로 인기가 없습니다. 그런데 이준석 씨는 보수로 정치를 시작했어요. 정치에 입문한 계기가 정계로부터 제안이 와서였다고 했는데, 혹시 더불어민주당이 영입 제의를 해왔다면 그쪽에서 정치를 시작했을 수도 있다는 생각이 드네요.

이준석 젊은 친구들이 저에게 질문을 많이 해요. 연예인이 되려면 어떻게 해야 할까요? 정치인이 되려면 어떻게 해야죠? 그런데 아주 가끔은 이렇게 묻는 친구들이 있어요. 비대위원이 되려면 어떻게 해야 하나요? 좀 엉뚱하잖아요. 하지만 그 질문은 사실 저한테는 피부에 와 닿는 질문이기도 합니다.

　당이 위기에 빠지지 않고서는 정치권에서는 벼락출세하기가 쉽지 않아요. 저와 연결시켜 해석하면, 젊은 층으로부터 보수가 외면당하는 특수한 상황에서 제가 탄생할 수 있었습니다. 저는 앞으로 오래 정치를 할 생각이기 때문에 보수나 진보 그런 것은 중요하다고 생각하지 않아요. 저를 '박근혜 키즈'라고 하지만, 사실 노무현 대통령도 김영삼 대통령이 발탁해 정치에 입문했습니다. 그런데 노무현 대통령에게 그런 그림자는 없죠.

iMBC에서 '손바닥 TV'라는 스마트폰 방송을 할 때 안희정 지사에게 물은 적이 있습니다. "안 지사는 평생 노무현의 남자라는 별명을 달고 가실 것 같은데, 부담이 된 적은 없습니까?" 그때 안 지사는 "그것은 지우려고 할 필요도 없는 것이고 지울 수도 없는 겁니다. 모든 정치인은 영입된 계기가 있습니다. 처음엔 사람들이 저를 그런 눈으로 보겠지만 나중에는 나 안희정이 무엇을 했냐를 볼 것입니다"라고 대답하더군요. 만일 민주당에서 영입 제의가 왔고 제가 새누리당에서 그랬던 것처럼 전권을 행사할 수 있었다면 민주당에서 기여할 부분이 있었을 겁니다. 사실 제 사고는 진보와 보수의 중간 어디쯤에 머문다고 생각하거든요.

손아람 만일 이준석 씨가 민주당에서 정치를 시작했다고 하면 긴 호흡에서는 조금 더 평탄한 길을 갈 수 있지 않았을까요?

이준석 저는 새누리당의 청년조직이 근본을 크게 따지지 않는다는 사실이 참 좋았습니다. 그에 비해 민주당의 청년조직은 근본을 많이 따져요. 민주당의 청년 정치인들을 누구의 계, 누구의 계로 분류하는 것을 보고 나는 저런 곳에서 크기는 힘들겠구나, 싶은 생각이 들었어요. 물론 근본이 없다는 것은 약점일 수도 있습니다. 더구나 보수에서는 청년 정치인이 없죠. 하지만 저는 여기를 블루오션이라고 생각합니다. 블루오션은 시장이 검증만 되면 무주공산이죠. 레드오션은 시장이 검증돼 있어 그곳에서 이기기만 하면 되는 것이고요. 저는 보수당에서 청년조직의 취약성을 보완하고 젊은 보수의 미래를 열어가는 정치인이 되고 싶어요. 그리고 나 자신을 굳이 보수라는 울타리 속에 가두고 싶지 않습니다. 그런데 제 생각엔 손아람 씨가 정치를 해야 할 것 같은데요. 대학부터 그동안 하신 일들이 너무나 정치적이에요. 혹시 정치를 할 생각은 없나요?

손아람 저는 작가로 남고 싶어요. 작가는 제도권 정치 바깥에 있을 때 더 큰 권력입니다.

손아람 작가는 음악계 말고도 출판시장의 개선을 위해 문예지 장편소설 공모 폐지 운동을 한 것으로 아는데, 아주 흥미로웠습니다. 사실 손 작가님의 주장이 낯설지는 않은 게, 외국에서는 우리 같은 등단제도가 없지 않습니까?

손아람 저는 등단제도를 통하지 않고 작가가 된 사람이에요. 그런데 제 의지로 등단을 거부했다기보다는 처음부터 문청이 아니었습니다. 20대에 저는 가수가 되고 싶었죠. 하지만 제 이름으로 된 소설을 한 권 갖고 싶었어요. 전업작가를 꿈꾸지 않았기 때문에 굳이 어려운 등단제도를 통과할 마음은 없었고요. 문학에 대해 기대가 크지 않았기 때문에 그런 태도가 가능했을 거예요. 그런데 막상 전업작가로 활동하다 보니 등단 구조의 위력이 너무 세고, 그것 자체가 문학을 결정하고 있다는 생각이 들었습니다. 특히 등단, 문학상, 그 기제가 문제였어요.

공모 문학상은 증명된 성취에 대해 상을 주는 게 아니라 아직 세상에 나오지도 않은 문학에 대해 상을 주고, 그 상을 주는 주체는 출판사입니다. 그 원고가 그 출판사에서 책으로 나오고, 심지어 그 상을 받아야 문학을 할 수 있다고 인정하는 구조예요. 문학상을 받은 소설은 그 출판사 소속 평론가들이 비평으로 화력 지원을 해주고, 그 구조가 한국문학을 폐쇄화시킨다는 생각을 했습니다. 마침 신경숙 사태로 문학판의 문제점이 노출되었을 때 근본적으로 이 문제를 해결할 기회로 여겼어요. 한편으로는 이 문제가 목소리를 내는 것으로 해결할 수 있는 문제는 아니란 생각도 들었죠. 문학시장 자체가 문학상, 공모제를 지탱할 수 없는 방향으로 가고 있어요.

저도 문학상 출신의 작가지만 이제 그 문제점은 많은 사람들의 공감을 얻는 것 같습니다.

손아람 사실 공모상은 처음에는 작가가 되기 위한 좋은 길이었을 텐데, 나중에는 작가가 되는 걸 어렵게 만든 제도가 됐죠. 왜냐하면 그 길 말고 작가가 되는 길은 차단됐으니까요.

그런 면이 있네요.

손아람 그럼 문학상의 이익을 작가들이 가져가느냐? 그런 것 같지만 정작 이득을 보는 쪽은 문학상을 운영하는 대형 출판사입니다. 작가가 좋은 것은 문학상을 받을 때 잠시뿐이고, 또 어렵고 힘든 길을 가야 하죠. 문학상 자체로 대형 출판사가 수익을 얻는다는 뜻이 아니라, 문학상을 받은 작가를 출판사가 독점적으로 소유하는 구조라는 얘깁니다. 작가가 되려는 사람은 문학상을 받을 때까지 계속해서 공모를 하죠. 그런 식으로 출판사에서 자원을 독점하는 겁니다. 대형 문학 출판사가 시장 독점 효과 때문에 문학상을 운영하면서 마치 자신들이 문학을 위해 희생하고 있는 것처럼 말하잖아요. 후발 출판사들이 문예지와 문학상을 만든 이유도 마찬가지예요. 그게 없으면 작가를 데려올수 없으니까. 공모제가 문학으로 유입되려는 사람들을 오히려 막고있습니다. 그보다 더 큰 문제는 한국문학 작품에서 개성이 사라지고있는데, 그게 공모제의 영향이라고 저는 생각해요. 이런 문제 제기를

할 수 있는 것은 제가 다른 작가들처럼 출판사에 빚진 게 없기 때문

입니다.

" 용산참사,
CNN도 그것을
중계하진 못하리

손아람 작가님의 장편소설 《소수의견》은 소설로 나오고 영화로도 나와 지금도 회자되고 있는 작품입니다. 이 작품을 보면 작가가 용산참사에 대해 어떤 생각을 갖고 있는지 어렴풋이 느껴집니다. 《소수의견》을 통해 말하고 싶었던 것은 무엇인가요?

손아람 《진실이 말소된 페이지》가 제가 쓴 첫 번째 소설로 반응이 좋았습니다. 내 이름으로 쓴 소설이 책장에 꽂혀 있으면 좋겠다는 생각으로 쓴 작품이에요. 첫 번째 소설로 영화 계약까지 하게 되어 자신감이 생겼고, 한번 전업작가의 길을 걸어보기로 결정했죠. 그 결정 때문에 자세가 달라졌습니다. 가치와 의미를 만들어내는 글을 쓰자고 마음먹게 된 거예요.

사람들에게 가장 어필할 수 있는 건 저의 독특한 경험이란 생각이 들어 제 경험에서 소재를 찾았어요. 당시 제 작업실이 북아현동 철거촌에 있었는데, 처음에는 철거민에 대한 얘기가 아니라 국가소송에 관한 얘기를 쓰고 싶었어요. 한 명의 국민이 국가를 상대로 법정에서 충돌하는 소설을 쓰고 있었죠. 그런데 작업실 근처에서 철거가 시작됐어요. 저는 이사를 가면 그만이라 처음엔 철거에 그다지 관심이 없었습니다. 동네 철거민들은 권리금 문제로 매일 싸우더군요. 그러던 중 용산에서 사고로 사람이 죽는 참사가 발생한 겁니다. 우리 동네에서도 그런 일이 일어날 수 있다, 이것은 내 문제다, 라는 생각이 불현듯 들었습니다.

그런 사정이 있었군요. 이준석 대표는 용산참사에 대해 기억나는 게 있으신가요?

이준석 저도 용산참사가 분명히 기억나요. '배움을 나누는 사람들' 교육장이 원래 남영역 앞 청파동 주민센터 인근에 있었어요. 회사 가기 전에 가져갈 자료가 있어 그곳에 들렀다가 버스를 타고 가면서 불이 나는 광경을 목격했어요. 저는 그때 그 화재 현장이 그렇게 참혹한 현장인 줄은 몰랐죠. 그런데 나중에 신문을 보니까 보통 일이 아닌 거예요. 현장을 목격해서 더 그랬겠지만 오랫동안 그 기억이 머릿속을 떠나지 않았습니다. 그들을 도울 수 없을까, 하는 생각도 많이 했죠.

손아람 저한테는 좀 다르게 다가온 게, 제가 철거촌에 살고 있으니 경우에 따라서 저도 죽을 수 있겠다는 생각이 들었습니다. 왜냐면 제 집 앞에서 사람들이 싸우고 있었거든요. 용산참사 다음날 저것이 내 얘기가 되어야 한다는 생각을 했죠. 이것이 내 운명, 작가로서의 운명이다 하고 소설을 수정했어요. 용산참사 문제가 소설의 주요 줄기가 됐지요.

이준석 저는 용산참사의 기억을 가지고 정치를 하면서 철거민들을 만나봤습니다. 그런데 그들의 논리에 잘 설득이 되지 않아요. 비논리적인 측면도 있고요. 그들을 도우려면 현실의 법체계 안에서는 뭘 할 수가 없는 거예요. 법이 이런 것인가? 하는 생각도 들었고요. 정치인들이 나서기가 힘들고 나서겠다고 마음먹는 데도 용기가 필요합니다. 그런 한계가 있죠.

손아람 사법 체계 안에서 보면 당연히 비논리적이죠. 떼를 쓰는 것 같고요. 하지만 법이 현실을 충실히 따라가는가 하는 문제가 있잖아요. 가령 용산참사에서 문제가 되었던 권리금 문제 같은 거요. 당시 법전 어디에도 권리금에 대한 법적 규정은 없었습니다. 참사가 일어난 뒤에 국회의원들이 나서기 시작했고 6년 만에 상가건물임대차보호법이 개정되면서 권리금이 법제화됐지만, 재개발 재건축의 경우 여전히 세입자의 권리금 보장이 불가능하다는 한계가 있습니다. 막상 그 법은 용산참사 때문에 만들어졌는데요. 그것이 아까 말한 제도권 바깥의 정치가 목소리를 내야 할 지점 같아요.

이준석 저도 손아람 씨 말에 동의합니다. 하지만 저는 정치인이다 보니 사회 현실을 접할 때 본질보다는 당장 일어난 문제를 볼 수밖에 없어요. 그래야 현안들을 해결할 수 있고요. 사회체계를 바꾸는 큰 문제는 제도권 밖에서 준비될 수밖에 없습니다.

손아람 조금 전 언어의 비논리성을 얘기하셨는데, 사실 언어의 정교함 같은 건 단순히 지적 능력의 문제일 수 있죠. 언어가 중요한 게 아니라 이 세계가 어떤 모습이어야 더 합리적인가 하는 문제를 저는 생각합니다. 제가 이준석 씨처럼 정치인이 아니기 때문인지도 모르죠. 가령 용산의 개발 수익이 1조 4천억 원이라고 해요. 철거민들 권리금이라고 해야 한 집에 3천만 원 정도일 텐데, 부동산 소유주들은 그 권리금을 우리가 왜 책임지느냐고 하겠죠. 권리금은 세입자들끼리 주고받던 돈이 아니냐, 그건 너희끼리 알아서 하고 건물 주인인 우리는 여기를 개발해야겠다. 이게 건물 소유주의 입장이에요. 결국 개발 뒤에 이익은 건물 소유주들이 다 챙깁니다. 한번 생각해보죠. 그 땅의 가치를 만든 사람은 그곳에 터를 잡고 살았던 세입자들입니다. 그런데도 현실적으로 존재하는 법의 논리에 따르면 세입자들이 떼를 쓰는 것으로만 보여요. 그럼 법이 보장한 집주인의 권리를 무시하란 말이야? 이런 논리를 지나치게 강조하면 법이 인간 위에 존재하게 됩니다. 이것이 정의인가? 이것이 합리적인가? 법을 바꿔야 하는 게 아닐까? 한번 생각해봐야죠.

이준석 저도 손아람 씨 말에 공감하는 바가 있지만, 저는 정치하는 사람으로서 현실과 이상 사이에서 줄타기를 해야 하는 어려움이 있습니다. 정치나 행정을 실현하는 사람이 아니라 갈등을 조정하는 사람들이거든요.

손아람 작가의 경우 이준석 대표보다 가정형편도 좋았고 자유로운 예술가인데, 그래서 진보주의자가 된 게 좀 이해되지 않는 면이 있어요(일동 웃음).

손아람 보수와 진보가 가정형편으로 결정되는 건 아니겠죠. 아주 어렵게 살았던 친구가 보수가 된 경우를 봤고, 부잣집에서 유복하게 살았던 친구가 진보가 된 경우도 자주 봤어요. 보수와 진보의 선택은 가정형편의 문제는 아닌 것 같아요.

보수로 혹은 진보로 자기 정체성을 가지게 된 사건이 있다면 소개해주시죠. 먼저 손아람 작가님부터.

손아람 저는 진보가 된 특정한 사건이 있었던 게 아니라, 제가 선택한 작가라는 직업 때문에 진보가 된 것 같아요. 만일 제가 작가가 되지 않았다면 제 성격이 대단히 자유롭고 어디에 구속되기 싫어하는 사람이라 적당히 중간 지대의 삶을 살 수도 있었을 것 같아요. 그런데《소수의견》이란 작품을 쓰면서 용산참사를 자기화하고, 사회적 약자들의 권리를 신장시키기 위한 정치적인 글쓰기를 하고, 정치적 경제적 억압 상태에 놓인 사람들의 고통에 깊이 공감하면서 강화가 일어난 것 같습니다. 또한 스스로 제 독자들에게 부끄럽지 않은 작품을 내놓아야 한다는 직업적인 의무를 안고 있고, 그 과정을 통해 세계를 이해하는 방식이 좀 더 엄밀해진다고 느껴요. 제 경우는 글 쓰는 일을 하지만 언어의 역할에 대해 그렇게 높이 평가하지는 않아요. 오히려 작가가 활동가 역할을 해야 한다면, 그래서 세상을 바꾸는 일을 할 수 있다면, 글만 쓰는 게 아니라 작가로서 현장으로 나가야 한다고 생각하고 있습니다.

이준석 저는 2008년 미국에서 돌아와 산업기능요원을 하고 있을 때 카이스트에 다니는 동생과 광화문에 나갔습니다. 광우병 시위가 한창일 때였죠. 청계천에 가면 동아일보 근처 물 나오는 곳이 있는데 거기로 갔어요. 전경들이 차벽으로 막고 있기에 제가 경찰 책임자에게 왜 막고 있냐고 물었습니다. "들어오려고 하니까 막죠"라고 하더군요. 그래서 제가 시위대 깃발을 든 친구에게 저곳으로 왜 들어가려 하느냐고 물었죠. 그랬더니 "막고 있으니까 들어가려는 거죠"라고 대답하더라고요. 그때 저는 싸움의 무의미, 구호의 허망함을 잠깐 느꼈어요. 그런데 갑자기 깃발 든 그 친구와 다른 시위자가 제게 다가와 경찰 프락치라면서 달려들었어요. 신분증을 내놓으라는 거예요. 당신들에게 신분증을 보여줄 이유는 없다, 그러면서 싸우게 됐어요. 제가 계속 신분증 보여주기를 거부하자 그 친구들이 "여기 경찰 프락치가 있다!"라고 소리를 쳤습니다. 일순간 수십 명의 깃발 든 사람들에게 포위를 당했죠. 온갖 육두문자가 난무했어요. 저는 그들에게 굴복해 신분증을 보여줄 수는 없었습니다. 중앙일보 기자가 나타나 상황은 종결됐지만 그때 깃발 든 사람들의 광기 같은 것에 소름이 끼쳤어요. 당시 인터넷에 떠돌아다니던 황당한 주장 중 하나가 경찰 프락치들이 신분증을 가지고 다니지 않는다는 거였어요. 저는 시위 현장의 깃발에 대한 부정적인 이미지가 강렬하게 머릿속에 박혔어요. 선민의식을 가진 사람들의 광기는 인간의 기본권을 짓밟을 수도 있구나. 진보가 나쁘다는 것이 아니라, 어떤 경우에도 인간에 대한 도리를 벗어나면 안 된다는 얘깁니다. 그게 제 믿음이거든요. 합리주의자인 제게는 좀 불쾌한 경험이었죠.

손아람 그 얘기를 들으니까 우성향과 좌성향의 사람들이 세계를 바라보는 관점이 다르다는 것을 느껴요. 우성향은 대개 현상을 주목해 보는 것 같아요. 그것이 잘못됐다는 말은 아닙니다. 현상은 본질의 그림자니까요. 하지만 저도 방송 파업이 있었던 장소에 갔다가 비슷한 경험을

저는 악과 싸우기 위한 방법이

악이라면 안 된다고 생각해요.

했어요. 생각하기에 따라 상당히 모욕적인 말을 시위대로부터 들었어요. 그런데 저는 그다지 불쾌하게 느껴지지 않았습니다. 그 사람의 잘못된 방법이나 양태는 제게 중요하지 않았거든요.

두 진영이 사물과 세계를 인식하는 데 분명한 차이가 있는 것 같네요.

손아람 저들은 왜 저렇게 행동하는가? 저 사람의 본질은 무엇이며 누가 더 올바른 입장을 가지고 있는가? 저는 그런 것들을 먼저 생각하게 됩니다. 그런데 흔히들 광우병 시위에 대해 얘기하면 폭력성에 초점을 맞춰요. 백남기 농민 사건을 얘기할 때도 마찬가지죠. 일단 논쟁에서 누가 폭력적으로 보이는가에 집착하면 왜 그 시위가 벌어졌으며 우리 사회에 어떤 문제가 있는가 하는 질문들이 증발해버립니다. 그런 식의 논쟁은 정작 사안의 중요한 본질을 밖으로 밀어내게 되죠.

이준석 저는 악과 싸우기 위한 방법이 악이라면 안 된다고 생각해요. 당연히 절차적 정당성은 어떤 경우에도 지켜야 하고요. 촛불시위가 큰 혁명적인 시위였음에도 결과에 대한 큰 잡음이 없었던 것은 헌법상 보장된 질서를 잘 지켰기 때문이라고 봅니다. 합법적으로 이루어졌기 때문에 누구도 정권교체를 부정하지 못하죠. 만일 촛불시위 과정에서 누가 청와대 담장을 넘었다면 문제가 됐을 거예요. 하지만 어느 지점에서는 시민들이 촛불로 밀어붙이고 어느 국면에서는 정치가 그것을 이어받아 정치력으로 해결했습니다. 왕조 시대로 비유하자면 반정으로 왕을 퇴위시키고 새로운 왕을 세운 거죠. 그럼에도 큰 반발이 없었고요.

손아람 결과적으로 맞는 말이지만 저도 시위대의 일원으로 답답함을 느꼈거든요. 우리가 청와대에 들어가려고 경찰버스를 밀고 경찰버스에 올라가면 시위대에 분열이 생겼어요. 내려와! 내려와! 소리치고요. 저는 차벽이 막고 있는 곳 뒤로 가보고 싶어 경찰에게 말하니 들여보내주더라고요.

이준석 절차적 정당성이 중요하다고 봐요. 우리가 모두 법을 지켜야 하는 것처럼 초법적인 상황은 바람직하지 않죠.

손아람 저는 절차적인 정당성보다는 실질적인 정당성이 더 중요하다고 생각해요.

이준석 절차적 정당성을 지키는 것이 실질적 정당성을 훼손하지 않을 것으로 봅니다.

손아람 저도 그 말에 동의하는데요, 사람들이 다 그에 대한 두려움을 가지고 있다는 거예요. 시위대가 과도하게 평화집회를 해야 한다는 강박과

집착에 빠져 있었던 것 같았습니다.

그럼 손아람 작가님은 시위가 폭력으로 가야 한다고 생각했나요?

손아람 단연코 그렇지 않았죠. 저는 청와대를 점령하는 식으로 촛불혁명이 완성된다고는 한 번도 생각해보지 않았습니다. 제가 아는 범위에서는 우리나라가 그런 식의 혁명에 성공을 한 적도 없었고요. 제 말은 촛불집회 참여자들이 지나치게 일체의 폭력도 없이 진행되어야 한다는 두려움에 강박적으로 사로잡혀 있었다는 거예요. 경찰과 충돌하면 뒤에서 손뼉을 치면서 "비폭력, 비폭력" 소리를 질렀어요. 너무 절차적 합법성에 함몰되어 있지 않나, 그런 생각이 들더군요. 절차적 정당성의 기준은 법이고, 그 법은 절대적인 것이 아니라 시대 혹은 역사적 상황의 산물입니다. 그리고 엄밀하게 말하면 혁명적인 상황이란 다른 말로 기준이 되는 법질서에 버그가 생긴 것이고요. 4·19와 6월 항쟁은 사실 폭력적인 시위였습니다. 노인 세대는 아직도 민주주의는 폭도들의 주장이라는 인상을 가지고 있지요. 우리가 그렇게 생각하지 않는 이유는 시위 중에 발생한 현상이 시위의 본질적 성격을 규정한다고 믿지 않기 때문 아닙니까?

이준석 저도 손아람 작가의 주장에 동의합니다. 작은 폭력이나 흠결이 촛불혁명을 훼손했을 거라고 생각하지는 않았어요. 하지만 이 문제에 대해서도 진보와 보수의 차이는 있는 것 같습니다. 보수는 현 질서를 지키려고 하고, 진보는 새로운 질서를 만들려고 하고요.

촛불혁명은
너와 나에게
무엇이었나

촛불혁명 얘기를 계속해보죠. 작년과 재작년 한국 국민들은 역사상 유례없던 일을 경험했습니다. 전국 방방곡곡이 촛불시민으로 인산인해를 이루었죠. 역사적으로 이런 식의 평화적 시위는 실패하기 마련이었습니다. 1960년대에 4·19가 5·16에 의해 좌절됐고, 1987년에 있었던 6월 항쟁이 대통령 선거를 통해 보수정권을 정당화시키는 꼴이 되고 말았습니다. 하지만 촛불혁명은 양상이 좀 달랐습니다. 시민들이 손에 든 촛불 하나하나가 거대한 물결이 되어 정권교체를 이루었죠. 시민들이 촛불로 혁명보다 더 위대한 일을 해냈습니다. 박근혜 정권에서 일어난 촛불혁명은 보수의 지형만이 아니라 진보의 지형에도 앞으로 상당히 영향을 미칠 것으로 예상됩니다. 이준석 대표님과 손아람 작가님은 촛불혁명 당시 어디에 있었나요? 그곳에서 무엇을 했는지요?

손아람 저는 촛불시위에 참여했습니다. 매일 광화문에 나간 것은 아니지만 거의 시위대와 함께 있었고, 큰 집회는 빠지지 않았어요. 어쩌면 살아 있는 동안 다시는 이런 사태를 구경할 수 없을지도 모르니까요. 눈앞에 그런 역사적 현장이 펼쳐지는데 작가가 어딜 가겠어요. 구경이란 표현을 한 것은 제가 작가라 이 위대한 역사의 현장을 지켜봐야 할 책무가 있는 사람이란 뜻에서입니다. 저는 당연히 시민의 한 사람으로 촛불을 들었고요.

이준석 저는 촛불이 시작될 쯤 국회에서 이정현 대표 사퇴를 촉구하면서 다른 네 분과 함께 13일 동안 단식을 했습니다. 그 당시 기를 쓰고 단식을 했는데, 이정현 당시 대표가 본질은 아니었죠. 이런 게 있습니다. 최순실이 나타난 순간 많은 사람들은 최순실과 박근혜의 부패한 유착관계를 봤겠지만, 저는 지금까지 박근혜 정부를 만들었던 사람들 중 하나로서 저 사람이 왜 저렇게 변했을까 하는 생각에 자괴감을 많이 느꼈습니다. 탄핵 뒤에 박근혜 전 대통령을 멍청하다면서 어떻게 저런 사람을 대통령으로 뽑았을까 하는 말들을 많이 했지만, 제가 그동안 만나본 정치인들 중에 절대적인 관점에서 멍청한 범주에 들어가는 정치인은 아닙니다.

손아람 이준석 씨는 당시 헤게모니 내부에 있었던 사람이라 새누리당 내의 사정을 훤히 알고 있었을 것 같아요. 촛불혁명 동안 의원들 사이에 무슨 말이 오고갔나요? 상황이 상당히 급박하게 돌아갔을 것 같은데요.

이준석 우리 당 내부에서는 당시 상황을 이해하는 방식이 민주당이나 시민들과는 많이 달랐습니다. 저는 정치인이고 우리 당은 집권당이었단 말이에요. 진보 진영에서는 박근혜 대통령을 범죄자로 규정하고 거기서 출발해 탄핵을 시작했죠. 그런데 보수 진영에서 탄핵에 찬성한 사람들은 실질적으로 이 정권은 붕괴됐다고 본 겁니다. 대통령직을 더 이상 수행하기 어렵다는 판단에 근거한 판단이었죠. 사실 보수 쪽에서는 대통령 측근 비리에 관해 논리적 다툼이 있었습니다. 즉, 측근 비리를 탄핵으로 엄벌한 케이스가 얼마나 되냐 하는 문제였습니다. 대통령 측근들이 실제로 돈 먹고 문제됐던 일들이 있었는데, 그게 탄핵으로 이어지지 않았다는 거예요.

손아람 그 말은 맞죠.

이준석 그런데 최순실은 애매한 위치였어요. 친족보다는 가까울 수 없는 비선실세 뭐 그런 것이었죠. 여권에서는 이것을 어떻게 봐야 할지 논리적 딜레마에 빠진 겁니다. 야권에서 그 당시에 나왔던 얘기가, 최순실과 박근혜는 한 주머니를 찼다는 얘기였어요. 그럼 동일 지갑론으로 탄핵으로 가야 하나? 그런 고민이 있었습니다. 탄핵에 참여할 것이냐 말 것이냐를 놓고 보수 진영에서 결정적으로 우세했던 여론이 뭐였냐면, 위법 행위의 엄중함보다는 대통령 직무를 수행하는 데 현실적 어려움이 많을 거라는 얘기였죠. 특히 바른정당 사람들, 탄핵 찬성으로 돌아선 사람들의 핵심 논리였어요. 국민들의 불신으로 더 이상 대통령직을 수행하기 어렵다고 보고 탄핵에 동참한 겁니다.

손아람 겨울 동안 일어난 그 혁명은 무력으로 막을 수 있는 상황이 아니었습니다. 그 반대의 경우도 마찬가지였고요. 시위대가 청와대를 점령해 무엇을 이룰 수는 없었습니다. 우리 헌정사를 봐도 시민 시위대가 무력으로 뭔가를 성취해본 적이 없습니다. 저는 오히려 촛불집회에 참가하는 시민의 수를 믿었습니다. 매번 일정 수 이상의 사람들이 쏟아져 나오고 목소리를 내기 시작하면서 의회정치가 마비되는 임계점이 올 것이고, 국회도 사법부도 행정부도 전부 마비되는 방식으로 해결될 거라 생각했어요. 4·19혁명이 실제 그런 식이었죠. 촛불혁명은 4·19혁명이랑 상당히 비슷하게 진행됐어요. 4·19 때도 누가 이승만의 머리에 총구를 겨눠 문제를 해결한 건 아니었죠.

이준석 그렇긴 하죠.

손아람 사람들이 너무 많이 쏟아져 나오면서 가장 먼저 일어난 현상은 경찰이 눈치를 보기 시작한 겁니다. 이 정권이 끝난 것 같은데 진압 명령을 어디까지 수행해야 하나 고민했겠죠. 사법부도 촛불집회의 눈치를 봤다고 봅니다. 4·19혁명 때도 자유당이 제일 먼저 이승만을 털어냈고, 이번에도 이준석 대표 말처럼 새누리당이 제일 먼저 박근혜와 거리두기를 하다가 탄핵에 오히려 앞장섰죠. 저는 시위 현장에 있으면서 공권력이 더 이상 견딜 수 없는 상황이 올 것으로 믿었습니다. 사람들이 광화문으로 한겨울 폭설처럼 쏟아져 나왔으니까요.

촛불혁명이 우리 역사에 하나의 이정표라는 사실은 두 진영 다 인정하고 있고, 혁명의 당위성도 인정했습니다. 이런 사태를 불러온 박근혜 정권의 위법성 문제와 촛불 정신에 대해 얘기해볼까요? 둘 다 아주 중요한 문제니까요. 두 문제가 양 진영에서 첨예하게 대립할 것 같은데, 어떤가요.

이준석 결국 헌법재판소 주문을 보더라도 박근혜 대통령을 범죄자로 단정할 수는 없습니다. 대통령직을 더 이상 수행하기 어려우므로 파면한다, 이렇게 돼 있거든요.

손아람 아니죠. 헌법재판소 판결문은 좀 더 따져봐야겠지만 '범죄로 볼 수 없다'고 되어 있지는 않죠.

이준석 범죄에 대한 형사적 판결을 내린 게 아니라 정치적 판결을 내렸죠. '주문. 박근혜를 파면한다.' 그 앞의 문장이 '더 이상 대통령직을 수행하기 어렵다고 판단하기 때문'이라고 되어 있거든요.

손아람 제 기억에는 '주문. 피청구인 대통령 박근혜를 파면한다'였는데요. 그 것은 확인을 해봐야 할 것 같고, 국회의 탄핵소추안 중 인정되지 않은 것도 있지만 인정된 것들도 있죠.

이준석 탄핵 제도에 약간의 맹점이 있어요. 뭐냐면 형사적으로 확정된 것으로 대통령을 파면하기에는 형사 절차가 너무 길죠. 그러다보니 헌법 재판소에서 인용하는 과정 속에서 대통령직의 지속가능성 여부를 판단하는 거거든요. 그래서 계속 얘기하는 것이 노무현 대통령 탄핵 심판입니다. 대통령이 잘못한 것은 맞지만 대통령직을 수행하지 못하게 할 정도로 중대한 잘못은 아니므로 대통령직을 유지한다는 거였죠. 그 지점에서 약간의 관점차가 있는 겁니다. 손아람 작가가 말했던 것처럼 여러 개의 탄핵소추안 중 예를 들어 세월호는 아니라도 몇 개는 인정되고 그랬죠. 그 판단에 보수가 움직인 게 아닙니다. 실제로 대통령직을 수행할 수 있느냐 없느냐, 오히려 정권의 신뢰도라는 측면에서 본 것이죠.

손아람 동의하는 지점과 반대하는 지점이 있습니다. 동의하는 지점은 이런 상황을 만들어낸 것이 제도권 정치와 사법 논리가 아니라는 겁니다. 너무 많은 사람들이 쏟아져 나오면서 법 논리로 판단할 수 있는 수준을 넘어섰죠. 그런데 저는 박근혜와 최순실이 충분하게 위헌적인 행위를 했다고 봅니다. 최순실이 비선실세로서 단순히 무엇을 착복한게 아니라 실제 대통령에게 위임된, 선거를 통해서만 위임될 수 있는 권력을 자신이 직접 행사했죠. 위임 절차 없이 말입니다. 그것은 사실상 통치권을 수권 범위 바깥에서 쓴 것이기 때문에 단순하게 대통령 측근 비리와는 다른 차원이었다고 저는 생각해요.

탄핵이 인용이 되지 않았다면 어떻게 됐을까요?

손아람 만약 탄핵이 인용되지 않았다 해도 박근혜 대통령은 어떻게든 내려왔을 겁니다. 어쨌든 저는 시민들의 압도적인 지지를 받아 탄생한 문재인 정권이 사회 경제적 문제를 어디까지 해결할 것인가에 관심이 있습니다. 이를테면 문재인 정권에서는 지금까지 어떤 정권도 건드릴 수 없었던 재벌 문제를 과연 건드릴 수 있을까, 하는 거죠. 촛불집회 당시 저는 기자들, 시민단체들과 광장신문을 만들었고 제가 그 첫면을 계속 썼습니다. 주로 다룬 주제가 재벌을 어떻게 할 것인가 하는 문제였죠. 많은 사람들이 박근혜가 내려오면 다 끝난다고 생각했습니다. 제가 우려했던 대로 문재인 대통령이 당선된 뒤로 그 이상을 말하는 것에 굉장히 많은 거부감과 공격이 있습니다. 저는 촛불혁명이 기회라고 생각했어요. 보수도 민주당도 할 수 없었던 일이 가능할 수 있겠더라고요. 정말 몇 십 년에 한 번 올까 말까 한 기회임은 분명

했죠. 그 기회는 아직도 여전히 유효하고요.

이제 촛불정신에 관한 문제가 자연스럽게 나왔군요.

이준석 국민이 원한 일이니 박근혜 정권은 내려올 수밖에 없었습니다. 재벌 개혁이나 적폐청산 같은 아젠다는 제가 봤을 때 그 이후에 더해진 거 예요. 선거 결과나 국민적 요구를 바탕으로 동력을 거기까지 끌고 가야 한다는 것은 진보 세력의 목표죠. 실제로 박근혜 탄핵 후 촛불집회의 동력이 확 떨어질 수밖에 없었던 것은 국민들의 요구가 거기까지라는 얘기였습니다. 그럼에도 동력을 이어나가기 위해 적폐청산을 들고 나온 것인데, 이런 표현을 하기는 좀 그렇지만 정치권이 국민의 힘을 이용해 다른 일들을 벌이고 있는 겁니다.

정치권이 다른 일들을 벌이고 있다고요?

이준석 네. 박근혜 정부에서 종북 논란이 벌어졌었죠. 통진당 해산 심판 청구를 하자고 했을 때 저는 적극 반대를 했어요. 정당은 선거를 통해서 자연스럽게 해체하는 것이 바람직하니까요. 그런데 법원으로 끌고 갔어요. 대통령 당선 뒤에 정책에 쏟을 수 있는 역량을 스스로 갉아 먹는 거라고 제가 얘기했어요. 제 말을 듣지 않더군요. 통진당 문제로 지지율 상승을 더 노리고 있었거든요. 문재인 정부에서도 그런 느낌이 약간 듭니다. 지금 상황을 촛불혁명의 연장으로 보는 분들도 있겠지만 저는 끝났다고 봐요. 이제부터는 문재인 정부가 정책을 펼쳐야죠. 계속 촛불혁명을 갖다 붙일 게 아니라 능력을 보여줘야 할 지점이거든요.

이제 적폐청산은 그만해도 좋겠다는 입장이시군요.

이준석 적폐청산은 시스템에 대한 공격이 아니라 개인에 대한 공격이에요. 이명박 대통령이 10년 전에 대통령 당선된 사람인데, 이 사람을 잡아넣는 것은 부도덕한 개인에 대한 처벌 혹은 사회 정의를 세우는 일이 될 수 있겠지만 시스템적으로 아무 의미 없는 사람이잖아요. 적폐청산에 동력을 쏟아 붓는 것 자체가 재벌개혁이나 다른 개혁에 대한 의지를 의심하게 만들어요.

손아람 지금은 검찰이나 국정원, 재벌들이 자기 목소리를 낼 수 없는 상황입니다. 아주 수월하게 무엇을 변화시킬 수 있는 기회죠. 아쉽게도 많은 시민들이 거기까지 생각하고 있지는 않은 것 같아요. 하지만 저는 그동안 누적된 사회적 피로가 촛불혁명으로 터져 나왔다고 봅니다. 최순실이 어쨌으니까, 박근혜 대통령은 세월호 때 어디에 있었으니까, 이런 것들이 수백만 명의 사람들을 광장으로 모이게 한 전적인 이유는 아니죠. 대통령이 바뀌고 끝날 일이라면 조금만 기다리면 되는 거 아닙니까. 저는 촛불시민들의 불만은 정권이 아니라 체제에 있었다고 봐요. 그런 누적되고 잠재된 피로 때문에 광장으로 나와 임기 1년 남은 대통령을 끌어내린 겁니다. 저는 문재인 정권이 이명박 문제에 매달릴 필요가 없다는 말에 어느 정도 수긍합니다. 전직 대통령에 대한 수사는 정권교체 때마다 있었죠. 이명박을 옹호하자는 것이 아니라, 큰 틀에서 보면 중요한 문제가 아니라는 말입니다. 저는 조세제도부터 시작해 재벌 순환출자, 상속 문제, 검찰과 경찰의 개혁이 더 급한 문제라고 생각해요. 그런데 실제로 문재인 정부에서 거기에 손을 대고 있죠. 아직 결과가 나오지는 않았지만요.

두 분 다 개혁에 동의하는 것 같습니다. 그런데 개혁의 방향이나 방법에는 이견이 있는 것 같네요.

이준석 박근혜 정권을 돌이켜보면 너무나도 명확해요. 초기에 제가 계속 비판의 목소리를 냈던 게, 이러자고 정권 잡았냐는 거였습니다. 정권의 지지율은 항상 내려가는 방향으로 갑니다. 따라서 힘이 있을 때 중요한 사안에 매진해야죠. 그것이 성패를 좌우합니다. 김영삼 정부를 돌이켜보면 초기에 상당히 많은 정책적 결과물들을 쏟아냈거든요. 금융실명제부터요. 그 개혁은 상당히 전격적이었고 속도감 있게 진행된 시스템적인 개혁이었어요. 군부정권 청산도 있었지만 그보다 더 부각됐던 건 정책적 이슈였습니다. 문재인 정부가 집권한 지 이제 1

년이 좀 안 됐죠. 이 정도 시간이면 충분히 안을 만들 수 있는 때라고 봐요. 대부분의 개혁안이 세상에 없는 걸 만들어내는 게 아니거든요. 그런데 예를 들어 조국 수석이 발표했던 권력기관 개혁방안을 보면 각론이 없더라고요.

손아람 김영삼 대통령과는 비교하기가 좀 어렵다고 생각합니다. 정치환경부터 너무 차이가 나죠. 김영삼 대통령처럼 쥐도 새도 모르게 결정을 내려 밀어붙일 수가 없어요. 의사소통이나 대화 없이 '내가 대통령이니까' 할 수 있는 환경이 아닙니다. 그때처럼 역사적 이정표가 되는 엄청난 결정을 아무도 모르게 할 수가 없죠. 내일 갑자기 뭐를 내놓고, 이런 식으로 처리할 수 있는 때가 아니에요. 그렇다고 문재인 대통령이 모든 걸 완벽하게 할 거라고 믿지는 않지만 속도에 대해서는 조금 지켜봐야겠습니다.

이준석 검찰이 적폐라고 생각한다면, 적폐를 다룰 때는 굉장히 신속하게 한 방에 다뤄야 합니다. 지금 보면 이미 애드벌룬은 다 띄워났는데 애드벌룬 단계에서 막힌 거나 마찬가지거든요. 그게 적폐세력의 반발이라고 하면 할 말이 없지만, 뒤집어 말하면 각론이 없는 거예요. 예를 들어 검·경 수사권 조정에서 가장 쉽게 나오는 반론이 뭐냐면, 검찰 조직이 과한 권력을 가지고 있는 게 싫어 경찰 조직에 권력을 주겠다는 건 무슨 발상이냐는 거예요. 그랬을 때 딱히 논리적인 반박 같은 게 나올 수가 없거든요.

손아람 그게 무슨 말이죠? 저는 각론이 없다는 것부터 검·경 수사권 조정까지 이해가 잘 안 되는데요.

이준석 대공수사권을 국정원에서 경찰로 이관해요. 사람들이 제일 먼저 조국 수석에게 하는 질문이 이렇습니다. 국정원에 있던 인물들이 경찰로 넘어가냐, 업무적인 수준에서 부처 조정이 있냐, 아니면 신설 조직으로 경찰의 역량을 키워야 하냐. 국정원에 있던 인물들이 경찰로 넘어간다면 말 그대로 조삼모사죠. 똑같은 사람들, 지금까지 부도덕하고 지저분했던 사람들이 그대로 가서 조직 타이틀만 바꾼다? 그건 해양경찰청을 해양경비안전본부로 바꿔서 옮기면 뭐가 달라지냐는 것과 똑같은 비판을 받을 일이죠. 박근혜 정부 때 민주당이 그렇게 비판했잖아요.

손아람 저는 동의하지 않습니다. 일단 국정원은 국정원법에 따라서 지나치게 보호받고 특권을 가진 수사기관이죠. 법으로 불투명성을 보장받는 기관입니다. 하지만 경찰은 국정감사의 범위부터 시작해 통제를 받는 기관이에요. 법의 보호 아래 있는 불투명한 조직에서 법의 규정 아래 투명하게 감시받을 수 있는 조직으로 수사권이 이전되는 것만으로 충분히 의미 있는 변화라고 생각합니다.

이준석 대공수사권에 대해 기밀수사 같은 걸 보장하지 않으면 그것도 또 논란이 될 사항이죠. 그러니까 사정기관 개혁을 하려면 한 번에 각론까지 나와 국민의 선택을 받아야 한다는 겁니다. 예를 들어 회사가 잘 되려면 어떻게 해야 합니까, 물었더니 매출은 늘리고 비용은 줄이면 된다고 말해요. 틀린 말은 아니지만 내용이 없어요. 왜 이런 얘길 하냐면, 똑같은 방식으로 각론 던지고 "다 모여 검사와 대화해봅시다" 이런 식으로 하다가 실패했던 경험이 있잖아요. 그런 나이브한 생각으로는 개혁을 할 수 없습니다. 지금 이 상태에서 이렇게 해가지고는 쉽지 않을 거라고 봐요. 그래서 개혁의 진실성에 대해 약간 의구심을 갖는 겁니다.

손아람 저는 섣불리 판단을 못 하겠고, 일단 방향과 속도는 큰 문제라고 생각하질 않아요. 우리가 3년, 4년 기다린 것도 아니고, 과거처럼 조직을 이렇게 하겠다 딱 선포하고 나면 모든 게 해결되는 정치 환경에 있지 않습니다. 다만 처음에 저는 문제인 후보가 방향 설정 자체를 과연 할 의지가 있는 사람인가 의심을 했습니다. 너무 많은 것들을 흐리멍덩하게 뭉뚱그려서 말했으니까요. 굉장히 안전하게, 지지율 까먹을 만한 위험요소를 최대한 줄이는 방향으로 진행했죠. 그런데 제 우려에 비해서는 방향 설정을 확실하게 했다고 생각합니다. 검·경 수사권 조정부터 국정원 개혁 그리고 법인세 문제도 후보 시절엔 유보적이라고 하다가 당선되고 나서는 분명한 자세를 보여줬죠. 시간이 지난 다음 한 번 더 평가할 문제라고 봅니다.

이준석 지금 법인세 인상 정책은 나온 게 없잖아요.

손아람 저는 법인세에 대해 언급 자체를 못 할 거라고 생각했거든요.

이준석 저는 언급만 하고 실제로는 안 할 거라고 봅니다. 정치권에서 개혁 아젠다를 입 밖에 내는 순간부터 조직적인 반발 논리가 나와요. 미리 준비하고 나간 게 아니면 조직의 관행이 항상 이깁니다. 그것이 지금 까지 구체제가 수십 년간 지속돼왔던 원동력이기도 하고요. 공수처 문제도 그렇고 검·경 수사권 조정도 그렇고, 제 생각에는 이미 조직적 반발에 직면했습니다.

두 분이 말씀을 주고받다 보니 전망에 관한 얘기가 됐습니다. 누구의 전망이 맞을지는 시간이 지나면 알게 되겠죠. 이제는 촛불혁명에 대해 마지막 얘기를 해볼까요? 촛불을 이끈 주역들은 엄청나게 행복한 기억을 갖게 되었습니다. 역사적으로 이런 행운은 아주 드문 일이죠. 촛불혁명은 보수 진보 할 것 없이 훗날 성공한 변화 혹은 혁명의 기억으로 후세에 남을 것 같습니다. 촛불혁명이 자신에게 무엇이었나, 말씀해주실 수 있을까요? 촛불혁명이 자기 마음속에 어떤 식으로 각인됐고, 그것이 자신의 삶을 어떻게 변화시켰나요?

이준석 촛불혁명이 주는 의미는 권력이 축소되어야 한다는 겁니다. 큰 권력을 한번 휘두르기 시작하면 아주 위험해져서 나중엔 휘두른 권력도 함정에 빠지게 됩니다. 그것이 큰 권력의 속성이죠. 또한 권력이 사이즈가 크면 그것을 쥔 위정자는 휘두르고 싶은 욕망에 사로잡힐 수밖에 없어요. 권력의 범위, 힘의 크기 자체를 축소시켜라. 이것이 촛불혁명의 시대정신이라고 봐요. 큰 정부일수록 부패할 확률이 높습니다. 박근혜 정부가 가장 대표적으로 보여주지 않았습니까. 박근혜 정부는 보수 정부인데도 작은 정부를 지향하지 않았어요. 비극은 거기서 잉태된 거죠.

손아람 한반도 남쪽에서는 봄의 혁명, 여름의 혁명, 겨울의 혁명이 있었습니다. 4·19, 6월 항쟁, 촛불혁명이 그것입니다. 겨울 혁명은 압도적인 시민의 수로 법 절차, 정치, 제도의 질서를 넘어서 비정상적인 통치권자를 끌어내린 사건입니다. 그게 가능했던 건 저는 봄의 혁명 때문이라고 생각합니다. 4·19는 식민지 시대에 태어난 사람들이 주도했습니다. 그들의 인식 속에는 민주주의보다는 왕정이 깊이 자리 잡고 있었을 겁니다. 그런데 자신들이 뭉치면 왕을 끌어내릴 수 있다는 것은 상상력 바깥의 일이죠. 하지만 그게 실현됐습니다. 봄의 혁명은 시민들의 무의식 속에서 하나의 믿음으로 지속돼왔고, 1980년대에 한 번 더 그 가능성을 실험해봤습니다. 그리고 우리 세대에 겨울의 혁명으로 완성했습니다. 2017년의 경험은 흔히 세월호 세대라고 하는, 지금의 10대부터 2, 30대들의 정신적 자양분이 되어 민주주의가 위협당할 때마다 그들의 무의식을 자극할 겁니다. 또한 새로운 시대 정신이 권력에 의해 좌초될 때 그들은 거리로 나올 것입니다.

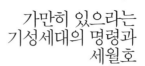

가만히 있으라는
기성세대의 명령과
세월호

세월호 침몰 소식을 어디서 처음으로 접했나요? 그 당시 이 사건의 심각성
을 정확히 인지했나요?

이준석 저는 세월호 참사 당일 아침에는 채널A에서 〈돌직구쇼〉를 하고 있었
어요. 매일 하는 프로그램이었거든요. 그때 옆에 속보 자막이 뜨더라
고요. 진도 여객선 침몰, 승객 전원 구조. 〈돌직구쇼〉가 오전 10시까
지 하는 방송이라 방송 끝나고 PD들과 밥 먹으러 나갔죠. 식당에서
TV를 보니 갑자기 '전원 구조 오보'라고 떴어요. 저는 뭔가 잘못된
것 같다는 생각이 들었는데, 동아일보 본사 앞에서 채널A 차량 넉 대
가 동시에 출발하더라고요. 아주 심각한 일이 터졌다는 것을 직감했
죠.

손아람 저는 당시 한겨레 기자들과 박은선이라는 여자 축구선수를 취재하고 있었어요. 그래서 축구단 버스를 타고 같이 이동하는데, 버스에 달린 TV에 선박이 침몰했다는 자막이 떴습니다. 구조선들과 어선들이 다가가 구조하는 모습이 보였고요. 그때 한겨레 기자들과 웃으면서 "저 회사 사장 파산했네!" 했죠. 학생들 걱정은 전혀 하지 않았어요. 단 한 명이라도 죽는다는 생각은 하지 못했거든요. 배가 바다 위로 많이 떠 있었고 구조선들도 이미 와 있었어요. 배가 바로 가라앉는 것도 아니고, 설마 사람이 죽을까 싶었습니다.

이준석 대표는 채널A PD들과, 손아람 작가는 한겨레 기자들과 함께 세월호 참사를 처음 접했다는 거네요. 정말 두 분은 정말 보수와 진보의 아이콘이군요(일동 웃음).

이준석 저는 〈돌직구쇼〉에 출연하느라 매일 방송국에 갔어요. 세월호 침몰 뒤 방송국에서 해양 구조 전문가를 불러 대담을 하더라고요. 에어포켓에 관한 얘기를 하고 있었어요. 제가 대기실에 있다가 그분이 들어오시기에 물었어요. "교수님, 세월호에 에어포켓이 있어요?" "없어", 하시기에 "그럼 오늘 대담은 왜 하신 거예요?" 그랬죠. "야, 내가 없어도 없단 얘기를 할 수 있겠냐?" 그러시더군요. 아이고, 애들 다 죽었구나! 저는 그렇게 생각했죠. 그런데 방송에서는 에어포켓에 희망을 걸게 만드는 얘길 계속했거든요. "에어포켓이 있죠, 교수님? 최대한 살아 있던 기록이 얼마입니까?" 머릿속이 멍했죠. 아는 것을 말할 수 없는 상황이 이런 거구나. 그런 경험은 처음이라 마음이 몹시 무거웠습니다. 방송국에 자기가 잠수부로 뛰어들겠다면서 연락처를 알려달라고 전화를 해오는 사람이 엄청나게 많았어요.

손아람 저는 박은선 선수 인터뷰가 끝나고 한겨레 기자와 식당에 갔어요. 밥을 먹고 있는데 다른 뉴스가 나왔어요. 승객들이 구출되지 않았다는 겁니다. 잘 믿기지가 않는 거예요. 내가 축구단 버스에서 봤던 '전원 구조'가 어떻게 승객 300명이 죽는 상황으로 바뀔 수가 있는지, 납득이 되지 않았어요.

이준석 세월호 참사도 충격이었지만 제게는 박근혜 대통령의 태도도 충격적이었습니다. 저는 박 대통령을 잘 아는 사람입니다. 박 대통령이 사람을 만날 때 보이는 행동도 잘 알죠. 박 대통령이 가서 유세하면 5천 표가 더 온다는 속설도 있었지만, 함께 가보면 싫어하는 사람이 별로 없어요. 나이 든 사람도 그렇지만 젊은 사람도 '어? 생각했던 것보다 이상한 사람이 아니네' 그런 표정이에요. 세월호 참사가 났을 때 저는 박근혜 대통령이 특유의 친화력을 발휘해 유족들을 잘 다독거릴 줄 알았어요. 그런데 청와대에서 아무 반응이 없는 거예요. 그때 뭔가 이상하다는 생각을 하긴 했죠. 박근혜 대통령이 야당 대표를 할 때는 오히려 대통령도 못 가는 재난 현장엘 갔는데 왜 이러지? 참사에 무덤덤해졌나? 저는 그때부터 박근혜 대통령이 집권 뒤 정서적인 민감도가 많이 떨어졌다는 생각을 하게 됐습니다.

손아람 세월호 참사가 일어난 뒤로 2주간, 제 주변의 모든 사람들이나 실제로 만난 사람들, 온라인과 페이스북으로 연결된 사람들이 모두 세월호 이야기만 했습니다. 세월호 이야기를 하면서 정부를 비난했죠. 저는 그 당시 세월호 이야기를 안 했어요. 정리가 잘 안 되는 거죠. 일단 아는 게 너무 적었습니다. 바로 국가 책임을 말하기에는 입이 잘 떨어지지 않았고요. 정보가 너무 적은데 무슨 판단을 할 수 있겠어요. 사실 그것도 박근혜 정부의 잘못 중 하나였죠. 정보 통제에 더 신경을 썼다는 얘기니까요. 그 말을 하자니 마음이 무거워지네요. 아직도 제 머릿속에 강렬하게 남아 있는 인상적인 장면이 하나 있습니다. 제가 양재동에 살아서 서초동과 강남을 많이 지나다녔어요. 그런데 세월호 참사 뒤 처음 한 2주간은 추모의 분위기를 전혀 느낄 수가 없었어요. 추모라기보다는 걱정이라고 하죠. 당시에는 아직 기대를 가지고 있었으니까요.

맞습니다. 처음에는 그랬죠.

손아람 그런데 친구를 만나러 하남시에 갔거든요. 깜짝 놀란 게, 하남시청 앞 운동장에 내리자마자 시야가 미치는 곳까지 펜스에 조그만 리본이 가득 매달려 있었습니다. 돌아오라는 뜻으로 노란 리본을 처음 달기 시작할 때였죠. 벤치에 앉아서 친구를 기다리는데 지나가는 사람들이 전부 세월호 이야기를 했어요. 다른 나라에 온 것 같은 기분이었습니다. 하남에서 집으로 돌아가는 버스를 타고 강남역에서 내렸어요. 강남에서는 그런 분위기가 전혀 없었죠. 마치 인간이 서로 다른 종으로 분화하기 시작했다는 느낌까지 들더라고요. 진도에서는 하남이 거리상으로 더 먼 곳이죠. 안산을 기준으로 해도 하남보다는 강남이 더 가깝단 말이죠. 얼마나 기가 막히는지 그런 말도 안 되는 생각까지 다 했어요. 당시 사법연수원 다니던 친구에게 얘기해봤죠. "야, 만약에 고등학생들이 아니라 사법연수원생들이 다 침몰해서 죽었다면 대법원에서 현수막을 내걸지 않았겠니?" 친구는 당연히 그랬을 거라고 대답했어요. 그런데 시민들은 난리였지만 행정기관, 사법기관은 조용했어요. 물론 이건 분석이라고 할 수는 없고 굉장히 인상에 가까운 느낌이었죠. 하지만 나 개인에게는 굉장히 충격적인 인상이었습니다. 그런 인상이 완전히 틀렸다고 할 수는 없는 게, 결국 정치적인 쟁점이 되자 같은 비극을 두고 진보와 보수의 반응이 달랐죠.

역시 예술가라 그런지 예리한 통찰입니다. 저는 세월호 문제가 진영 싸움으로 번지기 전에는 두 진영이 이 문제를 접하는 방법이 똑같았다고 생각했어요. 물론 강남 사람들이 전부 보수는 아니겠지만요. 그리고 국가기관에서 현수막을 내걸지 않은 것은 청와대가 이 사건을 어떻게 생각하는가와 관련이 있지 않을까요? 그 문제와 관련해서 세월호 참사 당시 박근혜 대통령의 태도를 한번 되짚어보죠.

이준석 대통령이 되기 전의 박근혜와 대통령 박근혜가 달랐습니다. 최종 단계에 도달한 위정자로서의 박근혜의 태도는 달랐죠. 저는 그것을 느끼겠더라고요. 박근혜 대통령이 사고가 나자마자 특유의 현장 친화력으로 세월호 참사 문제에 접근했더라면 심각한 사태를 어느 정도는 덮을 수도 있었을 겁니다.

손아람 실제로 박근혜가 아닌 다른 정권이었다면 사고로 사람이 아무도 안 죽었을까요? 확신할 수는 없죠. 다만 구조 과정에서 박근혜 정부가 컨트롤 타워로서 할 수 있는 최선의 모습을 보여주지 않은 건 사실이고, 그 때문에 죽었다고는 아무도 말할 수 없지만 그 자체에 대한 국민적인 분노는 정당성이 있었다고 생각합니다. 참사로 수백 명이 죽었고 전 국민이 트라우마 상태인데, 대통령이 그에 대해 한 마디도 하지 않고 자신을 향한 분노의 목소리가 나오니까 오히려 적대시하는 것으로 보였어요.

이준석 그것 때문에 결국 탄핵이라는 길로 접어들었죠. 세월호 참사 자체가 탄핵의 사유는 아니라고 해도 대통령의 탄핵과 세월호를 완전히 분리해 생각하는 국민은 없을 겁니다.

세월호 참사에서 특히 어린 학생들의 희생이 컸죠. 사건 처리 과정에서 통치자의 태도에 문제가 있었다는 이준석 대표님의 지적과 참사에 대한 인식이 지역에 따라 온도차가 컸다는 손아람 작가의 경험담, 당연할 수밖에 없었던 국민들의 분노에 대해 들어봤습니다.

보수와
진보의
생각 I

88만원 세대,
흙수저,
헬조선

지금부터는 한국사회에서 벌어지고 있는 정치, 경제, 인권 현안문제들을 본격적으로 다뤄보도록 하겠습니다. IMF 이후 한국사회는 심각한 양극화가 이루어졌습니다. 더구나 청년들이 쉽게 취업을 할 수 없고, 취업을 해도 정규직이 아닌 비정규직으로 일하며 '88만 원 세대'로 살아가고 있는 실정입니다. 청년들에게 너무 냉혹한 현실이죠. 또 흙수저는 아무리 노력해도 금수저가 될 수 없습니다. 지옥이란 의미의 영어 단어 헬(hell)과 조선이란 단어의 합성어 '헬조선'은 한국사회를 규정하는 단어가 됐고, 청년들의 입에선 "젊을 때 한국을 떠나자"는 말까지 나오고 있습니다. 실제로 청년 취업률이나 그들의 소득을 고려하면 그런 말이 나오는 게 당연하다는 생각도 듭니다. 청년들의 현실을 보면 한국은 충분히 지옥이죠. 사안별로 두 분께 질문을 드리고 의견을 듣도록 하겠습니다.

먼저 손아람 작가님은 언론이나 미디어를 통해 헬조선 담론을 자주 얘기해왔는데, 이 문제에 관해 상당히 깊은 통찰을 보여준 것으로 기억합니다. 실제로 청년들의 현실이 헬조선이라는 말이 나올 정도로 참혹한가요?

손아람 헬조선을 유행시킨 '월드 오브 워 크래프트' 게임의 한 지도를 보면 정해진 한 관문이 있어요. 어떤 사람들에겐 관문을 통한 성장 보상이 주어지지 않는 데 반해 어떤 사람들은 임무를 너무 쉽게 완성하고 보상을 받습니다. 일종의 보상의 비대칭이죠. 경향신문에서 헬조선이란 단어와 함께 빈번하게 쓰이는 단어의 의미망을 분석해보니 이런 단어들이 나왔어요. 헬조선, 한국, 청년 취직. 그리고 일베와 트위터의 공통어는 노예, 지옥, 미개. 멸망. 저는 이게 한 문장이라고 생각하거든요. 한국은 '청년' 세대가 '취직'과 채용에 '노예'인 지옥 같은 나라다. '미개'한 나라에서 '멸망'하기 전에 탈출하자. 이것이 헬조선의 테제라고 생각해요. 여기서 굶어죽는다는 말은 없습니다. 그러니까 취직으로 대표되는 어떤 관문이 있고, 그 관문을 통과해서 될 수 있는 것은 결국 노예 상태, 대기업의 노예로서 적당히 먹고 사는 것 정도라는 겁니다. 사다리를 타고 올라갈 수 있는 기회는 주어지지 않는다고 생각해요.

이준석 손아람 작가님은 보상의 비대칭과 노예 상태의 삶이 헬조선의 핵심이라고 생각하는 건가요?

손아람 네. 왜 과거에 비해 지금 그런 인식이 더 강해졌을까요? 고도성장하던 시기에는 당장 주어지는 보상을 통해 자신의 환경을 바꿀 수 있는 여지의 폭이 아주 컸습니다. 이를테면 시골에서 6형제 집 자제로 태어나 초가집에서 자란 사람이 서울로 올라와 의사가 되어 아파트 사고 차를 굴리며 살 수 있는 삶의 변화. 엄청나게 큰 폭의 변화죠. 그 시대와 달리 지금은 기본적인 욕구는 충족할 수 있는 시대입니다. 그런데 상대적 간격을 줄이는 게 거의 불가능한 사회구조가 되었어요. 은행에 돈만 맡기면 이자가 20퍼센트 붙던 시대가 있었습니다. 불과 20여 년 전이에요. 은행 이자가 20퍼센트라는 건 해마다 200퍼센트씩 자기성장을 가능케 하는 경제적 수단들이 존재했다는 얘기죠. 이제 그런 성장은 사라졌고, 사람들이 노력을 통해서 한국이란 사회구조에서 주어진 도약을 할 수 있는 여지는 없어졌습니다.

박근혜 대통령 시절, 손아람 작가가 2016년 정초에 발표한 〈청년 망국(望國) 선언문〉이란 글이 문제가 되었습니다. 이 글에서 특히 재미났던 부분은 어렵게 살아가는 전태일들에 관한 얘기였죠. 특히 흙수저의 상황이 이제 전문직 종사자들에게까지 번졌다는 것은 가히 충격적이었습니다.

손아람 제가 전태일 40주기인 2010년에 경향신문에서 했던 작업이 있는데, 전국에 전태일이란 이름을 가진 사람들을 찾아다니는 르포를 진행했습니다. 그들이 어떻게 살고 있는지, 어떤 노동 환경에 있는지 확인하는 거였어요. 옛날 전태일과 비교해보는 작업이었죠. 2010년에는 전태일들이 아르바이트나 이런저런 일들을 하면서 긍정적으로 살고 있었습니다. 2015년 헬조선 담론이 있었을 때 그 전태일들이 지금 뭐하고 사는지 확인해봤습니다. 과거에 영화감독이 꿈이었던 극장 알바 전태일은 조선소에서 노동을 하고, 조선소에서 일해 식당을 하겠다던 용접공 전태일은 팔이 부러져 직장을 잃었고, 고시 공부하던 전태일은 아르바이트를 하고, 뭐 그런 식이었어요. 2010년만 해도 희망 같은 것이 보였는데, 불과 5년 지났을 뿐인데 그들의 마음속에는 전혀 다른 감정이 자리 잡고 있었습니다.

전문직 종사자들의 상황도 구체적으로 설명해주시죠.

손아람 네, 이번에 특이할 점은 전문직에 속하는 사람들의 모습이었습니다. 가령 제가 만난 한의사 한 분은 5년 동안 제대로 돈을 벌지 못했어요. 그는 길목과 성격과 직종을 탓하다가 요즘은 사회구조를 탓하고 있죠. 그는 식사가 끝난 뒤 작가인 제게 계산을 부탁했습니다. 학자금 대출 수천만 원이 빚으로 남아 있다고 했어요. 20대 중반에 사법고시에 합격한 한 변호사는 외국어를 공부해 해외로 취직했답니다. 대기업 10년차인 한 직장인은 월세 방에 살며 여전히 첫 차를 장만하지 못했다고 합니다. 부채를 감당할 배짱이 없다면 이 시대에는 지극히 자연스러운 선택이죠. 전문직도 이제는 사다리를 타고 신분상

승을 하는 게 아니라 근근이 살아가는 형편이었습니다.

　물론 이것이 전문직 종사자 전체의 모습은 아니겠죠. 하지만 전문 직도 헬조선에서 살아가기가 녹녹하지 않다는 것만은 분명해요. 청 년들이 결혼하지 않는 이유가 뭔지 아세요? 누구와 살지 결정하는 것은 어려운 일이 아닌데, 어디서 살지를 결정하지 못하는 겁니다.

그 조사 뒤에 느낀 점이 있을 것 같아요.

손아람 여기서 제가 주목하는 점은 더 성장해서 인생 역전을 할 만한 가능성 이 남아 있다는 방식, 미래의 부채를 끌어와 문제를 해결하는 방식이 아니라, 실질적인 분배 문제를 해결할 방법을 찾는 겁니다. 이제 성 장 이데올로기는 끝났습니다. 성장에서 무엇이 남아 있다고 말하는 것은 일종의 기만입니다.

손아람 작가님의 말을 들어보면 우리 사회가 분배 구조에 문제가 있는 것 으로 느껴지네요. 그 문제는 또한 자본과 노동이 가장 첨예하게 대립한다는 얘기일 겁니다. 보수와 진보가 갈라지는 지점이고요. 두 분이 자유롭게 한 번 토론해볼까요?

이준석 제가 IT업 쪽에 있어서 그런지 모르겠는데요, 노동의 생산력 측면에 서 보자면 우리 시대가 전혀 다른 경제적 환경에 놓여 있어요. 세 사람이 일하면 여섯 사람이 일하는 것에 비해 절반의 작업 속도죠. 하지만 이제는 경제적으로 봤을 때 사람의 가치에 따라 기하급수로 일 처리 효율에 차이가 날 수 있습니다. 예를 들면 컴퓨터처럼 효율화를 시키는 도구에 적응한 세대와 부적응한 세대가 너무 극명하게 갈리는 겁니다. 그래서 제가 창조경제 정책이라는 게 처음 나왔을 때, 이것은 한국의 청년들에게 절망적인 단어라는 이야기를 했어요. 창조경제는 창의력을 키운 자에게는 축복이요, 창의력이 부족한 자에게는 사회 발전에서 배제되는 효과를 낳는 비극이거든요.

제가 단편적으로 이야기했던 게 뭐냐면, 과거에는 우리가 기술의 관점 말고도 할 수 있는 일들이 꽤 있었다는 거예요. 그런데 산업화, 고도화, 효율화가 진행되면서 기술 없이 할 수 있는 직종들이 가장 먼저 사라지게 되죠. 문방구, 서점, 다 박살났잖아요. IT 소비자적 관점에서 효율화라는 것이 결국은 하나의 산업을 무너뜨리고 말았습니다. 이를테면 예스24와의 경쟁에서 이긴 동네 서점이 어디 있겠어요. 그런 구조에서 우리는 사회 전체의 경제성을 높인다는 미명 하에 효율화라는 것을 촉진시키게 되겠지만, 그런 관점 속에서 효율성이 떨어지는 개개인은 효율화된 승리자들에 비해 몇 십 배 효율이 떨어지는 존재로 전락해버리는 겁니다.

저는 이 과정 속에서 인간의 가치가 굉장히 작아지는 현상들을 경험하고 있고, 자존감이 무너지는 현상들을 경험하고 있어요. 역사는 반복되죠. 기계를 파괴하자, 러다이트 운동 같은 것을 봐도 그 당시에는 똑같은 충격이었을 겁니다. 방직공장에서 옷감을 짜는 게 가내 수공업으로 짜는 것보다 몇 십 배나 효율이 올라간다는 생각을 하면 일할 의욕이 안 생기거든요.

헬조선 담론은 결국 적응한 자와 적응하지 못한 자의 격차가 너무 크기 때문에 문제가 심화될 수밖에 없는 구조에서 나온다는 뜻인가요?

이준석 네. 제가 봤을 때 이 문제를 약간 급진적으로 해결하는 방식이 복지인데, 복지로 해결할 수 있는가에 대해서는 저는 부정적입니다. 다만 그에 비해 그나마 약간 현실성 있게 받아들여지는 것이 기본소득 논의 같은 겁니다.

손아람 제 생각엔 시대에 따라 찾아내는 언어의 차이인 것 같아요. 이를테면 러다이트 운동 이야기를 했는데, 그 당시 사람들이 방직기계를 부술 때 그에 담긴 진짜 메시지는 생산수단의 효율이 커질수록 불평등이 심해진다는 겁니다. 결국 나눠달라는 메시지가 들어 있는 거죠. 기계가 존재할 필요가 없다고 쉽게 번역해서는 안 된다고 봐요. 근데 우리 시대에는 이를테면 인공지능 이야기가 나오자 기본수당이라는 조금 더 실용적이고 현실적인 언어를 찾은 것이죠.

헬조선이라는 언어 안에는 우리가 개인적인 노력으로 얻을 수 없는 보상에 분배제도로 답해 달라는 메시지가 들어 있다는 겁니까?

손아람 저는 그렇게 생각해요. 또 정책적인 접근이 충분히 가능할 것 같고요. 물론 그 실현을 분배로만 한정해서 이야기할 수 있는 것은 아닐 테지만, 그 가능성들을 실험할 수 있는 여지는 남아 있는 것 같습니다. 헬조선이라는 언어를 가장 구체적인 메시지로 번역하면 이런 것 같아요. 뭘 해도 재벌은 못 따라가, 원래 부자나 땅 가진 사람은 못 따라가, 그렇다면 저들이 가져가는 몫을 내가 부분적으로 가져갈 수 있게 내놔, 라는 목소리죠.

이준석 재미난 분석입니다. 새로운 분배질서를 만들려면 국가가 개입해서 정책을 마련해야겠네요. 그 정당성을 둘러싸고 진보와 보수 사이에는 인식차가 상당할 것 같습니다. 그것이 핵심일 것 같다는 생각도 드는군요.

손아람 맞습니다. 저도 그렇게 생각해요. 그런데 애초 자본가의 몫이 과연 자본가의 것인가 하는 의문이 전통적인 좌파의 관점이죠. 재벌이, 삼성이 너무나 유능하고 너무나 효과적인 투자를 통해서 엄청난 수익을 올린다면 그것이 오롯이 삼성의 몫인가? 과연 삼성의 능력만으로 번 돈이라고 말할 수 있나?

1퍼센트가
99퍼센트를
착취한다

이준석 2011년에 한창 유행했던 담론이 1 대 99입니다. 1퍼센트가 99퍼센트를 착취한다. 그것을 반대로 해석해 정책적 목표로 전환하면 1퍼센트가 희생해서 99퍼센트가 더 잘 살자는 논리가 됩니다. 그 틀 안에서 법인세 인상부터 많은 정책 아젠다가 나오긴 했는데, 1 대 99라는 대결로 정치적 구호화시킨 것 자체는 현실 왜곡이라고 생각합니다. 1 대 99라는 비율은 나올 수도 없고 10 대 90도 나올 수가 없어요. 만약 그렇게 나누는 정책을 실행하려면 더 가진 50퍼센트가 덜 가진 50퍼센트를 위해 나누는 것 정도는 돼야지 현실성 있는 이야기라고 생각하거든요. 근데 선거라는 건 그렇지가 않습니다. 예를 들어 어떤 정당이든지 더 가진 50퍼센트를 상대로 내놓으라고 한다면 지자고 선언하고 시작하는 거나 마찬가지죠. 그래서 그 범위를 좁히다 보니까 비현실적인 1 대 99 같은 구호가 나오는 거예요.

손아람 그러니까 99에게 1만 희생하면 더 잘 살 수 있을 거라는 구호가 비현실적이란 거죠?

이준석 저도 유승민 의원도 다 함께 나누자는 취지에는 공감하지만, 그것이 다수의 사람들에게 만족스러울 정도로 분배될 수 있겠냐 하는 겁니다. 정치적 구호가 너무 나갔다 싶은 거예요. 이 문제와 관련해 생각나는 것이 국가장학금제도입니다. 박근혜 정부에서는 사실상 차등등록금제도를 시행했죠. 1분위부터 10분위까지 나눠 등록금을 차등 지원했는데, 이것이 민주당이 얘기했던 일괄 반값보다는 절반의 계층이 더 혜택을 봐요. 그런데 모든 계층에서 반발이 일어납니다. 우리나라 대학생들이 실제 자기 가정의 소득분위를 잘 알지 못하는 경우가 많아서 실제 자신의 경제적 위치보다 더 낮은 위치에 있다고 생각하는 거죠. 물론 소득분위 산정기준의 정확도에 대한 논란도 별개로 있지만, 그 괴리를 받아들이지 못하는 겁니다. 국가장학금은 원래 소득 10퍼센트마다 분위별로 해서 다 차등 지급됩니다. 말하자면 반값 깎는 거보다 더 가진 자가 더 부담하는 구조로 되어 있는데, 본인이 더 가진 자로 규정되는 걸 참질 못하는 거예요. 저는 서울에서 집 가진 사람이면 상위 30퍼센트, 20퍼센트 안에는 무조건 들어간다고 보거든요. 그 사람들에게 조금씩 더 부담해야 한다는 말을 할 용기 있

저는 보수는 좀 더 보수다워야 하고
진보는 좀 더 진보다워야 한다고 봅니다.

는 정책이 있다면 그 정책은 옳은 방향이라고 봅니다. 지금까지는 그걸 왜곡시켜 가지고 1 대 99, 5 대 95, 10 대 90, 이렇게 만들어놨기 때문에 가진 자의 저항도 더 거세지는 거죠. 반대로 10에서 뺏은 것만으로 90을 채울 수가 없으니까 충분한 분배가 되지도 못합니다. 결국 양쪽의 딜레마가 있다고 보거든요.

손아람 저는 10 대 90 정도면 현실적인 비율이라고 생각하거든요? 유럽이나 미국에서도 상위 10퍼센트 사람들이 나라 전체 소득에서 가져가는 몫이 40에서 50퍼센트 정도고, 우리나라도 정확한 계산은 아니지만 50퍼센트 정도라고 하더라고요.

이준석 그러면 현 상태보다 더 나눠야 한다는 생각이네요.

손아람 상위 10퍼센트가 타깃. 레벨 자체는 현실적이라 생각해요. 그런데 상위 10퍼센트를 규제하는 정책, 상위 10퍼센트에 편중된 소득을 나머지 사람들에게 적절하게 분배하는 정책이 현실화되는 데 있어서는 제일 많이 부딪히는 논리가 이렇습니다. 그러다 자본이 외국으로 다 빠져 나간다, 아주 극단적으로 삼성을 그런 식으로 다루면 삼성 본사를 한국에 두겠냐는 겁니다. 실제로 자본은 충분히 해외로 도망 나갈 수 있죠. 이것이 다른 현실적인 장벽이지만 그 규제를 실험하는 것은 이제 몇 개 안 남은 옵션 중 하나인 것 같아요. 만약 자본이 마음대로 도망다니는 게 분배 실현의 장애물이라면 글로벌 자본세 같은 것을 만들자는 제안을 《21세기 자본》에서 피케티가 내놓기도 했고요.

만일 그것이 현실적으로 힘들다면 어떻게 하죠?

손아람 도저히 현실적으로 못 하니까 어쩔 수 없다고 말한다면, 헬조선은 어쩔 수가 없다고 말하는 거나 다름없죠. 변화를 원하는 목소리들이 나오고 있다면 거기에 대응하는 여러 가지 실험들이 필요한데, 뭐가 정답이 될지는 모르겠어요. 기본소득도 그 범위 안에 들어 있는 답안 중에 하나고요. 그런데 법인세 25퍼센트 정도는 충분히 현실적인 범위에 있다는 생각이 들거든요.

이준석 법인세를 25퍼센트로 올린다는 것은 대기업 기준으로 적용할 테니까, 그거야말로 1 대 99 프레임 정도 돼요. 실제 법인세 최고 세율이 인상되는 곳은 아마 기업 중에서 1퍼센트 정도도 안 될 거예요. 아까 말했던 10 대 90이라는 프레임은 정치하는 사람들은 굉장히 매력적으로 느낄지 몰라도 정작 시행했을 때 90을 채울 만한 실제 세수가 안 들어오는 경우가 다반사거든요. 최근 소득세, 개인소득세, 종합소득세 최고 구간의 세율을 올리면서 기본이 35, 38, 이렇게 돼 있던 걸 40대까지 올렸죠. 그래서 추가로 걷히는 세수가 4천억, 5천억, 이래요. 그 돈으로 복지정책 하나도 못 합니다. 하나를 제대로 하려면 4

조, 5조가 들어요. 아까 손아람 작가가 민주당 혹은 문재인 정권의 전반적인 노력을 높이 평가했는데, 저는 뭐라도 하려는 노력은 인정하는데 시늉만 한다는 정도로 평가합니다. 왜냐하면 그게 충분하냐는 거죠. 애초 10 대 90으로 충분하게 만족시킬 수 있는 것이 아닌데 그게 반발의 한계선이라고 보는 겁니다. 만일 20 대 80으로 더 나눠줄 자와 더 분배받을 자를 구분한다면, 아까 말했지만 자산이나 소득 상위 20퍼센트라고 하면 서울에 집 가진 사람 거의 다 들어가요. 그 사람들에게 동의를 받는 게 어렵고, 그들이 자기 주머니에서 그 돈을 부담해야 한다고 생각하는 순간 이념과 정치적 성향을 초월해서 집권 세력에 강한 조세저항이 들어가기 시작하거든요. 종부세도 똑같았죠.

맞아요.

이준석 아까 말했듯이 그렇게 되면 선거를 의식해서 결국 나눠줘야 할 사람의 범위를 갈수록 좁혀요. 10 대 90 생각했다가 1 대 99로 바꿔버리고. 법인세도 똑같아요. 우리나라는 3대 세수가 부가세, 법인세, 개인소득세인데, 이 세 개의 기둥을 골고루 올려야 하거든요. 그런데 삼성 같은 기업에게 법인세 25퍼센트의 세율을 적용한다 했을 때, 아무리 삼성이 거대 기업이라 해도 전체 법인세 세수의 5퍼센트 증가도 힘들다고 봅니다. 저는 오히려 문재인 대통령이 좀 더 파격적인 정책을 현실적으로 펼치려면 숫자가 좀 맞아야 한다고 생각해요. 지금은 법인세를 인상하나 보다, 국민이 인식할 정도로는 하는데, 숫자를 보면 찔끔 하네 뭐 이런 느낌? 그러니까 저는 그 괴리가 좀 무서워요.

손아람 저는 문재인 대통령을 적극적으로 변호하려는 건 아니고요, 제 기대보다 긍정적인 태도를 보여주고 있다는 겁니다. 문재인 대통령이 아니라 다음 대통령 혹은 그 다음 대통령이 되어야 무언가 진전이 있을지라도 방향 설정은 되었어요. 방금 여러 가지를 말했지만 상위 10퍼센트, 그보다 아래로 내려가는 정책들은 당연히 반대에 부딪히겠죠. 저는 비트코인도 거기에 포함된다고 생각합니다. 정부에서 비트코인을 규제한다고 했을 때 기사마다 붙은 온갖 종류의 댓글들을 보면 알 수 있죠.

비트코인에 그렇게 많은 사람들이 손댔나요?

이준석 거래소 계정수를 기준으로 하면 320만 명쯤 될 겁니다.

손아람 많은 건가요?

이준석 천만 가구가 있다고 할 때 320만 명이면 3분의 1인데, 비트코인이 생소한 고령층을 빼고 나면 상당한 수준이죠.

손아람 이번 정권이 들어선 뒤로 비트코인과 관련한 뉴스만큼 격앙된 댓글이 많은 걸 본 적이 없어요. 비트코인만 해도 그렇지만, 지금 주택 양도에 대한 규제부터 시작해 굉장히 많은 것들이 상위 몇 십 퍼센트를 규제하는 방향인데, 결국 그 방향으로 나가는 방법밖에 없고, 뒤에 가면 의료보험 얘기도 나올 텐데 사실 의료보험도 그 큰 틀 안에 포함되어야 되는 것이고요.

이준석 한국 정치의 가장 큰 문제는 실용주의가 팽배해 있다는 겁니다. 좋은 의미의 실용주의가 아니라 선거에 이기기 위한 실용주의가 팽배해 있어요. 문재인 대통령이 지금 하는 정책 중에서 실용성이 약간 떨어지는 정책들도 선거용이라고 판단하는 사람들이 있을 거예요. 저는 그게 철학의 부재 때문이라고 생각합니다. 저는 보수는 좀 더 보수다워야 하고 진보는 좀 더 진보다워야 한다고 봅니다. 그러니까 이를테면 대북정책은 진보, 보수가 나뉜다고 얘기하지만 그렇지 않아요. 보수는 전면에서는 강경책을 펴지만 이명박 정부 때 드러난 것처럼 결국 뒤로는 비선 접촉하고 그러잖아요. 반대로 문재인 대통령은 또 유화책으로 나갈 것 같다가 결국 어느 시점에 가선 제재를 해야 한다 그러기도 하고요. 저는 진보든 보수든 원칙과 이념에 충실해야 한다고 봅니다.

손아람 그 말에 공감합니다. 그런데 제가 하고 싶은 말이 뭐냐면, 자본이 자기 몫을 내놓는 경우가 없을 뿐만 아니라 저는 그게 자본의 몫이라는 관점 자체에 동의가 안 된다는 겁니다. 가령 파리바게뜨 제빵사들의 파견법 위반 논쟁이 일어났을 때, 심지어 더불어민주당의 국민경제 상황실 부실장이었던 주진형 씨가 그런 글을 썼죠. 누가 손해를 보는가, 이게 현재 파견법 상으로 문제라는 건 알겠는데 아무도 손해 보지 않는다. 그 주장에 따르면 제빵사들은 모두 월급을 받고 있고, 파리바게뜨 가맹점주들은 파리바게뜨 프랜차이즈에 가맹함으로써 자기 빵집 열 때보다 더 큰 수익을 올리고 있고, 파리바게뜨 본사도 그 프랜차이즈 사업을 통해 돈을 벌고 있다, 그럼 결국 누가 손해를 보냐, 이런 논리거든요. 파리바게뜨 제빵사들이 벌인 항의를 결국 재벌의 몫을 더 나눠달라는 수준에서 인식하고 있기 때문에 그런 논리가 나온 거예요.

사실은 프랜차이즈 본사가 직접 고용해야 할 제빵사를 파리바게뜨가 점주를 통해 간접 고용함으로써 점주들은 파리바게뜨 본사의 고용비용을 떠안게 됐고, 전가된 고용비용을 뽑아내려고 제빵사를 다시 착취하게 되는 구조죠. 그렇게 늘어난 파리바게뜨 본사의 수익을 원래 몫이었다고 믿으니, 누가 손해 보냐는 소리가 나오는 겁니다. 자본이 힘으로 착취하고 있는 게 아니라 원래부터 그게 자본에게 돌아갈 몫이었고 이걸 되돌리는 건 남의 것을 빼앗는 일이라고 생각하는 겁니다.

저는 그 관점을 이미 거대한 국가경제체제 혹은 글로벌 경제체제에도 적용할 수 있다고 믿어요. 오로지 돈을 버는 기업의 대표이사가 유능해서 돈을 번다고 말할 수 있나? 애초에 시장에서 회사의 매출과 임원들 몫의 비율이 정당하게 결정되고 있나? 연봉 100억 원의 대표이사는 정말로 100억 원을 줘야 할 만큼 아무도 할 수 없는 일을 하고 있고, 월급 100만 원의 노동자는 정말로 딱 100만 원의 가치를 가진 일을 하고 있나? 저는 누군가 유능해서 자기 몫을 버는 거니까 그것을 나누는 것은 그들 몫을 빼앗는 거라는 관점 자체에 동의가 되지 않습니다.

앞에서 얘기한 로이엔터테인먼트 사건도 그래서 분노한 것이죠.

손아람 네. 음악에 능력이 없는 사람이 방송국 인맥 네트워크를 이용해 회사를 차리는 것도 유능하다고 말할 수 있겠죠. 그는 일을 몰아서 따올 수 있는데, 일을 100개 따 와도 곡은 한 곡도 만들 수 없어요. 그러니까 세상에 널린 작곡가들을 모아다가 월급 100만 원씩 주고 100개의 음악을 돌려서 자기는 한 달에 몇 천만 원씩 버는 겁니다. 과연 그런 편법과 꼼수를 유능하고 시장 논리에 부합한다고 말할 수 있는 것인지요? 저는 그렇게 생각하지 않습니다. 정글처럼 승자독식으로 돌아가는 것을 정당한 규칙으로 돌아가게 만드는 것이 사실은 정부 역할 이전의 문명의 역할이라는 생각이 들거든요. 그럼 시장 전체를 두고 얘기해볼까요? 거대 자본을 가진 현대자동차 회장은 기계공학에 대한 지식이 없고, 삼성자동차 회장은 전자공학에 대한 지식이 없어요. 하지만 돈을 가졌어요. 돈을 가졌기 때문에 인프라를 사용할 수 있고요. 그래서 돈은 없지만 실질적 능력을 가진 사람들이 받는 임금을 상대적 저임금이라고 부르면서 대부분의 수익을 가져갈 수 있는 게 바로 자본주의 사회잖아요. 그 논리가 이 시대에도 계속 통용될 수 있는지에 대해 의문이 있는 거죠.

대통령제
이게
최선인가

이준석 대표님은 현재 한국의 민주주의는 직접민주주의적인 요소가 너무 많다고 했습니다. 더구나 현 정부도 그런 관점에서 비판하셨는데요, 그 문제를 얘기해보죠.

이준석 제가 봤을 때는 공화주의가 태동하는 순간부터 귀족적 요소가 있었다고 보거든요. 원시 공화정, 로마시대 공화정을 봐도 그렇고 미국 공화정을 봐도 그렇습니다. 그 안에서 정치하는 사람들을 지도자로서 인정하고 대신 시민들은 그들에게 도덕적 윤리적 덕목들을 요구합니다. 이것이 공화정의 지도자와 시민의 기본적인 사상입니다. 하지만 우리나라에서는 지도자, 위정자가 시민들에게 실망감을 안겨줬기 때문에 공화정, 넓게는 대의민주주의 자체가 조금씩 부정되는 현상을 보이거든요. 혹자는 기술의 발달로 직접민주주의 실현이 가능해졌기 때문에 그걸 해야 된다는 사람도 있죠.

하지만 우리나라에선 기술의 발달 때문에 직접 민주주의를 하자는 사람보다는 기존 사회지도층에 대한 불신 때문에 하자는 사람이 많습니다. 지도자의 도덕성을 회복하려면 정치인들이 노력해야 합니다. 저는 효율로 치면 직접민주주의보다 간접민주주의가 업무 처리나 문제해결 방법에서 훨씬 더 나을 거라고 생각하거든요. 직접민주주의가 제대로 구현된 사례 자체가 우선 적어요. 그보다 더 문제가 되는 것은 직접민주주의는 민의를 상당히 왜곡하는 요소가 있기도 하다는 것입니다.

이해하기 쉽게 구체적인 사례로 설명해주시죠.

이준석 이번 정부가 원자력발전소 문제를 풀기 위해 공론화위원회를 꾸렸었죠. 이 문제에 대해 시민들의 의견을 좀 더 수렴하자는 정부의 취지는 이해합니다. 그런데 결과적으로 전문가적인 판단과 크게 다르지 않은 판단이 나왔습니다. 시민들에게 충분한 정보가 주어진 상태에서는 시민들도 전문가들과 크게 다르지 않은 판단을 한다는 얘기거든요. 그럼 그 전에 다른 여론이 있었던 이유는 뭘까요? 시민들에게 충분한 정보가 균형 있게 공유되지 못했기 때문이죠. 그처럼 직접민주주의적 요소가 가진 판단은 실제 최선의 선택과 다를 수 있습니다.

저는 시민들에게 많은 정보가 주어지면 전문가적인 판단과 비슷해질 거라고 생각해요.

이번 대통령 탄핵은 직접민주주의적인 형태인 시민저항권이었잖아요.

이준석 어떤 정치체계에서든지 시민저항권이라는 게 있기 때문에 촛불혁명으로 시민들이 거리로 나와 박근혜 대통령을 탄핵시킨 상황을 부정하지 않습니다. 그것은 시민의 당연한 권리죠. 그런데 의사결정 과정 등을 세세하게 살펴보면 직접민주주의 요소를 도입하면서 발생하는 비효율이 저는 눈에 좀 보이거든요. 그리고 직접민주주의적 요소의 도입으로 더 나은 판단이 있었던 사례는 많이 보이지 않습니다. 가장 대표적으로 광우병 사태가 그랬죠. 저는 그래서 엘리트주의라는 비판을 받을 수도 있겠지만 이제부터 공화정, 간접민주주의, 대의민주주의를 회복해야 한다는 생각을 하고 있습니다.

손아람 저는 직접민주주의에 대한 논쟁이 이해가 잘 안 됩니다. 직접민주주의를 이야기하는 사람들을 잘 보지도 못했고, 뭘 하자는 주장이 있었는지도 잘 모르겠어요. 최근 '와글'이라고 정치적 의사결정 프로세스를 바꿔서 시민의 정치적 권한을 강화하자는 이진순 씨의 실험이 있었죠. 시민 참여, 정치 혁신, 직접민주주의 확대를 주장하면서요. 결국 국가 제도로 마련한 선거 시스템을 통하지 않고 우리가 따로 만들어서 투표를 하면 그게 직접민주주의라는 것인지. 정책을 결정하기 위해 하는 시민투표나 국민투표는 이미 있는 제도잖아요. 직접민주주의라고 말하려면 대의원들이 사라져야 하는데 대의원들을 없애자고 주장하는 사람들은 없고요.

이준석 정치가들 중에서 여론조사 민주주의를 이야기하는 사람들이 굉장히 많아요. 과거에는 전문가적 입장의 판단에 의거했을 것들을 최근에는 여론조사로 많이 합니다. 과거에 비해 여론조사 비용이 많이 줄었기 때문이겠죠. 우선 위정자 입장에서 여론조사에 의존하는 경우가 많습니다. 직접적인 표 계산이거든요. 결과가 상당히 과학적으로 나오기 때문에 선거 결과와 근접합니다. 저는 위정자가 여론에 과도하게 휘둘려 정치하는 데도 부정적입니다. 다음으로는 여론을 만들어 낸 집단, 직접민주주의의 주체가 되는 집단은 정보의 불균형 속에 놓여 있는 경우가 많아요. 예를 들어 보수는 최근 한 10년 동안 여론전에서 항상 패배해왔지요. 반대로 진보 쪽은 이를 어느 정도는 적극적으로 활용해왔습니다. 이를테면 광우병 담론에서도 여론정치의 요소를 많이 썼다고 보는데요, 이 요소가 이제는 좀 위험한 지점에 있다는 판단을 하게 됩니다. 이런 식으로 가다가 어느 순간 정부 불신까지 가는 경우가 많이 있었거든요.

손아람 직접민주주의라는 표현이 저는 턱에 탁 걸려서 말입니다. 이를테면 광장이 제도권 정치의 멱살을 잡아끌고 가는 상황을 과연 직접민주주의라고 부를 수 있느냐, 그런 의문은 들지만 이준석 씨의 말이 무슨 뜻인지는 알겠습니다. 사실 제 관점에서는 더 많은 사람들이, 모든 국민이 의사를 내서 결정하는 게 항상 옳은 결과를 가져온다고는 믿지 않아요.

이준석 결국 저도 국민의 의견을 더 잘 반영하기 위한 대안이 필요하다고 보는데요, 조금 더 나가서 얘기를 하자면 대의성을 높이기 위한 방법 중 하나가 대표성을 높이는 겁니다. 여기서 대표 단위성을 높이기 위한 방법으로는 국회의원 증대가 있을 것이고, 시·공간적 대의성을 높이기 위한 방법으로는 선거 빈도의 증가가 있다고 봐요.

손아람 선거 빈도 증가라면…….

이준석 그게 뭐냐 하면, 우리는 국회의원 선거가 4년에 한 번 있는데 미국은 선거를 2년에 한 번씩 치르거든요. 상원의원은 임기가 6년인데 중간 선거가 있어 2년마다 총 의석의 3분의 1씩 선출합니다. 하원의원은 임기가 2년에 2년마다 선거가 있고요. 정책 평가가 결국 2년에 한 번 있는 거죠. 저는 대의민주제에 민의를 반영하는 요소를 증대시키는 게 매우 중요하다고 생각합니다. 그것을 저는 선거 빈도 증가와 대표자 수 증가, 이 두 가지라고 보거든요. 그 두 가지가 직접민주주의적 요소를 좀 더 가미시키기 위한 타협점이 아닐까 싶어요. 우리 국민은 국회의원에게 4년 동안 전권을 실질적으로 양도해 그들이 기득권화되어 있잖아요. 그들이 민의를 왜곡해도 현실적으로 막을 방법이 없습니다. 그 때문에 국민소환제, 이런 얘기도 나오는 거고요. 그런데 선거 빈도가 2년에 한 번으로 되면 국민소환제가 딱히 필요 없게 되는 거죠.

또 다른 측면은 대표자 수 증가입니다. 지금 제가 노원 병에 선거 준비를 하는데 유권자 18만 명을 대변한다는 게 쉬운 일이 아니거든요. 시의회 밑에 구의회를 뒀지만 유명무실인 게 사실이고요. 그렇기 때문에 저는 선거 빈도 증가와 대표자 수 증가를 중간자적 입장에서 대의민주주의를 보완하는 방법으로 보는 겁니다.

미국에서 2년에 한 번 정책 평가를 한다는 얘기가 흥미로운데 조금 더 설명해주세요.

이준석 우리는 4년마다 국회의원을 뽑잖아요. 그리고 끝이죠. 선거 부정이 있었다면 좀 다른 얘기가 되겠지만요. 그런데 미국은 2년마다 중간 평가를 통해 다시 국민심판을 받는 구조라는 얘깁니다.

손아람 그러니까 국회의원 개인이 2년 만에 심사받지는 않더라도 정당에 대한 심판은 가능하단 말이죠?

이준석 무슨 얘기냐면 미국은 중간선거로 상원, 하원 다수당이 2년마다 바뀔 수 있고, 그것이 역으로 선거의 빈도를 높이는 실질적인 방법이란 겁니다.

손아람 우리나라 대통령제의 폐단을 말하려는 것이 아닌지요?

이준석 맞아요. 우리 국민은 영웅주의에 사로잡혀 있는 것 같습니다. 그것이 박정희 혹은 김대중 신화라고 봐요. 한국에서 대통령제 선호도가 높은 것은 그 때문이라고 생각합니다. 우리가 이뤄낸 성취 중 상당 부분이 뛰어난 리더에 의한 것이었다고 믿는 사람들이 있어요. 박정희 대통령 덕분에 산업화가 됐다고 믿는 사람들, 김대중 대통령 덕분에 민주화가 됐다고 믿는 사람들. 그러니까 정치인들이 국민의 절대적인 지지를 받는 사람들에게 줄서기를 할 수밖에 없죠. 영웅적 리더를 만들고 그를 통해 정치세력화를 하지요. 우리는 헌법으로 보면 민주공화국인데 행정상으로 보면 대통령이 독재하는 거나 마찬가지예요. 예를 들어 집권당의 대표가 하는 이야기들이 대통령과 한 마디도 벗어나는 게 없죠. 권력 독점은 아주 위험한 일입니다. 우리는 그것을 박근혜 대통령을 통해 뼈저리게 경험했고요.

권력의 축소 또는 분점이 이루어지지 않아 생긴 일이란 말이죠?

이준석 저는 그럴 수밖에 없는 지점이 있다고 봐요. 대통령의 권한이 워낙 세기 때문에. 예를 들어 국회의원이 가장 두려워하는 존재가 검찰과 사법기관인데 그것을 누가 통할하느냐, 대통령입니다. 과두정이나 귀족정 등 공화정의 특징은 권력 분점이에요. 제가 말하는 엘리트란 교육을 많이 받은 계층이나 신분을 원래 잘 타고난 계층이 아닙니다. 국민의 대표자로 선출된 사람을 엘리트로 봅니다. 그들에게 권력 분점이 일어나는 구조, 그들에게 시민들이 힘을 실어주는 구조, 그런 구조의 정치 형태가 되어야 합니다.

손아람 그러니까 공화정을 민주정의 대립어로 쓴 게 아니라 1인 통치의 대립 개념으로 사용한 것이군요.

이준석 형식적 공화정이 아니라 내용적 공화주의를 만들자는 뜻이죠. 특히 평가 빈도와 대표자 수에 있어 수정이 가해져야 하지 않을까 싶어요.

손아람 저는 대통령제의 수정 요구로 들리는데요. 제가 확신 있는 의견을 내놓을 정도는 아니지만 수렴 가능한 수준의 견해 중 하나인 것 같아요. 저도 대통령제에 대해 이게 최선인가, 라는 고민은 해봤고요. 그러나 대통령제를 내각제로 바꾸면 모든 게 해결될 거라는 확신은 없어요.

이준석 저는 내각제적 요소 혹은 내각제를 굉장히 반기는 정치인입니다. 내각제가 정치 불안을 야기하는 국가도 있고, 내각제가 정치 안정을 만들어내는 국가도 있죠. 우리처럼 불안정 요소가 큰 나라는 내각제가 주는 안정적 요소가 필요하다는 생각입니다. 내각의 임명권 같은 게 대통령 한 사람에게 있는 것 자체가 불안정성이라고 보거든요. 그리고 매번 선거를 통해 로또 맞는 한 사람이 다 차지하는 거잖아요. 나라의 운명을 한 사람에게 맡기는 것이고요.

손아람 저도 그 부분엔 사실 상당히 동의합니다.

진보와 보수가 동의하는 지점이 많네요.

이준석 의회와 정부의 결합성이 높아야 하는데 여당은 졸로 알고 야당은 패스한다는 게 대통령의 생각인 것 같아요. 벌어지는 현상을 보면 그렇다는 뜻입니다. 그리고 대통령은 여론전을 한다, 이렇게 한국식 대통령제의 통치 방식이 고착화돼버렸거든요. 통치 메커니즘 자체가 그래요. 대통령은 여론을 상대하고, 여당에게 오더를 내리고, 야당은 상대하지 않고, 이게 이명박 대통령 때부터 고착화된 방식이죠. 이명박 대통령 본인이 국회를 오래 경험하지 않아서 그런지도 모르고요. 문재인 대통령도 국회의원을 많이 안 했거든요. 실제로 문재인 정권은 의회보다 여론에 아주 민감합니다. 대통령이 국회를 거추장스러운 존재로 여기는 순간부터 우리가 기본적으로 짜놨던 공화정의 견제 틀이 깨지죠.

손아람 저는 이준석 씨의 주장에 완벽하게 동의하는 점이 있고 의견이 좀 다른 점도 있습니다. 완전히 동의하는 것은 제왕적 대통령제의 폐단입니다. 그것은 우리가 역사적으로 경험한 일이고요. 결과에 대한 확신은 없지만 적어도 대통령제보다는 의원내각제가 원리적으로 훨씬 더 세련되고 안전망이 있는 제도임엔 틀림이 없죠. 둘 중 하나를 고른다면 의원내각제를 고르겠습니다. 다만 확신이 안 드는 것은 현재의 정치 환경입니다. 의원내각제를 도입했을 때 과연 대통령제의 단점을 완벽하게 커버할 만한 결과를 거둘 수 있을까? 충분히 신뢰할 만한 결과가 나올까? 확신이 없어요.

이준석 우리가 이견은 있는데, 정치에서의 영웅주의 혹은 로또의 영웅론을 탈피했으면 좋겠다는 데는 동의하는 것으로 봐도 될 것 같네요. 그리고 정치 형태는 내각제로.

내각제는 독일이나 영국, 일본도 하고 있습니다. 그들은 우리보다 훨씬 세련된 정치를 하고 있나요?

이준석 미국하고 우리 빼고는 이런 제왕적 대통령제가 없죠. 옛날에 프랑스

모든 국민이 의사를 내서 결정하는 게
항상 옳은 결과를 가져온다고는 믿지 않아요.

가 그랬지만 요즘은 그런 게 좀 덜한 것 같고요. 내각제가 훨씬 유연성 있는 정치 형태입니다. 내각제로 다당제가 되면 정책에 대해 사안별 연대가 가능해요. 대통령제는 양당 구도로 갈 수밖에 없는 필연성이 생겨 연대도 쉽지 않거든요.

손아람 대통령제에 대한 이준석 씨의 전제에는 이런 것도 있는 거죠. 전 국민이 참여하는 투표로 한 사람을 몰아주고, 그 사람이 대통령이 된다.

이준석 로또를 긁는 거죠.

손아람 로또를 긁는 것이 일종의 직접민주주의적인 요소의 결과를 낳는다는 맥락도 포함돼 있나요?

이준석 대통령이, 로또를 긁는 사람들이 하는 판단들을 여론으로 바라보고 그 방향으로 가는 것 자체에 위험 요소가 있다는 겁니다. 여론 민주주의를 하나의 분파로, 직접민주주의의 분파로 보는데, 먹고 사는 데 크게 중요하지 않은 문제에 집착하게 만든다는 인식이 좀 있는 거예요.

손아람 저는 직접민주주의라는 표현은 여전히 뭔가 조금 걸리는 느낌입니다. 권력의 분산이라는 측면으로 봐서 의원내각제로 가야 한다는 방향엔 공감하고요.

안철수의
마지막
선물

이준석 대표님은 현재 6월 지방선거에 출마할 예정입니다. 최근 국민의당과 바른정당의 결합에 대해 할 말이 많을 것 같습니다. 또한 손아람 작가님은 진보적인 지식인으로 안철수 전 대표가 한국 정치의 지형, 심지어 진보정당의 운명에도 상당한 영향을 미칠 것으로 전망하고 있습니다. 안철수와 진보정당, 왠지 코드가 맞지 않을 것 같은데, 얘기를 한번 들어볼까요?

손아람 이준석 씨는 바른미래당으로 통합하는 데 어떤 태도를 취했나요?

이준석 저는 처음에는 반대의 뜻을 밝혔습니다. 우리가 새누리당에서 정치적 견해가 맞지 않는 사람들과 함께 있는 것이 피곤해 나오지 않았느냐? 바른정당이 원내 의석은 얼마 안 되지만 그래도 뜻이 맞는 사람들끼리 모여 있잖아요. 그런데 국민의당과 합치면 다시 내분이 생길 수도 있습니다. 저는 박지원 전 대표를 비롯한 국민의당 분들이 부담스러운 것은 사실이었습니다.

새누리당과 뜻이 맞지 않았던 것은 알겠지만 국민의당과는 특별히 함께하지 못할 이유라도 있습니까?

이준석 저는 다름에 대해서 관대한 편인데, 정치를 공학적으로 접근하는 사람들은 함께하기가 무척 힘들었습니다. 제가 박근혜 정부 시절 십상시와 갈등을 빚을 때도 그런 걸 많이 느꼈거든요. 저는 박지원 전 대표를 방송에서 만나 면전에 대고 비슷한 말을 드린 적도 있습니다. 박지원 전 대표는 저와 같이 힘을 합쳐 정치를 하기보다는 제가 넘어야 할 하나의 장벽이 될 것 같다고요.

손아람 박지원 의원은 바른미래당에 안 왔잖아요.

이준석 그분과 개인적인 감정은 없지만 저랑 정치적인 지향이 좀 다릅니다. 안철수 대표 같은 경우 사상이 바뀌고 그런 게 있지만 크게 상관하진 않고요.

정치인의 사상이 바뀌는 것이 괜찮단 말인가요?

이준석 사안에 따라 다르죠. 안철수 전 대표의 경우 철학적인 부분이 아니라 정책적인 면에서 오락가락했죠. 햇볕정책이나 사드와 관련해서도 마찬가지고요. 대통령도 사드에 대해서 왔다 갔다 했죠. 저는 그것은 큰 문제가 아니고 맞춰가면 된다고 봤습니다. 그러면 안철수의 정치 매너는 어땠느냐? 제가 선거를 치러보니 이분은 자존심이 센 사람이더라고요.

당시 저와 맞붙은 노원 병은 선거 격전지로 분류됐는데, 일반적으로는 서로 뒤에서 이상한 짓을 많이 하거든요. 그런데 자존심이 센 사람이라 그런지 아주 신사였습니다. 그런 부분을 아주 높게 평가해요. 솔직히 말하면 저는 안철수를 정치적 운명을 같이할 사람으로 생각해본 적은 없습니다. 하지만 인간적으로는 신사라고 믿기 때문에 같은 당에서 함께하지 못할 이유는 없습니다.

손이람 저는 안철수 전 대표가 우리 정치사에서 독특한 사람이라고 생각합니다. 사실 안철수의 행보에 대해 가장 적대감을 가진 사람들이 더불어민주당 지지자들이고, 거기서 조금 옆으로 나오면 진보정당 지지자들이죠. 그런데 민주도 진보도 그렇게 적대감을 갖지만 안철수는 역설적으로 그들에게 큰 선물을 준 셈이에요. 그들이 늘 그토록 바라 마지 않던 보수의 재편을 일으키고 있는 인물이거든요. 그들 중 상당수는 안철수를 믿을 수 없고, 신념도 없고, 철학도 없는 사람이고 변절자로 보고 있습니다. 왜냐면 안철수는 처음 등장할 때 진보의 새 아이콘으로 등장했다가 보수의 새 아이콘이 됐잖아요. 그런데 정작 안철수가 피해를 입힌 쪽은 보수였습니다. 자유한국당으로 대표되는 보수 표를 적당히 분열시켰고, 실질적으로 보수의 근간을 흔들어놓는 역할을 했죠.

아이러니한 일입니다.

손아람 그렇죠. 실제 자신을 싫어하는 사람들에게 가장 큰 선물을 준 셈입니다. 안철수로 인해 일어난 변화는 그가 사라지면 끝나는 게 아니라, 근본적인 지형 변화 수준으로 아주 오래된 양당제를 뒤흔들 정도의 흔적을 남길 수 있을 것으로 봐요. 저는 안철수가 대통령이 되는 미래는 잘 그려지지 않습니다. 그리고 안철수에게 타격을 입은 자유한국당이 다시 절반을 차지하는 과반 세력으로 우뚝 서는 그림도 잘 안 그려지고요. 바른미래당이 호락호락하지 않을 것이라고 봐요.

호락호락하지 않다는 말은 무슨 뜻이죠?

손아람 사람들이 바른정당은 결국 자유한국당에 붙을 거라고 했죠. 정치인으로서 안철수는 불확실해도 그가 결합시킨 보수의 새로운 진영인 바른미래당이 쉽게 쓰러질 것 같지는 않아요. 그런 느낌이 듭니다.

그럼 안철수 전 대표는 왜 손해 보는 게임을 할까요?

손아람 자신은 그런 식으로 세를 모으면 개인적 미래가 있다고 믿는 거겠죠. 에고가 너무 세서 그런지도 모르지만 세상을 너무 자기중심으로 이해하는 것 같아요. 결국 안철수는 이준석 씨와 유승민 대표를 포함한 자유한국당 이탈 세력들에게도 이득을 안겨주고, 더불어민주당에게도 이득을 안겨주고, 장기적으로 보면 보수와 진보가 재편되면서 진보가 정말 자기 영역을 구축할 숨통도 좀 트여줄 수도 있을 것 같아요.

　대통령이 될 수 있었던 안철수만 사라지는 결과로 끝나지 않을까. 저는 머릿속에 그런 그림이 그려집니다. 그런데 선물을 받고 있는 사람들은 그를 싫어하는 게 재미있어요. 지금 바른미래당 내부에서도 그를 좋아하지 않는 사람들이 있잖아요.

6월 지방선거에 안철수 전 대표는 서울시장 후보로 나올까요?

이준석 현재 정치적 상황으로 볼 때 서울시장 선거에 안 나가면 지방선거 책임을 지고 소멸돼요. 그러니까 서울시장 선거에 나가야 합니다. 정치인은 뛰어들고 싶지 않은 선거에도 뛰어들어야 하는 경우가 있죠. 저는 이번 서울시장 선거에서 안철수 전 대표가 30퍼센트 지지의 가능성은 있다고 봅니다.

그렇게 봤을 때 구청장과 시의원이 몇 명 당선되면 자신이 당선되지 않더라도 정치할 명분은 생기는 거예요. 그런데 서울시장 선거에 안 나가서 서울의 선거 분위기가 엉망이 되어 구청장과 시의원을 당선시키지 못하면 사방에서 책임론이 나오겠지요.

안철수 전 대표는 왜 정치판에 애착을 보이는지 모르겠어요.

손아람 저는 안철수 전 대표가 CEO로서의 자신을 정치인으로서의 자신에 그대로 투사하는 것 같아요. 내가 빈손으로 벤처기업을 이 정도까지 일궜다면 정치인으로서도 이 정도 인물이야, 그런 수준의 투사를 하고 있다고 봐요.

이준석 안철수 전 대표가 보수에게 안겨준 마지막 선물을 저는 다르게 평가하는데요, 이번 지지율이 유지될 거라고 믿을 수는 없지만 지난 금요일 갤럽 조사는 의미가 있어 보입니다. 바른미래당으로 됐을 때 TK에서 자유한국당을 이기고 호남에서도 지지율 20퍼센트가 나왔더라고요. 사실 보수 중도계열 정당에서 호남 지지와 TK 지지를 동시에 일정 부분 받는 것은 뜨거운 냉커피가 되는 것처럼 거의 불가능한 상황이거든요.

손아람 바른미래당과 자유한국당, 더불어민주당의 3당 구도가 만들어졌는데요, 그중 가장 큰 수혜자는 더불어민주당입니다. 결국 보수당, 경상당, 리버럴당, 이렇게 3당 구도가 됐다는 생각이 들어요. 보수가 하나의 당으로 뭉쳐 있었을 때는 리버럴당이 보수를 이길 수가 없었는데, 이제 보수가 둘로 적당히 분리됐으니까요.

과거의 정치 지형은 경상도 보수가 너무 커서 리버럴이 대항해볼 수 없었죠. 안철수 전 대표가 바른미래당 이름으로 보수와 결합해 황금분할이 이루어진 것입니다. 사실 이런 정치 지형은 제게 좀 다른 의미로 다가옵니다.

이준석 저는 호남 지지율에 주목합니다. 호남에서 항상 9 대 1이었거든요. 그런데 그게 8 대 2나 7 대 3까지만 돼도 경상도당이라는 요소를 상당히 상쇄하죠. 저는 딱 그 지점만 봐요. 바른미래당이 경상보수당에서 보수당 역할만 가져갈 것인지.

손아람 바른미래당은 이미 보수정당의 외연은 갖췄다고 생각해요. 아까 경상당이라고 말한 것은 자유한국당을 얘기한 겁니다.

이준석 자유한국당이라는 큰 파이에서 바른미래당이 보수정당 파이만 가져올 건지, 아니면 그 외에 플러스 알파가 있을 건지가 굉장히 중요한 문제죠. 지금까지 구도적으로 봤을 때는 충청도 표가 없어요. 진짜 하나도 없어요. 바른정당, 국민의당이 원래 그쪽이 부족하기도 했고요. 호남에서 오는 표, 이게 진짜 미래지향적 표냐. 지금으로서는 약간 불안한 거예요. 그것은 앞으로 상황을 조금 지켜봐야 알 수 있겠죠.

지금 이상하게 더불어민주당의 정치 지형이 아주 넓죠. 그런데 보수당은 약간 지리멸렬하지만 한국의 보수는 뿌리가 엄청나게 깊단 말입니다. 저는 현재 정치적인 현안들이 정리되면 보수당이 살아나지 않을까 싶은데요.

손아람 저는 자유한국당이 단기간에 사라질 거라고는 생각하지 않습니다. 그냥 제3자로서 보자면 저는 바른정당 대 자유한국당이라면 바른정당의 미래가 그렇게 밝다고 보지 않았거든요. 언젠가 결국 먹히겠지, 정도로 생각했죠. 하지만 안철수가 결합하면서 달라졌다고 봐요.

이준석 손아람 씨는 보수가 분리되어 한국 정치에 다른 공간이 열렸다고 생각하는 모양이군요.

손아람 제가 주목한 것이 바로 그 지점입니다. 저는 진보정당 유권자예요. 그런데 선거 때마다 도저히 넘을 수 없는 장벽으로 느껴진 것이 보수 중심의 정치 공간입니다. 그런데 드디어 3당 구도가 됐어요. 우리가 숨을 쉬어볼 수 있는 미래의 가능성이 보입니다. 이 3당 구도에서는 더불어민주당이 앞으로 한참 동안은 수권 정당이 될 그림이 그려지는데, 그렇다면 그들이 진보정당에게 표 양보하라는 논리가 사라질 거 같아요. 결국 안철수 전 대표가 원한 것은 아니지만 진보정당에게 그런 공간을 열어준 것입니다.

비정규직,
그 섬

현재 정치 혹은 경제에서 가장 중요한 문제 중 하나가 비정규직의 정규직화 문제일 것입니다. 이것은 단순히 노동이나 경제의 문제가 아니라 좋은 일자리를 찾는 청년들의 문제죠. 비정규직의 정규직화는 헬조선을 탈출하는 하나의 문이기도 합니다. 그런 점에서 이번에는 노동, 청년 고용, 정규직화를 중심으로 얘기해봅시다.

손아람 과거에 노동과 자본이 대결하는 방식은 간단했습니다. 임금이 얼마면 된다, 일할 시간이 몇 시간이면 된다. 노동조합이 흔히 내걸었던 조건들도 그랬고요. 전태일 이후로 쭉 그런 방식이었다면 지금은 노동과 자본의 전선은 거기에 그어져 있는 게 아니라 선택권과 거부권 자체에 있다고 생각합니다. 선택권을 가진 자본이 누구를 고용할 수 있고, 누구를 해고할 수 있고, 얼마만큼의 간접고용을 할 수 있다. 자본은 이렇게 선택권의 범위를 결정하고 싶어 하죠. 반대로 노동자 입장에서는 노동법 안에서 보호받을 수 있는 영역과 대상을 최대한 늘리려는 싸움을 하고 있습니다. 노동의 거부권이 당장 특정 사업장 안에서의 조건보다 훨씬 더 중요한 싸움이 된 것 같아요. IMF 이후로 꾸준히 자본의 선택권이 늘어나는 방향으로 진행되었잖아요. 김대중, 노무현, 박근혜, 이명박 정권이 다 마찬가지였습니다. 결과는 시간이 지나간 다음 재평가해야겠지만, 적어도 문재인 정권에서 처음으로 정권 차원에서 거기에 브레이크를 걸겠다는 정책 의지를 보여주고 있는 상황입니다. 일단 저는 그 메시지를 환영합니다.

문재인 만세, 이런 겁니까?

손아람 그렇지는 않습니다. 저는 현재 상황을 좀 다른 의미로 이해합니다. 문재인 대통령이 과거 대통령들보다 훨씬 더 진보적이거나 훨씬 더 뛰어나 그런 선택을 했다고 생각하지는 않아요. 다만 문재인 정권이 달라진 시대의 목소리를 감지한 것입니다.

이해를 돕기 위해서 자본의 선택권과 노동의 거부권에 대해 설명해주시죠.

손아람 파업만이 아니라 전반적인 쟁위교섭권, 이런 것들을 큰 틀에서 거부권이라고 보거든요. 선택권, 거부권이란 말은 독일 경제학자 베르너 거스가 최후통첩 게임 이론에서 사용한 용어입니다. 이를테면 선택권을 가진 사람은 "100만 원을 가지고 내가 여기서 얼마를 가져가겠다" 이럽니다. 그걸 거부할 수 있는 사람은 "그래, 가져가" 혹은 "안 돼" 이런단 말입니다. 거부권을 행사하면 둘 다 망하는 게임이에요. 일종의 큰 틀에서 자본과 노동 사이의 관계죠. 그러니까 자본이 "너희가 가져갈 수 있는 돈은 이거야, 나는 나머지를 가져갈 거야" 했을 때 노동조합이 합법적으로 파업을 할 수 있거나, 혹은 "너희 해고해버릴 거야" 말했을 때 "해고 안 돼"라고 말할 수 있는 범위를 제도적으로 결정하는 데 전선이 그어져 있는 것 같아요. 그 전선이 IMF 이후로 꾸준히 자본에게 유리한 방향으로 왔다가 처음으로 이번 정권에서는 역으로 거부권을 늘려준다는 방식으로 방향 설정을 했습니다. 어떻게 될지는 모르겠지만 결국 그 싸움에서 노동은 얻어내야 할 것이 있죠.

이준석 저는 손아람 작가가 노동을 노동계 정도의 큰 사이즈로 보고 이야기하는 느낌을 지울 수가 없습니다. 노동조합은 어쨌든 이익집단인데, 노동조합 내의 구성원이 노동조합 외의 구성원에게 이타적일 수 있는가에 대해서 저는 고민이 좀 돼요. 한국에서는 노조 조직률이 낮은 것도 문제가 되겠지만 노조를 결성하는 것 자체가 하나의 특권이 되어버린 것도 문제로 보이거든요. 예를 들어 동일노동 동일임금 원칙

같은 경우에는 많이 언급되어 일부 기업에서는 적용이 되는 상황입니다. 하지만 같은 사업장의 고용 형태가 다른 사람들을 위해 이타적인 행동을 할 수 있을까요? 저는 그런 사례를 많이 들어보지 못했습니다.

그런 것들이 보도되는 경우가 있습니다.

이준석 뉴스가 될 만큼 보편적이지 않은 이야기라 보도가 되죠. 저는 노동계와 자본계의 관계를 대결로 본다고 했을 때, 선결 문제가 노동계의 일치 단결성 또는 최소한의 이타성이 발휘되어야 한다고 봅니다. 왜냐면 자본계는 그렇게 자기들끼리 분열될 가능성이 없어요. 그런데 노동계는 고용 형태나 그런 걸 떠나서라도 분열될 가능성이 상당히 커 보이거든요.

손아람 그렇긴 합니다.

이준석 실제로 자본가들이 노동계를 와해시키기 위해서 쓰는 방법이 보통 분쇄가 아니라 회유죠. 줄 것이 있는 자들은 자본가이기 때문에 회유에 굉장히 취약한 게 노동계입니다. 그러니까 노동계가 단일 행동을 하지 못하고 노동조합이라는 소단위로 내려가는 겁니다. 지금의 구조에서 그것을 극복할 수 있는 방법이 있을까요?

손아람 제가 이야기하고 싶은 게 그겁니다. 방금 취약점 하나를 회유와 고용 형태별 차이라고 이야기했습니다. 그 둘이 전형적으로 거부권이 약할 때 나타나는 결과입니다. 고용 형태에는 간접고용과 직접고용이 있죠. 간접고용된 사람들이 노동법의 보호를 못 받기 때문에 직접고용된 노동조합원들이 이들을 짐처럼 떠안고 가야 하는 그림이 됐어요. 법의 보호 영역이 자꾸 줄어드니까 벌어진 현상입니다. 구명조끼가 부족한 배가 침몰하면 난리가 나는 것처럼요. 정리해고를 법으로 저지할 수 있으면 기업의 회유라는 게 애초에 존재할 수가 없겠죠. 회유에 넘어가기 전에 문제를 법으로 해결할 수 있으니까요. 노동 유연화라는 이름으로 정리해고에 대한 거부권을 행사할 노동자들의 권리는 90년대 이후 전선에서 계속 밀려왔습니다.

이준석 그것은 정리해고의 문제만은 아닙니다. 예를 들어 회사의 이윤이 200이라고 했을 때, 그걸 정규직 노조에 50, 비정규직에 50으로 배분하겠다고 하면 교섭 대상인 정규직 노조가 그에 대해 찬성하겠습니까?

손아람 그렇게 하지 않겠죠.

이준석 현재의 상황에서 이타심을 발휘할 수 있는 가능성이 있을까요? 물론 이타심을 발휘하는 경우가 있긴 있겠죠. 문제는 그런 경우가 뉴스로 보도될 만큼 적다는 것입니다.

손아람 그렇죠. 그래서 제가 말한 전선이라는 것은 노동조합이 파업을 통해 얻어내는 성과의 범위가 아니라 그것을 보호할 수 있는 범위에서 법과 제도를 결정하는 문제를 말하는 겁니다. 비정규직 폐지하자. 이것은 당장 각각의 사업장에서 알아서 비정규직을 없애자는 이야기는 아니죠. 이를테면 비정규직을 줄이자는 것은 비정규직을 고용할 수 있는 범위를 법적으로 재설정하자, 혹은 비정규직의 정의 자체를 법적으로 지워버리자, 이런 주장이잖아요.

이준석 그래도 이타심의 문제가 발생합니다. 결국에 50을 받을 수 있는 정규직 노동자들이, 노동자의 입장에서 벗어나 유권자의 입장이 된다고 합시다. 비정규직이 철폐돼야 한다고 했을 때, 예를 들어 한 20을 덜어줄 의향이 있느냐를 묻는 투표를 할 경우 그들이 자신의 기득권을 양보하고 이타심을 발휘할 수 있을까요?

손아람 과연 비정규직을 없앤다는 게 정규직의 임금을 나누는 방식일까요? 그것은 아닌 것 같거든요. 비정규직을 없애는 제도의 결과가 그 부담을 과연 기업의 이윤에서 분담하는 게 아니라 기존의 임금에서 분담하는 방식으로 진행될 것인가. 저는 그렇지 않다고 봐요.

우리나라는 전체 노동자 중 노동조합에 가입한 비율이 9퍼센트 정도밖에 안 됩니다. 그러니까 그건 놔두고 정부에서 법으로 가이드라인을 만든다는 얘기잖아요?

손아람 개별단위 노동조합 안에서의 파업 투쟁만으로 지금의 여러 운동들에서 승리할 수 있다고 생각하는 사람은 거의 없을 거예요. 아무런 법의 보호도 받지 못하는 비정규직 인구가 많아진 마당에 어떻게 노동조합 비율을 높일 수 있겠습니까? 결국에는 다 모아서 기회가 왔을 때 적어도 대화 가능한 정권과 협의해 법을 뜯어고치지 않으면 승리할 수 없다고 믿어요. 물론 진보정권이 탄생한다는 꿈을 가지고 있는 사람도 있지만요.

손아람 작가님의 생각은 기업의 이익이 났을 때 기업이 그 이익을 온당하게 분배하고 있는가, 그런 의문을 가지고 있군요?

손아람 대학에서 청소하는 사람들을 보세요. 똑같이 화장실 청소를 하는데, 정규직 월급이 250만 원, 비정규직은 50만 원입니다. 2배, 3배, 4배 정도 차이가 실제로 발생해요. 50만 원의 급여는 노동법의 보호를 받지 못하는 사각지대에서 발생합니다. 만일 비정규직 고용을 법으로 금지한다면 대학은 50만 원을 줄 수 없겠죠. 그래서 청소하는 사람들이 똑같이 250만 원을 받았다고 합시다. 그럼 과연 그분들이 대학의 수익을 뜯어간다고 할 수 있을까요, 아니면 처음부터 당연히 받아야 할 몫을 되찾았다고 할 수 있을까요?

이준석 관점의 차이가 좀 있을 것 같아요. 보통 경제학에서 볼 때 고용안정성이란 하나의 비용으로 인식되거든요. 물론 사업주의 관점이긴 하지만요. 그런 가정 하에서 나오는 게 뭐냐면 고용률과 고용 형태에 따른 안정성이라는 겁니다. 그러니까 보통 상황에서 일자리의 질과 양은 항상 상반되는 반비례 관계로 그려지거든요. 그런데 그것을 받아들일 수 있는 상황이라면 어느 쪽에 더 비중을 둬야 한다고 생각하세요?

손아람 규제가 동일하다는 전제 하에서 반비례 관계는 그렇죠. 저는 규제가 바뀌면 질과 양이 꼭 상충하지는 않는다고 보는데요.

이준석 우리는 자본가라는 거대한 집단을 생각하는데, 우리가 흔히 얘기하는 것처럼 일자리 고용의 70, 80퍼센트는 중소기업에서 나옵니다. 아주 취약한 고용주는 취약한 경제 상태에 있기 때문에 그들은 탐욕의 개념 이전에 현실적인 문제에서 고용안정성을 비용으로 받아들이거든요? 그런다고 했을 때, 저는 양과 질 문제에 있어 양의 문제에 비중을 두는 입장이에요. 그런 취약한 지대에 있는 사람들한테 양과 질이 동시에 확보가 가능할까요?

양과 질은 고용 인원과 고용 상태(처우)에 관한 얘기죠.

손아람 그렇죠. 편의점에서 아르바이트생을 고용할 때를 한번 상상해봅시다. 근데 비정규직을 철폐한다는 논의는 편의점 아르바이트생을 완전고용 형태로 해달라는 뜻은 아닙니다. 사실 말이 안 되잖아요. 당연히 사업장 별로 노동의 고용 형태가 다를 수 있습니다. 다만 노동법의 보호를 받는 영역을 확대하자는 말입니다. 이를테면 비정규직이라도 보장 범위를 넓히자는 건 충분히 논의 가능한 얘기죠.

구체적인 예를 들어 설명하면요?

손아람 제가 속한 영화계를 예로 설명해볼게요. 영화를 만드는 인력은 비정규직이거든요. 비정규직이지만 표준계약 범위 안에서 보호 범위를 설정할 수가 있습니다. 그럼 그들에 대한 처우의 질이 높아지겠죠. 작가, 스태프들이 전부 표준계약의 범위에서 보호를 받으면 처우(질)가 나아지니까 스태프들을 고용할 수 있는 양이 줄어들까요? 저는 그렇게 생각하지 않아요. 필요한 제작 인원을 확보하지 못하면 산업이 유지될 수 없거든요. 산업에는 늘 필요한, 일정한 인원이 있습니다. 그래야 산업이 돌아가요. 이건 아주 엄밀한 얘기는 아니지만, 그런 관점에서 볼 때 자본에 정책적인 규제를 건다고 고용 인원을 줄일 수 있나요?

자본가들이 노동계를 와해시키기 위해서

쓰는 방법이

보통 분쇄가 아니라 회유죠.

이준석 정책을 짜내야 하는 사람 입장에서 봤을 때는 양과 질에 대한 가치 판단이 바뀌는 시점이 있더라고요. 제가 경험한 대부분의 청년층은 자신이 취업하기 전까지는 양을 늘리려고 해요. 자신이 취업하고 나면 질을 늘리려고 하죠. 그런데 아무리 취업률이 떨어진다고 해도 취업한 사람 수는 꽤 되거든요. 그러다보니 노동시장에서도 양과 질에 대한 갈등이 항상 생기는 겁니다. 저는 이 딜레마를 극복하지 못하겠더라고요. 정치하면서 청년들을 만나보면 취업한 사람들과 취업하지 못한 사람들의 인식이 너무 달라요.

사람들이 자신의 처지에 따라 너무 이기적인 태도를 보인다는 말이죠.

이준석 맞아요. 9급 공무원 많이 뽑으라고 해놓고 9급 공무원 되면 왜 이렇게 처우가 부실할까, 불만이죠. 처음에는 양을 늘리라고 했다가 기득권을 얻자 질을 얘기하는 겁니다. 그래서 저는 청년들에게 공통된 일자리 관이 존재하는가에 대해서 약간의 의구심을 갖게 되더라고요. 손 작가도 저도 어떻게 보면 프리랜서 입장이니까 취업과 상관없이 일관된 입장을 유지할 수 있지만요. 반대로 정규직이란 진입 문턱을 한 번 넘은 사람들은 거기서부터는 강력하게 질의 추종자가 돼버립니다.

손아람 그 부분에는 동의합니다.

노동의 문제는 노동자 단결의 문제가 아니라 권력의 문제라는 거잖아요. 지금 이야기하는 것도 정치권력의 선택의 문제죠.

손아람 제도라고 말해야 해요. 정치권력의 선택, 이런 식으로 말하면 권력이 노동자들에게 은혜를 베푸는 느낌이 드니까요. 결국 제도를 조정할 수 있을 만한 정권을 뽑아야 하고 거기다가 힘을 몰아줘야 하죠. 노동조합이 자꾸 정치화되고, 문재인 정권에 한 번 힘을 실어주면 이 사람이 또 뭘 해줄까, 이런 방식으로 돌아가는 게 아니에요. 사실 지금 파업이나 이런 것보다 훨씬 더 정치세력화 되는 방향으로 가고 있잖아요. 그런데 그런 추세를 마치 노동운동이 타락한 것처럼 말하는 사람들이 있어요. 하지만 실질적으로 각 사업장별로 농성하고 투쟁하는 방식으로는 문제해결이 안 돼요. 그런 인식 때문에 정치세력화로 문제를 해결하려고 접근하고 있는 겁니다.

무생물과
결혼하게
해주세요

먼저 손아람 작가님이 《한겨레신문》에 발표한 칼럼을 인용해보겠습니다.

'대한민국은 민주공화국이다.' 대한민국 헌법 제1조 1항이다. '인간의
존엄은 침해되지 않는다.' 독일 헌법인 독일연방공화국 기본법 제1
조 1항이다. 프랑스, 네덜란드, 포르투갈 등의 서유럽 국가들은 헌법
제1조로 인권을 내세운다. 대한민국 헌법 제1조는 독일과는 아예 궤
를 달리하는 것처럼 보이지만, 구 독일 바이마르 헌법 제1조를 원형
으로 삼았다. '독일은 공화국이다. 국가의 권력은 국민으로부터 나온
다.' 통치 체제와 수권 원리를 제1조에서 규정하는 바이마르 헌법 양
식에 종전 이후 많은 아시아 신생국 헌법이 영향을 받았고 한국도 마
찬가지였다.

나치는 선거를 통해 '국민으로부터 나온' 권력을 수권했고, 히틀러를 수반으로 하는 '공화적인' 통치력을 행사했다. 바이마르 헌법 제1조에 완벽하게 부합하는 정권이었다. 근본적인 통치 원리는 소수자 학살이나 침략 전쟁과 충돌하지 않았다. 단순하고 우아하게 체제를 정의했지만 인간적인 표정이 없는 법이었다.

이상은 손아람 작가님의 칼럼 내용이었습니다. 인류 역사상 가장 끔찍한 나치의 유태인 학살이 바이마르 헌법 아래에서 이루어졌습니다. 그래서 독일은 헌법 제1조를 바꾼 모양입니다.

손아람 서유럽 국가들과 달리 인권보다 통치 원리를 앞세운 한국의 현행 헌법 체계는 민주주의에 대한 맹목적인 믿음을 가진 한국인의 정신세계를 꼭 닮았습니다. 보수든 진보든 민주주의의 가치는 도그마가 되어 아무런 토를 달지 않는단 말입니다. 그런데 인권 문제는 오히려 민주주의보다 한 등급 위, 최상위의 문제입니다. 지난 대선에서 문재인 후보가 동성애에 반대한다는 말씀을 했을 때 이 발언 때문에 논쟁이 붙었죠.

동성결혼 합법화 반대 문제로 말이죠?

손아람 당시 제가 그런 표현을 했거든요. 만약 동성애 이슈가 득표 전략으로 지지와 반대 입장을 정할 수 있는 거라면 민주주의와 인권이 충돌하는 상황이 되어버린다고요. 더 많은 사람들이 찬성하는 가치가 앞에 있어야 하는 게 민주주의고, 절대적으로 포기할 수 없는 선을 이야기하는 게 인권입니다. 민주주의와 인권이 충돌하는 상황이면 인권이 우선해야 한다는 표현을 했는데, 그 표현을 가지고 난리가 났어요. 겨우 인권 때문에 민주주의를 부정했다고. 저는 그 상황이 너무 신기했습니다. 민주주의 원리, 다수결로 인권까지도 제압할 수 있다고 믿는 것. 그게 실현된 게 나치 정권이거든요. 나치도 선거로 집권했잖아요.

그렇게 볼 수도 있겠네요.

이준석 저는 동성애는 좋다 혹은 싫다고 말할 수는 있지만, 반대냐 찬성이냐의 대상은 아니라고 봅니다. 동성혼에 대해 아직 한국에서는 사회적 합의를 만들어내기 어려울 것이라고 생각하고요. 마침 저는 미국에 있을 때 동성혼이 합법화되는 과정을 지켜봤어요. 제가 있던 매사추세츠 주에서 가장 먼저 합법화했거든요.

그 과정에서 동성혼 법제화 반대론자들의 궤변을 들을 기회가 있었죠. 이런 얘기가 나왔어요. 무생물과 결혼할 자유 또는 내가 사랑하는 개와 결혼할 자유, 이런 것을 받아들이는 게 인권이라는 절대적 가치가 아니겠느냐.

손아람 무생물이나 개와 결혼할 자유를 법제화해 달라는 사람들이 존재한다고요?

이준석 프랑스에서는 그런 운동을 하는 사람들이 있고, 실제로 애완견에게 재산을 상속한다는 유언을 남기는 경우가 있습니다.

2년 전인가, 독일에서 그런 일이 있었죠.

손아람 저는 개한테 재산을 상속하는 문제는 인권 이슈에 속한다고 생각하지 않아요.

이준석 개와의 결혼 문제는요?

손아람 인간이 선택할 수 있는 모든 것을 보장하라는 게 인권은 아니겠죠. 전 그건 인권의 문제 같지는 않습니다.

이준석 결혼제도가 사람과 사람 사이의 일이라는 것 자체도 누군가의 세팅이죠.

손아람 결혼을 누릴 수 있는 것은 사실상 인간의 기본권이나 다름없어요. 그런데 내가 특정한 성 정체성을 가졌다는 이유로 결혼을 할 수 없다는 것과, 결혼이라는 제도가 인정하는 범위를 내가 선택할 수 있는 모든 것으로 해달라는 것은 다른 문제 같거든요.

무생물이나 동물과 결혼할 자유를 법제화해야 한다는 건 사실 무리한 주장이긴 하죠.

이준석 저도 이 사람을 궤변론자라고 표현한 이유는 그의 논리를 공격하려고 한 겁니다. 얘기를 들어보면 소크라테스의 문장처럼 가더라고요. 개와의 결혼이 안 되는 게 후손을 생산할 수 없기 때문이라면 동성혼은 어떻게 할 것이냐, 라는 식의 궤변이었죠.

궤변은 궤변이죠.

이준석 그리고 손 작가님이 인권을 민주주의 위에 있는 절대 가치로 보는 관점은 이해하겠는데요, 그러면 인권이 하나의 기준이 돼야 하는 거죠. 그 기준이 어디까지인지, 하는 게 없으면 또다시 혼란이 시작됩니다. 항상 답이 될 수 있는 가치여야 절대적인 가치가 될 수 있어요.

손아람 그런 식의 반론은 사실상 궤변인 게, 이를테면 이런 것과 다를 바 없다고 보거든요. 내가 살인할 권리를 보장받지 못하면 인권을 침해당한 것이다. 인권은 그런 개념이 아니죠. 인권은 인간이 최대한을 할 수 있는 권리가 아니라 인간이 최소한을 누릴 수 있는 권리의 영역입니다.

이준석 결국 그렇게 되면 사회계약으로 들어가는 거예요. 우리가 살인을 하면 안 된다는 건 사회계약이죠.

손아람 사실상 인권도 사회계약입니다.

이준석 결혼은 남녀가 하는 것이라는 게 사회계약이죠. 계약을 뛰어넘는 게 인권이라면 인권의 범위가 어디까지냐 하는 문제로 넘어가게 되고요. 인권에서 아주 자유로운 방법 중 하나가 뭐냐면, 결혼 대상도 자유다 하면 끝나버린다는 거죠.

손아람 저는 결혼을 남녀만 해야 한다는 게 사회계약이라고 생각하지 않는게, 만약 그렇다면 결혼을 안 하는 사람이 없어야 돼요. 그런 관점에서는 결혼은 강제되어야 하는데, 결혼을 안 할 자유는 정작 인정되고있지요. 즉, 결혼을 선택할 자유가 인정되고 있다는 말입니다.

이준석 남녀만 결혼해야 한다는 것이 계약이 아니라고 생각하는 사람처럼, 남녀 플러스 동성혼까지만 인정해야 한다는 것도 그보다 더 나아간 사람들한테는 또 하나의 불합리한 계약이라는 주장이 있는 겁니다.

그 원칙에 따르면 궤변론으로 계속 가는 거예요. 수혼이라고 표현하자면 어쨌든 대상은 동물이지만 내 인권은 인권이죠.

손아람 그것은 인간이 선택할 수 있는 것에 대한 개념인데요, 인권은 사실 그게 아니죠. 이를테면 건물주가 세입자들을 내쫓고 건물을 철거하고 싶은 권리를 인권이라고 표현하지 않습니다. 인간이 선택할 수 있는 범위에 있지만 기본권의 영역에서 이야기를 해야 한다고 생각해요.

이준석 동성혼이라는 단어 자체는 결혼제도 안에 그걸 끌어넣는 것이거든요.

손아람 동성혼을 합법화의 범주 안에 넣는 것은 동성혼도 혼인제도 안에 들어간다는 것과 함께 혼인제도 자체를 시민결합제도로 바꾸자는 논의도 포함된 겁니다.

이준석 시민결합제도 이후에 우리가 제도적으로 풀어야 할 것은 유산 상속이라든지 부차적인 문제 아닐까요. 그럼 그 안에서 자유롭게 실타래가 풀릴 수 있는 지점이 있다고 생각합니다. 그러면 궤변론자들은 상당히 쉬워지는 거죠. 동물과의 계약 관계를 예로 든다면요.

손아람 동물과의 계약은 시민결합이 아니잖아요.

이준석 시민결합이 아니라도 개한테 상속하라고 하면 끝나는 거예요.

손아람 저는 개한테 상속하는 것 자체는 큰 문제가 없다고 생각하거든요. 여기서 중요한 것은, 실제로 동성혼을 주장하는 사람들은 결혼이 주는 사실상의 혜택들을 포기하는 것을 기본권 침해라고 본다는 겁니다. 결혼이 아무 혜택이 없다면 굳이 그 옵션을 택하기 위해서 무슨 주장을 할 필요가 없죠.

이준석 저는 한국에서 동성혼의 법제화는 시기상조라고 생각합니다. 하지만 논의가 결혼제도의 사회적 대안을 제시하는 새로운 방향으로 간다면 적어도 철학적으로는 재미있는 논의가 될 수 있을 것 같아요.

손아람 실제로 그런 논의도 활발히 이뤄지고 있습니다. 동성혼은 법 제도의 문제고 입법의 문제죠. 입법에는 다수결의 원리가 들어가잖습니까. 실제로 운동을 하는 사람들도 다수결 논리를 통한 입법 과정을 돌파하겠다는 의사를 가지고 있거든요. 인권의 문제는 다수결의 문제는 아니지만, 결국 법제 안에 들어가는 것은 다수결 논리로 돌파해야 한다는 얘깁니다. 많은 사람들을 설득해야 하죠. 하지만 동성혼 이전에 동성애를 지지하느냐 반대하느냐의 논리는 이미 다수결로 결정할 수 없는 영역인데, 우리 사회는 그것을 다수결로 결정하려고 한단 말입니다.

두 분 의견이 정말 팽팽하게 맞서는데요, 이쯤에서 정리하고 다음으로 넘어가죠.

외국인
인권은
상관없나

이제야 민주주의 기본 원리와 인권이 충돌하는 지점이 정확히 보이네요.

손아람 두 개의 입장이 충돌한다는 것은 인권이 최상위 가치가 아닌 사회라는 말이죠. 이를테면 권리금을 얻기 위한 세입자들의 투쟁에서 집 주인의 재산권이 법적으로 침해당하는 경우가 있습니다. 그래서 강제집행 과정에서 손가락이 잘린 사람들도 있었고요, 다른 예를 볼까요. 무리한 공권력 집행 과정에서 철거민이 불타 죽었던 용산참사나 살수차 남용에 따른 백남기 농민의 죽음도 그런 사례였습니다. 그런 사건이 있을 때 사람들은 인권을 가장 최상위 가치에 두고 사건을 바라보지 못한다는 얘깁니다. 비극적인 사건이긴 한데, 왜 불법시위를 했어? 저는 이러한 표현에는 이미 가치의 우선순위가 전도되어 있다는 생각이 들거든요.

그래서 손아람 작가께서 헌법 1조를 '인간의 존엄은 침해되지 않는다'로 명시해야 한다고 주장한 거네요.

손아람 그렇죠. 그게 아주 중요합니다. 인권이 최우선 가치라는 인식이 없으니까 "왜 폭력 시위를 했어? 그러니까 죽었지", 그런 말들이 나온단 말이죠. 헌법 제1조는 매우 강력하게 우리 사회에 침투해 있어요. 촛불시위 할 때 가장 먼저 나오는 게 '대한민국은 민주공화국이다'라는 거잖아요. 그런데 잘 생각해보면 '대한민국은 민주공화국이다. 모든 권력은 국민으로부터 나온다'는 명제를 어긴 대통령이 지금까지 없었어요. 박근혜 전 대통령도 어기지 않았고요. 그들이 박근혜를 대통령으로 뽑았잖아요. 민주주의 원리에 따라서 뽑았고, 민주주의 원리 안에서 통치를 했고요. 그 통치 과정에서 문제는 있었지만 그게 헌법 제1조를 위반한 게 아니었습니다. 그리고 그런 식으로 헌법에 따라 수권을 받은 모든 통치자들이 굉장히 강력한 경찰력으로 인권을 침해하면서 지배할 때도 헌법 제1조를, 대한민국의 최상위 원리가 된 민주적 과정을 침해한 게 아니란 말입니다. 제일 중요한 건 인권이죠. 영화 〈1987〉만 봐도 그렇습니다. 영화의 모티프가 된 박종철 열사 사건도 사실은 민주주의가 아니라 인권을 침해한 사건에서 시작된 겁니다. 그런데 그것조차 민주주의가 침해당한 언어로 번역해야 할 정도로 민주주의가 도그마가 된 상황이라는 생각이 들어요.

민주주의 도그마, 정확히 다수결의 도그마네요.

손아람 원리적으로 봤을 때 헌법 제1조는 민주주의를 규정합니다. 그런데 인권을 침해하는 민주적 원리, 모든 국민으로부터 나온 권력이 인권을 침해하는 상황에서 우리가 어떤 판단을 내려야 하는지에 대한 것은 그 안에 들어가 있지 않다는 말이죠. 저한테 최상위 가치는 인권이에요. 이를테면 우리가 민주주의와 인권 중 하나만 실현되는 사회를 택해야 한다면, 선거가 사라지는 사회를 상상하더라도 저는 인권이 침해당할 가능성이 없는 사회를 선택해야 한다고 생각해요.

이준석 인권은 민주주의 체계 하에서와 왕정 하에서 다르게 정의될 수 있다고 봅니다. 그렇다면 그게 상위 개념이 될 순 없죠. 그러니까 인권이 민주주의보다 상위 개념이냐, 아니면 민주주의 체계 안에서 따로 정의되는 인권들이 있느냐, 라고 했을 때 저는 후자라고 보는데요.

인권 문제에서 진보와 보수가 충돌하는 지점은 어디일까요?

이준석 자유죠. 보통은 행동의 자유를 규정하는 게 많은데, 내 행동이 규범에 의해서 제약되지 않는다는 게 자유주의 노선의 핵심입니다.

손아람 저는 보수의 생각에 동의하지 않아요.

이준석 현실주의 보수들은 법치의 가치를 내세우게 되어 있는데요, 그래서 보수가 조금 더 폐쇄적일 수 있다는 생각을 해요. 법치의 측면에서 봤을 때, 아까 말한 것처럼 살인할 자유, 이런 걸 계약에 따라 제어하는 게 보수가 중요하게 생각하는 부분입니다.

손아람 보수가 인권을 생각하지 않는다고는 보지 않습니다. 보편적으로 인권이 충돌하지 않는 경우에 인권을 부정하는 사람은 사실 없죠. 보수가 마치 인권에 충돌하는 것처럼 보이는 건 방금 얘기하신 대로 인권이 어떤 경우에서 충돌할 때입니다. 충돌 대상은 여러 측면에서 자유인 경우가 많거든요. 재산권 행사의 자유부터 시작해서요.

이준석 북한 문제를 다룰 때 인권이라는 단어가 많이 등장합니다. 그런데 북한 지도자가 반인권적인 정책을 펼친 것에 대해 성토하면 진보 진영이 인색했던 게 사실이에요.

손아람 네, 저도 그렇게 생각합니다.

이준석 보수에서 인권이란 항상 논리적인 무기화가 되어 있던 경우가 많았어요. 미국인들에게는 먼로주의 이후 미국 바깥에서 전쟁을 펼치는 것에 대해 항상 국민적 저항이 있었습니다. 먼로주의란 아메리카는 아메리카 밖의 일에 신경 쓰지 않고, 아메리카 밖에서는 아메리카 안의 일에 신경 쓰지 않는다는 거죠. 먼로주의를 벗어나면 항상 비판을 받기 때문에 유럽 전쟁에 뛰어드는 이유를 찾아야 했어요. 실질적으로 "우리는 영국을 지켜야 하고 독일이 싫다"는 식으로 얘기하면 국민의 지지를 못 받으니까, "봐라 저 독일의 반인권적 악랄한 무리를!"이라는 얘기를 했었던 거죠. 최근 테러와의 전쟁이라는 것도 "이라크를 때려잡아야 하는 이유는 저 후세인의 악랄한 대량 학살 무기를 만드는 반인권적인 처사 때문!"으로 됐던 것이고요. 우리가 석유 패권이나 중동 패권을 차지해야 한다는 말은 없었죠. 저는 논리에 도구화된 인권 자체는 순수성이 떨어진다고 봅니다. 그래도 이야기할 수 있는 건 확장된 형태의 인권이에요.

손아람 북한을 대할 때는 특수한 측면이 있어요. 이를테면 '북한 사람들 굶어 죽든 말든 우린 신경 안 써!'라고 생각하는 사람은 없죠. 그런데 실제 북한 정권의 결함을 논할 때는 북한의 인권이 많이 이야기되고요. 북한 정권의 결함을 이야기하는 것은 북한 정권을 적대하는 근거로 거론이 되어왔죠. 그랬을 때, 공안 문제로 전환돼 역으로 국내에서 인권이 침해당한 역사가 있기 때문에 북한을 이야기할 때 매우 조심스러운 태도를 취하는 거죠. 북한 내의 인권이 아니라 탈북자가 국정원에 잡혀 심문받는 과정에서의 인권 침해, 이런 것에 대해선 진보가 당연히 예민하잖아요.

이준석 북한에서 수많은 아사자가 나오고 있는데 그런 것에 무덤덤하다는 게 이상해요. 그런데 저는 '인권 의식'이나 '정의 의식' 이런 것들을 미국에서 신기하게 경험했던 적이 있어요. 하버드 학생들이 갑자기 시위를 한 거예요. 총장실을 점거하다시피 하고요. 평화로운 하버드에서 왜 시위를 하지? 학생들에게 물어보니 이런 상황이었어요. 하버드대학교의 경우 기금이 굉장히 커요. 몇 십조 단위의 연기금으로 학교를 운영하죠. 기금의 투자처를 하버드 매니지먼트 컴퍼니(Harvard Management Company)에서 정하는데, 수단 다르푸르 지역에 투자하는 중국의 정유회사 시노펙에 고수익을 노리고 투자를 한 거예요. 하버드 학생들은 수단의 다르푸르에서 시노펙이 하고 있는 인종 말살 정책에 대한 사실적인 지지라면서 하버드의 연기금 투자 대상에서 빼야 한다고 투쟁을 한 겁니다. 결국엔 학생들의 뜻이 관철됐고요. 어떻게 보면 오지랖인데, 저는 그때 인권에 대한 확장적 인식이 생겼어요. 실제로 수단에서 고통을 겪는 사람한테는 미국인들이 실질적인 도움이 되거든요. 저는 그런 인권의식 자체가 사회문제 해결에 도움이 된다고 봐요.

손아람 그런 면에서 진보가 어떻게 하고 있는지 말씀드리자면, 국내에도 비슷한 사례가 있습니다. 동남아의 패션 회사 공장이 노동자들의 인권

두 개의 입장이 충돌한다는 것은

인권이 최상위 가치가 아닌 사회라는 말이죠.

을 침해했을 때 우리나라 좌파들이 관심을 가지고 목소리를 냈거든요.

이준석 공정무역 같은 거요?

손아람 네, 공정무역이요. 그런데 정작 북한에는 조심스러운 이유가 있죠. 과거 미국의 예를 들면 이해가 될 것 같은데요. 미국에서 과거 냉전시대에 소련 인민들이 얼마나 힘들게 살고 있고 그 체제에서 고통받는지를 선전으로 이용해도, 미국 내에서 좌파적인 시각을 가진 사람들이 소련 사람들의 인권을 위한 목소리를 크게 내지 않았거든요. 그와 비슷하다고 생각합니다. 왜냐하면 역으로 소련 사람들의 인권을 위한 목소리는 사실 소련 체제를 적대하면서 냉전체제를 강화하는 데 악용될 수 있으니까요.

이준석 인권은 절대 가치이기 때문에 말이 필요 없어야 합니다. 인권 침해 사례가 있을 때 그것에 대한 가치 판단을 하는 게 아니라 그걸 막기 위한 행동으로 나가야 하죠. 그런데 누가 굶어죽는데 이래서 이거는 인권 침해이고, 이렇게 가면 인권이 절대 지상 가치가 아니라 선택적 가치가 되어버리는 거예요.

손아람 소말리아에서 침해당한 인권을 국내 좌파가 확장적인 차원에서 국내 인권과 똑같이 공을 들여 다루지는 않거든요. 그럴 수도 없고요.

이준석 그런데 북한 문제는 우리한테 그렇게 먼 문제가 아니죠.

손아람 저는 보수도 마찬가지일 거라고 생각하지만, 북한을 헌법과는 달리 실질적으로 다른 정권, 다른 정부로 여기고 있다고 보거든요. '외국인 인권은 상관없다'가 아니라 '외국인 인권 문제로 보고 있다'고 생각해요. 우리가 모든 국가의 인권 침해 사건을 국내 인권 침해 사건과 똑같이 시간을 할애해 연대하지 않는 것과 같은 맥락이죠. 북한은 가까운 거리에 있지만 국내 체제에서는 선전으로 이용될 위험이 있기에 움츠러드는 건 자연스러운 현상이라고 봅니다.

양심이냐
병역이냐

이번에는 인권의 연장선상에서 볼 수도 있는 양심적 병역 거부 얘기를 한 번 해보죠.

이준석 저는 양심적 병역 거부라는 게 정확하게 허용되는 카테고리와 대체 복무 방안만 해결된다면 그것을 인정할 만하다고 생각해요.

손아람 카테고리요?

이준석 집총 거부도 있고요.

손아람 성소수자도 있죠. 실제로 병역 거부 문제로 캐나다에서 망명을 신청한 경우도 있어요.

그분은 도저히 한국에서 살 수가 없었던 모양입니다.

손아람 그 망명 신청이 받아들여졌습니다. 한국으로 돌아가면 징집돼 군복 무를 해야 하기 때문에 명백한 학대가 예견된다는 이유에서였죠.

이준석 이 제도가 도입되려면 공정하다는 인식을 사람들에게 심어줘야 합니다. 양심적 병역 거부는 페이크가 가능하다면 사람들이 공감을 못 할 거예요. 만약 내가 신종 종교를 만들어 집총 거부를 하면 어떻게 하겠습니까.

손아람 현역보다 복무 기간이 긴 대체복무가 존재하는데, 군대가 힘들다고 내 인생에서 현역보다 긴 기간을 대체복무로 보낼 사람이 얼마나 될까요?

이준석 집총 거부로 대체복무 판정을 받아도 감옥 가는 사람들이 있죠. 그 지점에서 고민되는 게 있어요. 저도 대체복무를 했기 때문에 거부감은 없는데요, 집총 거부는 뭘 해도 답이 없다는 거예요.

손아람 집총만 안 시키면 되는 거 아닌가요? 저는 이 단순한 문제가 왜 해결이 안 되는지 늘 의문이었어요.

이준석 그걸 해결하려면 병역 거부자를 바로 기초군사훈련도 안 받는 제2국민역으로 배정해야 하죠. 예비군도 총을 드니까. 제2국민역은 기초군사훈련도 면제받는데, 이게 다른 사람들에게는 불평등으로 보일 수 있죠. 왜냐하면 예비군도 못 하잖아요. 제2국민역은 군사 훈련부터 아무것도 안 해요.

손아람 저는 그것에 무슨 문제가 있는지 잘 모르겠어요.

이준석 그걸 선택할 수 있다면 누가 현역으로 가겠어요.

손아람 그렇겠지만 대체복무는 현역보다 더 긴 복무 기간을 제시하잖아요.

이준석 현역 밑에 예비역이 있고 그 밑에 제2국민역인데, 현역과 예비역은 집총을 하고 제2국민역은 집총을 안 합니다. 소위 말하는 군 면제인 셈이죠.

그럼 예비군도 안 하나요?

손아람 네, 안 해요. 2017년 양심적 병역 거부자를 위한 대체복무제를 도입하는 법안이 발의됐는데, 주요 내용 중 하나가 현역병 복무 기간의 1.5배를 복무하도록 한 것으로 기억합니다. 그런데 자율적으로 선택했을 때 긴 복무 기간을 선택할 사람은 많지 않다고 생각해요.

이준석 제2국민역의 확대에 관해서는 복잡한 부분이 있죠. 이 담론이 기술적인 문제가 많기 때문에 모병제로 더 빨리 갈 거라는 생각이 들어요. 역설적인데 현 제도 하에서 현실적으로 양심적 병역 거부를 주장하는 사람들이 가장 많이 얘기하는 게 모병제예요.

모병제도 쉬운 문제는 아니죠.

이준석 저는 평등 논란을 낳을 수 있는 양심적 병역 거부가 더 멀어 보입니다. 문재인 정권이 복무 기간을 단축한다고 말하는 것 자체가 모병제에 가까이 가려는 거죠.

손아람 모병제로 간다는 것은 누구나 생각하고 있죠. 대한민국에서 태어나면 앞으로 백 년, 천 년 가도 의무복무를 해야 한다고 믿는 사람은 없을 겁니다. 하지만 모병제는 여러 가지 현실적인 여건에 막혀 있는데, 저는 대체복무제가 과연 모병제만큼 현실적인 장벽이 있는지 모르겠다는 겁니다.

이준석 지금 대체복무로 인정하고 있는 분야는 의경, 산업기능요원, 원양어선 선원, 사회복무요원이거든요. 사회복무요원은 그것을 정규직화하겠다고 나서는 바람에 최근에 줄이는 추세인데, 사회복지 현장에서 사회복무요원의 전문성과 성실성에 대한 지적이 꽤 있어요. 사회복무요원이 옛날엔 공공기관이나 요양시설에서 일하는 공익이었죠. 요즘 요양시설에 가보면 근무자도 그렇고, 서비스 받는 사람도 그렇고 사회복무요원에 대해 다소 부정적인 인식이 팽배해 있습니다. 요양원 사회복무요원의 경우 배정하지 말자는 의견도 나오고 있어요.

손아람 대체복무를 자율적으로 선택했을 때 과연 들어갈 TO를 만들 수 없나요? 저는 그렇지 않다고 봅니다. 공공기관 내에 얼마든지 자리가 있어요. 실은 그런 문제가 아니라 순수하게 형평성 차원에서 논쟁이 되고 있다고 보거든요. 얼마 전 여호와의 증인 병역 거부 재판을 본 적이 있어요. 인상적이었던 것은 여호와의 증인 교인들이 방청객으로 어마어마하게 몰려왔다는 거였어요. 단순히 핑계를 대는 게 아니라 종교적인 믿음 때문에 병역을 거부한다는 것을 증명하기 위해서 따라온 거죠. 재미있었던 점은 판사가 굉장히 조심스럽고 우호적으로 대한다는 거였어요. 판사는 피고인의 신념을 잘 이해하고 있고, 그 신념에 따라 병역을 거부하는 상황도 알고 있다, 하지만 판결을 내릴 때는 종합적으로 판단을 하고 내리는 것이니 양해 부탁드린다고 했어요. 판결은 보지 못했는데, 실제로 양심적 병역 거부를 인정하는 판결들이 나오고 있습니다. 지금 헌재도 왔다 갔다 하고 있죠. 사법부에서도 판단이 어려워질 정도로 양심적 병역 거부가 현실적인 단계까지 온 겁니다. 법원에서도 양심적 병역 거부가 무죄라는 판단이 나오는 마당에 실질적으로 대체복무가 필요한 상황이라고 생각해요.

손아람 작가님은 대체복무로 충분히 가능하다고 보고 있고, 이준석 대표님은 대체복무가 형평성이라든지 많은 문제를 갖고 있다고 생각하는 거네요. 원래 이것이 양심적 병역 거부에 대한 진보와 보수의 차이인가요?

이준석 이 문제는 진보와 보수의 문제가 아니라고 봐요.

손아람 진보들은 대체복무로 양심적 병역 거부가 가능하다고 봅니다.

이준석 보수라고 해서 집총 거부자들이 총을 들면 안보가 좋아진다는 생각을 하지는 않아요. 집총 거부는 양심 혹은 종교적인 신념에 따라 전쟁 자체를 거부하는 거잖아요. 그렇지만 양심적 병역 거부를 통과시키려면 사회적 저항이 굉장할 겁니다. 입영 연기도 줄을 이을 테고요. 병역 기간 단축 때문에도 지금도 이미 겪고 있고요. 그래서 저는 모병제가 오히려 먼저 올 거라고 보는 거죠.

양심적 병역 거부에 대해 반대 입장은 아니네요.

이준석 어떤 식으로든 풀리겠지만 현재는 비관론이죠.

손아람 저는 낙관해요. 사람들은 대부분 양심적 병역 거부에 대해 '군대에 안 간다' 정도로만 생각하지 대체복무에 대한 개념 자체를 안 떠올립니다. 대체복무를 도입하면 누구나 대체복무를 선택하지 않겠냐고 말은 하지만, 막상 해보라고 하면 대부분 망설일 겁니다. 법원에서는 양심적 병역 거부를 사실상 인정하는 판결을 내렸고요.

이준석 법원은 항상 판결이 어떤 영향을 미칠까를 판단하면서 가니까요. 예를 들면 법이 인정하는 순간 여호와의 증인처럼 공인된 집총 거부 집단은 각광을 받을 겁니다.

손아람 대체복무란 꼭 특정 종교에만 그게 가능하게 한다는 게 아니라 실질적으로 복무 선택을 가능하게 만들어준다는 뜻이지요. 굳이 종교가 없어도요.

이준석 남경필 지사님이 유승민 대표님과 모병제 논란으로 논쟁을 한 적이 있어요. 유승민 대표는 모병제를 나중에 옵션으로 검토할 만하지 현실적으로는 징병제를 포기할 수 없다는 입장이었고, 남경필 지사는 당장 모병제로 가야 한다는 입장이었던 것으로 기억합니다. 유승민 대표의 논리적 프레임은 모병제를 실시하면 결국 돈 많은 집 자녀들은 지원하지 않는다는 거였어요. 없는 집 자식만 군역을 한다는 겁니다. 그럼 이것이 정의로운가? 이런 관점이었어요. 대체복무가 개인의 양심에 의한 선택이라고 합시다. 하지만 정의 프레임이 등장하면 저는 결코 모병제가 순탄하게 통과하지 못할 거라고 봅니다.

손아람 대체복무제가 과연 그렇게 가벼운 것인가는 좀 더 깊이 있게 논의돼야죠.

네, 감사합니다. 정치와 경제에 국한해 논의해봤고요, 이제 생활밀착형 현안문제에 대해 두 분의 의견을 들었으면 합니다.

보수와
진보의
생각 II

의식과 무의식까지
지배하는
헬조선

손아람 작가님은 헬조선에 대해 좀 다른 통찰을 내놓았습니다. 헬조선이란
말이 청년들 사이에 유행어처럼 번지는 데는 단순히 계층 사다리가 붕괴되
었다는 이유 외에 그들 심층에 다른 이유가 있다고 했죠. 자신이 한 회사의
부속품으로 대접받을 수밖에 없는 현실, 혹은 회사만 성장하고 자신은 버
려질 수 있다는 공포, 또 회사에서 두각을 나타날 때 쫓겨날 수 있다는 공포
같은 거요. 헬조선 담론을 얘기하면서 결혼하지 않고 출산하지 않는 등의
행위를 재화 분배의 불평등에 대한 저항으로 설명했습니다. 좀 과장되게 얘
기하면 출산을 하지 않아 스스로 자기 세대에서 절멸하겠다는 의사 표현으
로 설명했죠.

그러니까 헬조선을 멸망 담론으로 이해한 겁니다. 그렇게 이해한다면 헬
조선이 신자유주의나 성장 시스템의 붕괴 때문에 생긴 말이 아닌 게 되고

요. 승자독식의 천민자본주의에 대한 극단적인 표현인 것 같습니다. 헬조선에 대한 좀 독특한 분석입니다. 저는 이런 분석이 출산을 포기한 젊은 세대에 관한 심층적인 접근이라고 생각합니다. 현재 중요한 사회문제인 저출산과 관련해 얘기해볼까요? 진보와 보수를 떠나 젊은 사람들의 결혼, 출산에 대한 생각도 들을 수 있을 것 같습니다.

손아람 무의식적인 수준에서의 이야기입니다. 사회적 관문들, 즉 취직부터 시작해 승진을 하고 자격증을 취득하는 등의 모든 것들을 게임 임무로 생각했을 때, 그 보상 체제, 보상 시스템 아래서는 재벌로 표상되는 특권과 겨눌 수가 없다. 그럼 어떤 식의 저항이 필요할까. 결혼하지 않는 거죠. 저도 결혼을 안 했지만요. 결혼 안 한 모든 사람이 '내가 인류를 멸종시키겠어', '이 사회 맘에 안 들어', 이런 생각을 실현시키고 있다고 말할 수는 없죠.

　하지만 무의식에는 이런 것들이 있을 거라고 봐요. 나의 불안정한 소득이 가정을 지속적으로 꾸릴 수 있을 것인가에 대한 불안. 가장 큰 불안은 가정을 꾸리기 위해 유지해야 할 공간의 임대료가 차지하는 비중이 불안정한 소득에 비해 너무 크다는 겁니다. 공간에 대한 불확실성이랄까.

혹시 운이 좋아 주거 문제가 해결된다면 어떨까요?

손아람 그렇다고 다 되는 것은 아닙니다. 결혼을 하는 이유는, 저는 유일하게 양육을 목적으로 한다고 생각해요. 아이를 안 낳는다면 결혼의 큰 의미를 모르겠어요. 아이를 낳으면 양육을 해야 하는데, 그러기 위해서는 사실 누군가가 희생을 해야 합니다. 내가 희생을 하든지 아니면 아내가 희생을 하든지. 근데 저는 제가 희생하고 싶지도 않고 아내를 희생시키고 싶지도 않아요.

예를 들어 아내가 직장이 있고 자기 꿈이 있는 사람인데 "애는 네가 낳을 것이고 애가 아무래도 엄마를 더 따를 테니 네가 키워야 하지 않겠니"라고 말하고 싶지는 않거든요. 왜 이런 고민을 하는가. 결국 국가가 제공하는 양육 시스템이 없기 때문입니다. 국가의 도움 없이 자력으로 양육과 가정경제를 다 꾸려나갈 확신이 있는 것도 아니고요.

그런 불안이 결혼하려는 욕망을 잠식한다는 거죠.

손아람 그 모든 것들이 무의식 속에 섞여 있는 거죠. 과연 결혼이라는 게 내가 부담할 만한 비용 범위 안에 있는 것인가, 도박 같다는 생각이 들고요. 제 세대에서 다음 세대까지 그런 무의식적인 불안감이 있기 때문에 결혼을 계속 미루는 거거든요. 미루다 보니까 일정한 시기가 지나가면 결혼을 왜 해야 하지, 라는 생각까지 하게 되는 거죠. 그런데 그 많은 것들은 사실 다는 아니라도 어느 정도 국가가 해결해줄 수 있는 부분이 있습니다.

이를테면 임대료 문제를 어느 정도 해소해 준다든지, 주거임대차 보상 기간을 조금 늘리는 방식도 가능할 겁니다. 양육을 위한 여러 제도들 중 많은 것들을 국가가 정책적으로 조금이라도 해결해줄 수 있어요. 출산 문제를 해결할 때는 출산과 직접적인 관련이 없는 것들까지 바꿔야지, 출산과 바로 관련이 있는 것들만 바꿔서는 안 된다고 생각하거든요. 애를 많이 낳으면 돈 줄게, 같은 방식으로는 근본적인 해결을 할 수 없는 거죠.

이준석 대학생들 대상으로 가끔 강연을 하는데 한번은 엉뚱한 질문을 해봤어요. 요즘 저출산인데, 여러분이 결혼해 낳지 않았을 아이—이 표현 자체가 매우 부적절하긴 한데—즉 낳고 싶지 않았던 아이를 낳겠다고 결심하려면 지원금이 얼마 정도 필요한가요? 그들의 의견을 취합해보고 깜짝 놀랐습니다. 평균 3억이에요. 우리가 1년에 60만 명 아이를 낳다가 40만 명 밑으로 떨어졌는데, 추가로 20만 명의 출산율을 확보하기 위해 한 명당 3억 원을 지원해야 한다면 60조가 필요하단 말입니다.

매년 그만 한 돈이 필요한 거죠.

이준석 그러니까요. 지원과 보조로 이 문제를 해결하려는 것 자체가 처음부터 굉장히 위험한 발상이라는 말입니다. 3억이라는 말이 괜히 나오는 게 아니라, 손아람 씨도 소득의 불안정성에 대한 이야기를 했지만, 아이를 낳고 책임지는 데 필요한 기본적인 자산의 개념이 청년들 머릿속에 이미 박혀 있는 거예요. 3억을 안정성의 기준으로 삼는 거죠. 실제로 그만큼의 돈이 필요하다는 생각이 들기도 해요. 그런데 그걸 충족하지 못하는 상황에서는 웬만한 수단 갖고는 아이를 낳도록 강제하기가 쉽지 않다는 거죠. 그 지점을 정책 입안자들이 간과한 겁니다.

손아람 맞는 말인데요, 그들은 당장 애를 낳을 생각이 정말로 없기 때문에 3억을 불렀지만 실제 어느 시점에 가면 애를 낳고 싶은 사람이 있단 말이죠. 근데 낳고 싶어도 낳는 걸 결정 못 하는 사람들에게는 3억이 문제가 아니거든요. 그들의 경제활동과 생활 패턴을 조정해줄 수 있는 정도의 복지만 있으면 가능한 일이라는 생각이 드는데, 그런 시스템적인 문제가 해결되지 않고 있죠. 특히 여자인 경우가 더 많은데 제 또래의 결혼하지 않는 사람들 이야기를 들어보면 가장 공포를 느끼는 게 이런 거예요. 아이를 가지려면 회사를 그만두거나 하던 일을 잠시라도 그만둘 수밖에 없고, 그만두면 경력이 단절되고, 그걸 감당할 수 없으니까 결혼이 두려워. 왜냐면 결혼은 애 낳으려고 하는 거니까. 그런 사고의 흐름이 있어요.

남자로서 가장 쉽게 할 수 있는 선택은 이런 거죠. 아내 희생시키지 뭐. 나는 계속 일하고 돈 벌어다주면 되니까. 아내가 껴안겠지 뭐. 그런데 이제 그게 양심뿐만 아니라 경제적인 이유로도 안 되는 시대입니다. 내 아내가 돈 못 벌면 살 수 있을까?

이야기를 들어보니 헬조선의 상황이 청년의 모든 것을 지배하고 있군요. 의식과 무의식까지도 말입니다. 진짜 암울한 세대입니다. 북유럽은 아이를 세명, 네 명 낳는 경우도 많다고 들었습니다. 일단 무상교육이 되고 무상의료가 되니까요. 주거 문제를 우리처럼 국가가 개인에게 떠넘기는 상황이 아니고요.

손아람 실제로 프랑스 같은 경우는 교육도 그렇지만 육아를 위해 국가가 보육원을 제공하죠. 권리가 아니라 의무로서 국민은 무조건 보육원에 아이를 맡겨야 합니다. 육아 문제가 모두 해결되다보니까 나타난 현상이 오히려 결혼을 하지 않는 겁니다. 왜냐면 제도로서의 결혼을 택할 이유가 없는 거죠. 시민결합 같은 형태, 사실혼 상태에 머무는 것만으로 모든 게 해결될 수 있으니까.

이준석 그건 문제는 아닌 것 같은데요. 문화적 차이죠.

손아람 제가 말하고 싶은 건, 결혼과 출산율은 사실 직접적인 상관관계가 있다고 말할 수 없다는 거예요. 출산 이후에 그 아이를 키우기 위해서 무엇을 부담해야 하는가, 부담할 수 있는가가 중요한 문제죠.

아이가 필요한 쪽은 개인이 아니라 국가인 것 같아요. 그러니까 선진국에서 국가가 그것을 떠안는 거잖아요.

손아람 맞아요. 아이가 필요한 건 국가지 개인이 아니거든요. 개인이 아이를 안 낳는 이유는 필요치 않기 때문인데, 국가가 출산을 요구하는 건 국가가 필요로 하기 때문이죠. 그렇다면 국가가 그 필요를 충족하기 위해서는 '아이를 낳아라'가 아니라 '우리가 필요한 출산율을 우리 비용으로 조정한다'는 방식이 돼야 하는 겁니다.

이준석 그런 관점에서 봤을 때 우리가 출산율을 높이는 걸 지상과제로 삼아야 할까요? 그것을 고민해봐야 합니다. 출산율을 높이려고 하니까 자꾸 부담이 늘어나잖아요. 결국 피부양 인구가 늘어나면 부양 인구가 감당할 수 있을까 하는 문제인데, 생산 가능 인구가 병렬로 느는 것보다는 현재 생산 가능한 인구의 효율을 높이는 방향이 더 효과적일 수 있다고 보거든요. 생산량을 늘리는 방법이 더 효율적이니까요. 앞으로 일자리 문제가 더 심화될 가능성을 생각한다면 출산율 증가가 큰 의미가 있을까, 라는 생각을 합니다. 일자리가 충분했을 때는 의미가 있겠지만요. 생산 가능 인구를 늘린다 해도 일자리가 늘어나지는 않거든요.

그런 측면도 있긴 합니다. 출산율을 높여야 한다는 건 성장지상주의와 관련이 있고요.

손아람 사실 그런 관점을 취한다면 이 논쟁 자체가 증발하게 되죠.

이준석 서구가 이 문제를 우리보다 먼저 경험했고 그 다음에 일본이 겪었는데, 그들이 생산 가능 인구를 늘리는 데 가장 먼저 선택한 것이 여권 신장이었어요. 여성 노동력이 사회적으로 활용되기 시작하는 순간 활용할 인구가 두 배로 늘어나잖아요? 우리가 그런 방식을 끌어올 수 없는 임계점에 도달했냐 하면 저는 아직은 여지가 있다고 봅니다. 우리나라 여성의 교육 수준이 80년대 생부터 확 높아진 걸 생각할 때, 아직도 여성의 사회 참여를 유도할 구석이 있다고 판단되거든요. 그리고 그 다음 단계로 이민을 통한 유입도 가능하다고 봅니다. 그런데 우리가 여전히 출산율 증가를 지상과제로 삼는다면 생산 가능 인구로 생각했던 사람들이 나중에는 오히려 피부양 인구가 될 가능성도 있지요.

손아람 아이 낳는 걸 경제적 관점에서 보는 게 아니라 개인 삶의 소명이자 행복으로 느끼는 사람들이 분명 있습니다. 한 명이라도 자기 아이를 갖고, 다음 세대를 위해 생의 무엇인가를 물려주고 싶은 거죠. 근데 그걸 행복으로 여기는 사람들조차 쉽게 선택하지 못해요. 실제로 제 주변에 그런 사람들이 너무 많습니다. 아이 낳고 싶어, 더 늦기 전에 갖고 싶지만 나는 아이를 가질 수 있는 사람이 아니야.

나는
서울에서
살고 싶어요

결혼을 위해 살 집이 필요하다는 얘기를 했지만, 많은 사람들이 주거 공간을 서울 혹은 수도권에 갖고 싶어 하는 것도 문제라고 봐요.

이준석 세종시로 파견된 기자들이 가장 먼저 하는 말이, 빨리 보직 변경돼서 서울로 올라갔으면 좋겠다는 겁니다. 출입기자 하던 친구들이 한직이라도 서울로 올라가려고 해요.

손아람 저는 그 문제가 재벌과 땅값 때문이라고 생각합니다. 경제적 불평등이죠. 아주 큰 몫을 가진 사람의 경제적인 이익 때문에 소시민이 행복을 누릴 수 있는 절대적 공간을 갖기가 너무 어렵습니다. 그런데 아무리 집값이 비싸다고 해도 소도시나 시골로 내려가면 충분히 살 만한 공간을 구할 수 있어요. 실제로 그렇게 사는 청년 세대가 있고요. 소도시에서 자기가 감당할 만한 정도의 집을 고르고, 거기에서 먹고 살 만한 정도의 적당한 임금 환경에 있는 친구들이 제 지인들 중에도 있거든요. 경상도나 전라도 출신인 경우 고향으로 돌아가서 적당한 사무직을 구해 월 200만 원쯤 벌면서 월세를 30만 원 정도 부담하고요. 서울에 사는 제가 언뜻 봤을 때는 그 친구들이 더 행복해 보이기도 합니다. 그런데 그들의 불행이 뭐냐면, 절대 그들은 자기가 더 행복하다고 생각하지 않아요.

왜 그들은 행복하다고 생각하지 않을까요?

손아람 자기들은 생물학적으로 생존 환경을 확보한 대가로 모든 걸 희생했거든요. 문화적인 것을 포함해서 전부 다 포기했다고 여겨요. 그냥 지방에서 먹고 살 수 있을 뿐이라고 생각하죠. 힘들고 불안정하지만 서울에 살면 무엇이라도 얻을 수 있다고 믿습니다. 서울에 있는 사람들은 어마어마한 비용을 지불하면서 꿈을 향해 도전하고 있다고 보거든요. 기업에 취직을 했든, 예술가든, 고시 공부를 하든, 뭘 하든 간에. 소도시에 사는 사람들은 서울의 삶에 미래의 가능성이 있다고 생각합니다.

그게 의미하는 바는 뭘까요?

손아람 모든 게 서울에 몰려 있다는 거죠. 자본도 기회도. 사실 돈은 일부 재 벌들이 다 가지고 있는데, 돈을 집중적으로 가지고 있는 그들이 지방 에다가 뭔가를 만들 이유가 없거든요. 적당한 정도의 자본을 가진 지 방 기업이 투자하는 정도죠. 이를테면 CJ 같은 데서 일정 규모의 수 익을 올려야 하는 영화관을 지방에 지으려고 하나요. 지금 강원도에 있는 CGV 영화관이 네 개입니다. 그 중 두 개가 춘천에 있고요. 지 방에 영화관을 짓는 건 수도권의 고수익 과경쟁 시장에 진출할 이유 가 없는 지방 자본의 몫이어야 하는데, 지나친 중앙 집중으로 지방 자본 자체가 성숙하지 못했어요. 경제 구조뿐만이 아니라 모든 기회 들이 수도권에 있으니까 다 수도권에 몰려들어서 살려고 합니다. 그 러니까 집값이 비싸지고요. 주거 문제가 버거우니까 힘들게 취직을 해도 행복을 느끼지 못하죠. 지방으로 밀려가면 생존 환경을 위해 꿈 을 희생한 패배자가 된 기분이 듭니다. 악순환인 것 같아요.

손아람 작가님은 친구들 중에 지방으로 이주한 사람이 있다는 거네요.

손아람 지방에 사는 친구 이야기를 해볼게요. 그 친구 집이 우리 집보다 거 의 두 배 가까이 큰데, 월세를 정확히 얼마 내는지는 모르지만 그 친 구가 버는 돈은 월 200만 원대입니다. 그렇게 벌어서 큰 집에 산다는 말이죠. 더러 그런 친구들이 있어요. 그들 중에는 소박한 생활에 만 족하는 친구들도 있지만 늘 서울 사는 사람들이 부럽다는 뉘앙스의

얘기를 해요. 서울에 살 수 있어서 좋겠다. 자기는 서울에 갈 엄두를 내지 못하는 거죠.

이준석 미국에서 뉴요커가 되고 싶다는 것과 똑같죠. 저는 지방에 있는 사람들이 그런 얘기를 할 때는 약간의 환상도 가미되어 있는 것 같아요. 그리고 저는 우리 사회가 수도권으로 계속 몰릴 수밖에 없는 이유는 시장 규모 자체가 그만큼 지방에서는 확보가 안 되기 때문이라고 생각해요.

이준석 대표님은 서울이 아닌 지역에서 서울을 동경하는 사람을 만난 경험은 없나요?

이준석 제가 '배움을 나누는 사람들'의 서울 교육장을 다섯 개째 만들었을 때의 얘기입니다. 경북대 다니는 학생들이 저한테 이메일을 보냈어요. 서울에서 꼭 '배나사' 활동에 참가하고 싶다며 이력서를 보낸 거죠. 그런데 배나사는 이력서를 안 받고 선착순으로 선생님을 모집하거든요. 저희가 누구를 평가한다는 게 부담스러워서요. 그런데 자꾸 이력서를 보냈어요. 대구에서 올라와 서울에 있는 교육장에서 배나사 선생님으로 활동하는 것은 가능하지 않다고 했지요. 저희가 따로 월급을 주는 단체가 아니거든요. 그래도 봉사활동으로 배나사 선생님을 하고 싶다고 또 이메일이 왔습니다. 그래서 방학 때 서울에 올라오시면 숙식을 어떻게 해결하려고 하십니까? 물었죠. 그에 대한 답이, 자비를 들여서라도 꼭 하고 싶다는 거예요. 지방에서 봉사활동 한번 해보고 싶은데 그것마저도 할 기회가 없다는 겁니다.

지금은 대구에 배나사 교육장이 있죠.

이준석 네, 하지만 그때는 없었으니까요. 좀 더 진취적인 지방 사람들은 서울로 올라와 자기 돈을 투자해서라도 그런 경험을 해야겠다는 절박함이 있는 겁니다. 그걸 보면서 느낀 점이, 지방 국립대학이나 지방 기업이 과거에 비해 그 지위가 너무 다운그레이드되어가고 있다는 거였어요. 그러다보면 지방의 공동화는 필연적이죠.

옛날 지방 국립대의 위상과 지금 지방 국립대의 위상이 많이 다른 건 사실이죠.

이준석 최근에 〈다운사이징〉이라는 영화가 나왔는데, 저는 기득권의 다운사이징에 실패했다는 생각이 듭니다. 예를 들어 학령인구가 베이비붐 세대 때는 100만 명이었는데 지금은 40만 명 밑으로 내려갔어요. 그러면 기득권으로서 일정 비율로 존재하는 고학력 인구에 분명 다운사이징이 있어야 한다고 보거든요. 그런데 똑같아요. 정치인들이 제때 군살을 조금씩 빼지 못했기 때문에 지금 와서 학교 폐쇄 같은 극단적인 방식을 쓰는 겁니다. 반대로 최상위 층의 리더가 될 사람들이 가진 기득권을 줄이는 과정은 또 실패해요. 과장해 말하면 명문 사립대 하나를 폐쇄할 수는 있지만 서울대 정원 10퍼센트는 못 줄입니다. 그러니까 엘리트의 상대적 비율은 계속 늘어나는 거예요. 그 과정에서 서울 집중이 일어난다고 생각해요. 과거의 학령인구 규모에서 서울대에 진입하지 못했을 비율의 학생들이 만약 서울대에 갔다면 자신의 삶을 다운그레이드하려고 할까요? 지방으로 가려고 할까요? 저는 그것이 구조적 문제라고 생각합니다. 지방에서 조금만 공부를 잘해도 전부 다 서울로 가려는 분위기잖아요. 내가 여기서 태어났고, 성장했고, 대학을 다녔으니 내 고향에서 승부를 보겠다. 예전에는 이런 야심가들이 있었는데 지금은 없거든요.

노무현 대통령의 경우 서울 인구를 지방으로 빼내고 서울에 집중된 문화를 분산시키려고 했죠.

이준석 저는 노무현 대통령이 췄던 변화는 기득권의 수적 축소를 본질적으로 도모하지 못한 파괴적 변화라고 봅니다. 가령 공공기관 지방 이전 같은 것은 "너희가 입사는 서울에서 했지만 지방에 가서 살아라" 하는 거나 마찬가지죠. 그래서 저는 이게 지속되지 않을 거라고 생각했어요. 공공기관의 지방 이전 시 인력의 20퍼센트 가량이 이탈한다는 통계가 있고, 그중 상당수가 젊은 인력입니다. 실제로 전라남도 나주로 이전한 한전 같은 경우 지속이 안 되고 있어요. 문재인 정부 공약 중에서 변화의 방향과 역행한다고 생각했던 게 있습니다. 나주에 한 전 갔잖아요. 그런데 대선 공약 중에 전라남도에 한전 공대를 만들겠 다는 게 있었어요. 결국 메스를 댈 지점에 못 대고 오히려 대학을 늘 리는 식으로 혹을 붙였다는 생각이 들거든요. 저는 기득권의 축소를 위해 칼을 댈 수 있는 지도자가 앞으로 계급 불평등 문제를 해소할 수 있을 거라고 봅니다.

좀 구체적으로 말씀해주시죠.

이준석 첫 번째는 개인의 자산상의 기득권을 해체하는 것이 하나의 아젠 다고요, 두 번째가 자본, 기업의 기득권을 해체하는 겁니다. 세 번째로 학벌 등으로 표현되는 사회적 지위의 기득권을 해체하는 것도 중요 하다고 봐요. 사람들이 그만큼 대접받길 원하는 부차적 결과를 낳기 때문이죠. 지방과 서울의 관계에 있어 지리에 따른 기득권을 해소하 는 것도 굉장히 중요합니다. 지도자는 그런 것들에 손을 대는 큰 틀 의 정책적 방향을 가지고 있어야 해요. 사실 정치인이 손을 대는 순 간 표가 우수수 떨어지는 정책을 밀어붙이기는 쉽지 않죠.

손아람 저는 행정수도 이전이나 분권화 작업은 동의하는 편이지만 그게 본 질을 해소할 수 있다고 보지는 않아요. 이를테면 영화진흥위원회를 부산으로 옮기는 문제는 아직까지 해결이 안 되고 있죠. 내부에서 설문조사를 했는데, 영진위가 부산으로 가면 현재 영진위 직원의 70퍼센트가 일을 그만둔다고 했다고 합니다.

이준석 그러니까 파괴적 변화라는 거죠. 저는 지방 이전보다는 기득권 해체에 주안점을 둬야 한다고 봅니다.

손아람 여기서 본질은 70퍼센트가 왜 그만두려는 것인가, 하는 겁니다. 부산으로 내려간다고 월급이 줄어드는 것도 아니고, 거기서 살면 오히려 거주 비용도 줄어들잖아요. 그들이 서울을 포기할 수 없는 어떤 이유가 있다는 말이죠. 그래서 여전히 서울에 다 모여 있는 것이고요. 직장으로 삶이 다 규정되지는 않는다는 얘깁니다.

이준석 오히려 내려가면 혁신도시 아파트 분양권으로 재산 증식도 할 수 있지 않나요?

손아람 경제적으로는 오히려 이익일 수도 있죠. 그런데 왜 그런 현상이 벌어졌느냐, 지방에서 자기가 생각하는 삶의 교양과 품위를 다 충족시킬 수 없다는 거죠. 결국 저는 자본의 문제라고 생각하거든요. 자본은 지방에 머물지 않습니다. 그 이유는 지방이 전혀 돈이 되지 않기 때문이냐, 그게 아니죠. 덩치가 큰 대기업 중심 경제체제에서 지방 투자가 별로 매력이 없기 때문입니다. 지방은 수도권 소재 대기업의 산업적 낙수효과를 기다릴 수밖에 없는 형편이죠. 쉽게 예를 들면 삼성전자 공장은 수원에 있고 현대자동차 공장은 울산에 있어 그 두 도시는 형편이 낫습니다. 만약 열 개 정도 작은 기업이 다투는 경제구조였다면 열 개의 공장이 열 개의 도시를 좀 더 나은 환경으로 바꿀 수 있다는 뜻이거든요. 지금 유일하게 청년들이 늘고 있는 지방이 제주도예요. 무슨 의미냐면, 경제적이거나 문화적인 보상은 못 줘도 적어도 자연환경이 주는 보상이 유일하게 가능한 곳이 제주도라는 말이에요. 나머지 어떤 소도시도 그걸 제공하지 못합니다.

문재인 케어,
건강보험을
케어하라

오바마 정부가 건강보험을 전 부분으로 확대한 것은 선별적 복지에서 탈피해 보편적 복지를 시도한 것입니다. 모든 국가의 복지 모형은 시기에 따라 변할 수밖에 없는데, 이제 우리나라도 새로운 모형이 나와야 할 것 같습니다. 실제로 스무 명 중 한 명이 의료비 때문에 파탄을 겪는다고 하죠. 우리나라의 의료비 본인 부담률이 과연 적절한지 의문이 들 수밖에 없습니다. 이 문제에 답하려는 것이 문재인 케어입니다. OECD 국가의 건강보험 보장률은 평균 80퍼센트인데, 문재인 케어의 1차 계획은 현재 63퍼센트 수준의 건강보험 보장률을 70퍼센트로 끌어올리겠다는 겁니다. 한쪽에서는 세금 폭탄이다, 의료 쇼핑이 만연할 것이다, 라는 비판이 있지만요.

이준석 의료보험 혜택은 늘고 비용은 줄었으면 좋겠다는 얘기를 하죠. 그런 식으로 정치 담론을 이끌어가면 바보 문답이 됩니다. 다른 답이 나올 수가 없어요. 저는 예를 들어 현 상태가 지속가능하고 정의롭냐에 대해 얘기해보고 싶습니다. 제가 최근에 다리를 삐어 정형외과 갔어요. 물리치료까지 풀세트로 받고 나와 몇 천 원 내고 왔어요.

의료보험은 얼마 내는데요?

이준석 저는 프리랜서라 들쑥날쑥인데 평균 20만 원, 30만 원 정도입니다. 제가 하고 싶은 이야기는 이겁니다. 몇 천 원 내고 이런 풀세트 치료를 받을 수 있으니 우리 국민은 굉장히 행복하다. 그런데 병원에서 환자들을 보고 의문이 들었습니다. 그들은 아프기 때문에 몇 천 원에 서비스를 받고 나머지는 국가가 부담해야 할까요? 저는 공감할 수 없습니다.

그 얘긴 본질적으로 문재인 케어를 발표한 뒤에 나왔던 의료 쇼핑 문제와 맥을 같이 하는 이야기죠.

이준석 의료보험 체계가 있는 나라는 어디든지 마찬가지죠. 오바마 케어도 그렇고요. 보험이 부담하는 부분이 있으면 자부담 부분이 있거든요. 저는 자부담 부분이 얼마냐에 따라서 효율성이 굉장히 달라진다고 봅니다. 제가 미국에서 학교 다닐 때는 의료보험을 학교 쪽에서 강제부담했거든요. 병원에 가면 코페이먼트(copayment)라고 해 자부담해야 하는 게 있어요. 한번은 제가 감기가 걸려서 병원에 가볼까 하고 친구들에게 물어보니까 진료비가 50달러, 우리 돈으로 5만 원 내야 한대요. 그냥 상담만 받는 것도 50달러를 내야 한다고 했고요. 저는 머릿속으로 고민을 하게 되는 거죠. 하루쯤 그냥 쉬고 말까? 뜨거운 설탕물이나 마시고 잘까? 아니면 비싸도 병원에서 주사를 한 방? 이런 고민이 된단 말이에요.

자부담의 금액이 사람의 행동을 결정한다는 거죠.

손아람 이건 복지나 기본 소득을 논의할 때마다 나오는 나태의 이야기입니다. 자기부담이 적으면, 이를테면 몇 천 원밖에 안 내는 사람들은 굳이 병원 가서 치료를 받지 않아도 되는데 무조건 가서 드러눕고 어마어마한 돈을 써댈 것이다.

이준석 그것과 조금 다른 게, 몇 천 원은 치료에 대한 역치(閾値)라고 해야 할까요? 내가 병원을 가야겠다는 결심을 하는 역치가 상당히 낮다는 거죠. 원래 의료라는 것은 굉장히 고급 서비스예요. 사람이 사람을 대상으로 하는 것 중에 가장 비싼 서비스죠. 그런데 그 단가를 몇 천 원으로 낮춰놓으면 과소비의 형태로 나타날 수도 있는 거예요. 물론 의료비가 저렴하다는 것은 아주 좋은 형태의 복지이긴 합니다. 그런데 최근에 문제됐지만 대형 병원을 보세요. 수가가 낮은 상태에서 병원이 수익에 문제가 생기니까 무조건 MRI 찍고 특진비 받잖아요. 원래 선택진료를 받으려면 추가 부담을 해야 되는데, 선택진료가 선택이 아니라 필수가 돼버렸어요. 의료비 비용 구조 자체가 기형적으로 되어 있기 때문이라고 봐요.

손아람 저는 잘 모르겠습니다. 그런 심리가 없지는 않겠지만 과연 일반적으로 사람들이 의료비가 싸니까 병원에 가서 일단 진료를 받고 보자는 식으로 할 것인가? 저만 해도 평생 동안 병원 진료를 받은 적이 그렇게 많지 않아요. 얼마 전 교통사고가 크게 났거든요? 그럼 후유증 걱정으로 일단 병원에 드러누워야 하잖아요. 그 비용은 보상을 받을 수 있으니까요. 저는 시간이 아까워 그런 식으로 진료를 안 받았거든요. 과연 인간이 싸다는 이유로 필요 없는 진료를 정말 그렇게 많이 받을까요? 저는 의문이 들어요. 그런 사람이 없진 않겠지만 과연 얼마나 될까요? 반대로 정말 진료가 필요한데 본인 부담률 때문에 의료를 포기할 수 있죠. 특히 저소득층은 의료를 포기할 수 있어요.

이준석 저소득층 의료 급여가 따로 있어요. 그거는 예외죠. 제가 진짜로 이야기하고 싶은 것은 중증질환입니다. 의료비 때문에 스무 명 중 한 명의 가계가 파탄 난다고 했잖아요. 감기 때문이 아니라 중증질환 때문에 파탄이 나겠죠. 그러니까 의료보험의 방향을 바꿔야 합니다. 중증질환이나 희귀질환, 이에 대한 보장성은 최대한 높여야죠. 가령 암에 걸리면 본인 부담은 아주 적게 하고 나머지는 국가가 다 부담하는 겁니다. 그럴 경우 백프로 찬성입니다.

손아람 지금의 시스템이 그렇게 되고 있죠.

이준석 그게 박근혜가 공약을 내고 실행한 거예요. 그러니까 제 말은 중증 질환에 대한 보장성은 최대한 확대하고 가벼운 질환은 본인 부담률을 높이자는 겁니다. 그리고 교통사고를 당하고 손아람 씨처럼 행동하는 사람은 극히 소수예요.

동네 감기 환자들에 대한 혜택을 줄여 중증 환자에게 혜택을 주자는 거죠? 그래야 가계의 파탄을 막을 수 있다는 거고요.

손아람 일단 큰 틀에서 보장률 확대엔 동의를 하는 거네요.

이준석 저는 자부담률을 높여야 한다고 봐요.

손아람 보장률은 부담률과 다르죠.

이준석 자부담률을 높이면 개인 입장에서 동네 병원에 대한 수요가 상당히 줄고 비용은 상승하겠죠. 대신 보험 재정에서 나가는 돈은 줄어들고요. 저는 중증질환이나 희귀질환에 대한 국가의 보장성을 높여야 한다고 보는 겁니다. 국가 보장을 늘리면 천만 원 내야 하는 사람이 100만 원으로 해결할 수 있겠죠.

일단 보장성을 높인다는 데는 동의를 하시는 거죠?

이준석 중증질환에 대해선 보장률 100퍼센트까지 가야 한다는 얘기예요. 감기로 동네 병원 갈 때는 부담이 되어 갈까 말까 망설일 정도로 본인 부담률을 높여야 한다고 봅니다. 전혀 과학적 근거는 없는 수치지만 2만 원 정도 내게 만들어야 한다는 거죠.

손아람 기존의 보험제도에서 진료혜택을 받을 때 보험 가입자들이 얼마나 자부담을 해야 하고, 저는 이것은 건강보험 체계 논의의 핵심은 아니라고 봐요. 애초에 가입을 할 때 내는, 일종의 세금에 가까운 체계니까요. 저는 병의 종류에 따라 본인 부담률을 조정하는 것도 중요하지만 건강보험료가 더 늘어나야 한다고 보거든요. 기존에 거둬들이는 건강보험료 안에서 중증질환 비용을 커버하고, 사실 이거는 무리죠. 결국에는 더 걷어야 하는 겁니다.

이준석 방금 제가 동네 병원 진료의 경우 본인 부담률을 올려야 한다고 했잖아요. 이런 얘기를 하기가 무서운 게, 동네 병원은 그거로 먹고 살고 있거든요. 만일 감기 환자가 돈 때문에 동네 병원엘 가지 않는다면 동네 병원 의사들은 뭘 먹고 살겠어요. 정치인으로서는 이런 딜레마가 있습니다. 하지만 정치인은 딜레마 속에서 바른 선택을 해야 한다고 봐요. 모든 정치인들이 그걸 피하면 바른 정책이 실현되겠어요?

손아람 치료비가 싸기 때문에 쉽게 동네 병원으로 달려가는 경우는 있겠지만, 마구잡이로 진료를 받는 사람은 본 적이 없거든요. 과연 비용이 싸다고 그렇게 행동할까는 의문입니다. 그건 환자의 나태가 아니라 오히려 의사의 과잉 처방으로 접근해야죠. 감기약이 싸다고 되는 대로 한 움큼씩 처방받아서 한입에 털어 넣으려는 사람이 있을지…….

이준석 중증질환에 대한 국가 부담률을 높이지 않고, 또 과잉진료로 돈이 새는 구조를 고치지 않고 의료보험료를 올린다면 조금만 아는 사람이라면 저항을 할 거예요. 감기 치료비용과 암 치료비용이 어떻게 트레이드될 수 있냐는 얘기를 하는 거죠.

손아람 혹시 과잉진료에 대한 통계자료가 있나요? 과잉진료가 의료보험, 국가 건강보험 재정에 얼마나 큰 부담으로 작용하는지에 대한 확신이 없어요. 과연 이게 건강보험을 논할 때 중요하게 다뤄야 할 부분인가요?

이준석 과잉진료 통계는 본 적이 없어요. 하지만 그것을 수치화하는 순간 의료계는 파탄 납니다.

손아람 사실은 심리적인 추정이죠. 어떤 시장의 가격 체계 안에서는 과소비를 할 것이다. 우리가 건강보험 이야기를 할 때는 어떤 상품을 싸게 거래할 수 있다는 수준에서 논의하는 게 아니라, 실제로 매우 필요한 진료인데 그 비용을 지불할 수 없어서 진료를 못 받는 사람을 구제한다는 측면에서 하게 되죠. 그런데 지금 이야기의 초점은 정말 적은 돈을 가지고 자기에게 필요 없는 진료를 받는 사람이 있을 수도 있다는 데 초점이 맞춰져 있어요.

이준석 제가 그 얘기를 한 이유는 자부담률에 대한 사회적 합의가 이루어져야 하기 때문입니다. 감기로 동네 병원에 가서 진료 받는 자부담 비용이 높아지면 사람들이 고민을 할 거예요. 그 대신 의료보험 재정은 더 좋아져 중증환자의 자부담은 오히려 줄어들겠죠. 저는 이런 정책적 선택을 이야기한 겁니다.

손아람 동네 병원에 감기를 치료하러 갔다가 폐렴이나 다른 중증질환을 발견할 수도 있죠. 그 병을 조기에 발견해 치료받으면 오히려 환자에게 들어가야 할 건강보험료 재원이 줄어들 수도 있고요.

이준석 그런 측면을 부인하는 것은 아니에요. 실제로 7만 원을 내야 했던 치과 스케일링이 급여 항목으로 바뀌자 사람들이 너도 나도 매년 스케일링을 받으러 갑니다. 그러다보니 치과 질환의 조기 진단이 가능해져 건강보험에서 치과 질환에 나가는 비용이 상당히 절감된다고 합니다. 하지만 방금 손아람 씨가 말한 것처럼 감기로 진료를 받다가 중증질환을 발견하는 건 좀 특별한 예라고 생각합니다. 또 간과할 수 없는 문제가 건강보험 재정입니다. 건강보험 재정은 2010년 9천억 원 흑자를 기록한 것을 시작으로 2011년 6천억, 2012년 3조, 2013년 3조 6천억, 2014년 4조 6천억, 2015년 4조 2천억, 2016년 3조 원 등 계속 불어나는 추세입니다. 이에 따른 누적흑자는 작년 말 기준 약 20조 8천억 원이고요. 이게 무슨 의미일까요? 건강보험은 화재보험 같은 실비보험인데, 21조 가깝게 흑자를 남겼다는 건 세금을 21조 더 걷었다는 얘기나 마찬가지거든요. 근데 이 상황에서 정치인들이 건강보험을 확대하자면 국민들이 쉽게 받아들이겠어요?

그럼 지역 가입자와 직장 가입자 간의 급여 형평성 문제도 얘기를 해보죠.

손아람 제가 지역 가입자라 의료보험의 역진성은 너무나 체감하고 있어요.

손아람 작가님은 의료보험을 얼마나 내죠?

손아람 저는 한 20만 원 정도인데, 저보다 실질적으로 연봉이 훨씬 높은 근로 소득자에 비해 늘 더 많이 내거든요. 지역 가입자들은 하위 소득일수록 그 비율이 엄청나요. 그래서 보험 수혜자이기를 포기하려고 고민하는 사람들이 많습니다. 건강보험 혜택을 받은 기억도 없는 거같다면서요. 내 소득이 지금 이거밖에 안 되는데 보험료를 그렇게 많이 내고 어떻게 살지? 젊은 예술가들이 그래요.

재산이 있으면 차압 들어와요. 차 한 대 있으면 차에 들어오죠.

이준석 사실 그건 아주 불공정한 거죠. 건강보험 흑자가 21조라는데 말이죠.

손아람 제 주변에 돈 많고, 좋은 직장 있고, 부모로부터 물려받은 부동산도 있고, 강남 60평대 집에 사는 사람이 있는데, 건강보험료를 나보다 적게 내요. 근로소득을 기준으로 보험료를 내니까요.

자산 보유를 기준으로 지역 의료보험 내는 사람들의 불만은 항상 있어요.

이준석 근로소득세 내는 사람과 종합소득세 내는 사람의 형평성을 논할 때는 사과랑 배추를 비교하는 것 같아요. 근로소득세에 조세를 어렵게 만드는 게 공제예요. 세액공제, 소득공제 이런 것들이 서로 비교하기 어렵게 만들죠. 종합소득세 내는 사람은 비용 인정이 있죠. 이것을

간단하게 정리할 필요가 있어요. 그렇지 않으면 비교가 항상 안 되는 거예요. 예를 들어 당신들 공제 왜 이렇게 많아 받아, 그러면 당신들은 비용공제 많이 받잖아, 이런 식으로 나오니까.

손아람 사실은 근로소득 기준이 아니라 자산 기준, 보유 자본 기준으로 세제가 변해야 하는데 이걸 지금 못 하고 있죠.

이준석 그건 소득 인정액으로 바뀌는 거잖아요. 그렇게 됐을 때 집 한 채만 있고 소득이 없는 노인들은 세금 내기 위해서 빚을 내야 하는 상황에 굉장히 거부감을 갖는 거예요. 세금을 내려고 은행 대출을 받아야 한다는 거죠.

손아람 저는 그것이 고려 대상인지를 잘 모르겠어요. 집 한 채 가졌는데, 지금 당장은 실질소득이 없는 사람이 건강보험료 낼 형편이 안 되는 사람이라고 말할 수 있는지.

사회봉사,
그게 쉽나?

이준석 대표님은 우리 사회의 봉사에 대해 독특한 생각을 가지고 있다고 들었습니다. 사람들이 하는 사회봉사의 수동성 문제를 강하게 지적했고, 봉사의 획일성이라는 좀 독특한 주장을 했는데, 그 이야기를 좀 해주시죠.

이준석 저는 협의의 정치로 해결할 수 있는 부분이 상당히 제한적이라고 생각해요. 협의의 정치 말고 광의의 정치로 해결될 부분이 있다고 봅니다.

봉사를 하나의 광의의 정치라고 할 수 있겠습니까?

이준석 당연합니다. 대표적으로 시민사회단체에서 하는 활동을 광의의 정치라고 할 수 있죠. 저는 산업화, 민주화, 다음 단계로 복지사회를 이루기 위한 노력들이 시대적 아젠다라고 봅니다. 그런데 이 아젠다를 이루려는 준비가 되어 있지 않아요.

좀 구체적으로 얘기해주시죠.

이준석 제가 '배움을 나누는 사람들'이란 교육 봉사단체를 운영하면서 지금까지 연 인원으로는 1만 2천 명 정도 되는 선생님들이 거쳐 갔는데요, 굉장히 수동적이에요. 와서 다들 하는 얘기가 "뭐 해야 되죠?"예요. 배나사가 교육을 목적으로 설립된 단체기 때문에 교육을 해야 하는 건 맞는데, 아이들을 가르치는 일 외에 자기가 뭘 해야 하는지에 대해 스스로 지향점을 찾지 못하는 경우가 너무 많아요. 그들의 상황을 정확히 알고 있으면 공부 말고도 해줄 수 있는 게 진짜 무궁무진하거든요.

배움 나눔 봉사를 하러 온 교사들이 그런 일들을 스스로 찾지 못한다는 뜻인가요?

이준석 맞아요. 학생들이 선생님한테 마음을 열면 엉뚱한 부탁도 굉장히 많이 해요. 저는 10년 터울 나는 애들이 가장 기억에 많이 남는데, 걔네들하고 거의 동고동락을 했어요. 학부모들이 회사에 가 있으면 낮 시간대에 '이 자식들이 뭘 장난을 치는지' 학교 선생님에게서 전화가 와요. 한번은 태연(가명)이라는 아이 선생님이 전화를 해서 "태연이 아버지 되시죠?" 이러는 거예요. 그래서 "뭐라고요?" 했더니 "태연 아버지 아니세요?" 또 그러는 거예요. "태연이 선생님인데요" 그랬더니 "아, 태연이가 아버지 이름 적는 란에 선생님 이름을 적어놔서……." "아니, 걔는 조태연고 저는 이준석인데 그걸 믿으셨어요?" "아, 그러시구나!" 그렇게 끝났어요. 그런데 그런 전화가 자주 왔어요. 애들이 자기 아버지 이름을 적는 란에 제 이름을 적어놓는 겁니다.

감당하기 힘들었겠네요.

이준석 저도 못 할 것 같았는데, 어느 순간 감당이 되더라고요. 이런 일도 있었어요. 애가 밤에 갑자기 전화를 해서 제 구두하고 양복을 빌려 달라는 거예요. 다음날 마술대회 나가는데 복장을 그렇게 맞춰 입고 나오랬대요. 그런데 자기 집에는 양복도 구두도 없다는 거예요. 어릴 때 아버지가 집을 나갔답니다. 제가 그 역할을 대신 해주면서 수학을 가르칠 때보다 더 많은 걸 느꼈어요. 선생님들이 책임감을 가지고 아이를 교육하기로 했으면 해줄 일이 굉장히 다양하고 창의적인 일들도 많을 텐데, 전혀 찾아가지 못하더라고요.

배나사 선생님들이 보다 적극적으로 활동하면 그것이 광의의 정치라는 겁니까?

이준석 그렇죠. 아이들 속으로 들어가면 상당히 많은 사회적 문제들을 만날 겁니다. 그런데 그런 과정은 학생들 개개인이 너무 달라 매뉴얼로 만들 수도 없잖아요. 저는 그런 과정 속에서 트레이닝된 사람이 좁은 의미의 정치도 풀어낼 수 있다고 봐요. 트레이닝 과정이 꼭 필요합니다. 복지정책도 그래요. 가정폭력 당한 제 제자 얘기를 했을 때 말했던 것처럼, 정치인들이 그런 데 관심이 없어요. 이 상태로 가면 대한민국은 복지에 대한 구호만 난무할 겁니다. 사람들도 복지정책에 대해 표를 던져야 할 때, 혹은 의사 선택을 해야 할 때는 굉장히 수동적인 선택을 할 가능성이 높고요.

자신의 경험 밖의 일이라 그렇다는 거죠?

이준석 네. 가능한 많은 사람들이 복지의 경험을 공유해야 합니다. 또한 그 과정을 수동적이 아니라 적극적으로 소화해야 하고요. 그렇지 않으면 공감을 못 합니다. 자신이 직접 혹은 간접적으로라도 경험을 해보지 못했으니까요. 소위 자수성가 세대 같은 경우는 못살았던 경험이 있기 때문에 공감을 하더라고요. 근데 현재 우리 사회의 부를 가진 계층이나 성공한 계층 중에는 그런 경험을 해보지 못한 사람들이 너무 많더라고요. 그렇기 때문에 나누는 것에 더 인색해지고, 어떤 애기를 했을 때 공감 능력이 떨어져요. 저는 그런 이유 때문에라도 청년들이 적극적으로 사회봉사나 광의의 정치 영역에 참여해야 한다고 생각하는데, 그게 너무 부족하죠.

손아람 진보와 보수의 세계관 차이가 극명하게 나는 게 저는 봉사나 기부를 둘러싼 관심인 것 같거든요. 저는 봉사활동 해봤어요. 제가 아마 그 수동적인 사람일 겁니다. 작가로서 이런저런 활동을 하다보니까 봉사단체 등에서 제안이 오면 그들과 함께할 기회를 갖죠. 그런 경험을 해보면 봉사와 기부에 대한 회의적인 생각들을 갖게 됩니다. 광의의 정치, 협의의 정치 얘기를 하셨는데, 저는 반대로 미시적 정치, 거시적 정치를 생각합니다. 협의와 거시를 제도권 정치로, 광의와 미시를 시민적 운동으로 이해해요. 그럼 미시적 정치를 하기 위해 시민들은 뭘 해야 할 것인가, 했을 때 진보라든가 특히 좌파들은 대부분 시민단체 활동을 통해 사회를 바꾸는 방식으로 접근합니다.

보수와 진보는 봉사를 전혀 다르게 이해하고 있군요.

손아람 그런데 제가 참여했던 모든 봉사단체들은 대부분 보수적인 사람들로 구성되어 있었습니다. 그들 스스로도 민망해하는 행사가 마지막에 끼어 있었어요. 봉사를 다 끝냈는데 정치인 한 명이 오니까 한 줄로 서서 허리 굽혀 인사를 한다든지, 봉사 후에 터무니없이 화려한 술자리를 갖는다든지 하는. 저는 어떤 시혜라고 말할 수 있는 일종의 노블리스 오블리주를 실현하는 네트워크로서의 기능이 굉장히 강하다고 생각했죠. 그들이 선한 사람들임은 의심하지 않아요. 실제 굉장히 선하죠.

화려한 술자리는 무슨 자리죠?

손아람 그 단체는 문화예술계의 한 봉사단체였습니다. 배우도 있고, 연예인도 있고, 예술가도 있는데 제가 초대를 받아서 간 거죠. 어려운 사람도 돕고 다 좋았어요. 그런데 근사한 술자리에서 정치 이야기 하고 제도를 변화시켜 어려운 사람들을 도울 수 있는 구조를 만들자면 굉장한 적대감을 드러내는 거예요. 게다가 기독교 단체에서도 그런 경우가 있단 말이죠.

그때는 보수적인 입장을 취한다는 거죠?

손아람 그렇죠. 세금 더 내서 어려운 사람들을 돕는다는 데는 어마어마한 반감을 가집니다. 그들은 귀족적 모습으로 어려운 사람들 찾아가 "아, 배고프지" 하면서 베푸는 걸 매우 고상한 일로 여기는 경향이 있어요. 특히 기독교 단체들, 목사들한테서도 많이 느꼈거든요. 목사님들 중에도 그런 경우가 굉장히 많아요. 제도 변화에는 보수적인 목사인데, 실질적으로 왕성하게 빈민 구제 활동을 하는 거죠.

무척 혼란스러운 상황이었을 것 같습니다.

손아람 그들은 좋은 일도 하고 나보다 어떤 면에서는 더 인간적인 공감 능력을 가졌다고 생각해요. 봉사를 하면서 스스로 만족감을 얻어야 하는데, 저는 그들에게 공감을 하기보다는 오히려 너무나 거북했죠. 함께 봉사활동을 했던 사람들은 그냥 자기가 더 많이 가졌으니까 없는 사람들을 위해 뭔가 도와야 한다는 생각을 해요. 제가 구조적인 개혁, 제도적인 조정이 필요하다고 하면 그들은 빨갱이나 할 생각으로 치부할 거예요. 그러니까 내가 어울릴 수 없는 세계 같은 거예요. 제가 아무리 가진 게 많아도 기부라든가 봉사회 형태로 네트워크에 들어 갔을 때 세계관이 맞지 않는다는 느낌. 저는 그런 느낌을 여러 번 받았어요.

그들은 실질적이고 본질적인 일을 하지 않는다는 건가요?

손아람 그 비슷한 생각입니다. 그들은 한 번만 봉사활동을 가는 게 아니거든요. 자기 삶의 일부를 쏟는단 말이죠. 그렇다면 왜 실질적으로 세금을 더 많이 내는 개혁을 통해서 변화를 시도하려고 하지는 않을까? 왜 기부 혹은 자기가 직접 가서 귀족적 만족감을 느끼는 형태여야 할까? 늘 의문이었죠. 혹시 내 이름, 내 평판, 이런 것들이 더 중요하기 때문이 아닐까? 사회적 개혁을 통한 빈민 구제가 자신들에게 그런 만족감을 줄 수 없기 때문이 아닐까? 저는 사실 이런 의심들이 조금 들었거든요.

이준석 기부를 할 때도 일반 기부보다는 지정 기부가 훨씬 더 잘 통해요. 이를테면 사회복지공동모금회에 내는 것보다도 환우에게 기부하는 걸 더 좋아해요.

환우에게 기부를 한다면?

이준석 예를 들어 가끔 TV에 나오잖아요, 굉장히 아픈 사람을 봤을 때 저 사람에게 도움을 줘야지, 마음먹고 기부를 하는 겁니다. 대상을 모르고 기부하는 것보다 그렇게 대상을 알고 기부하는 비율이 훨씬 높아요. 왜냐면 내 돈이 어디로 가는지를 알 때 사람들이 더 많이 그에 대해 반응한다는 거죠. 일종의 유인 효과라고 할 수 있습니다. 저는 손아람 씨 얘기를 들으면서 미국 생각이 났는데요, 미국 사회가 그렇거든요. 조세제도도 그렇고 사회 분위기도 그렇고 기부 활성화 구조예요. 어차피 세액공제가 된다면 자신이 관심 있는 데 기부하고 싶다는 생각을 하죠. 빌 게이츠도 암 연구 재단에 기부를 했죠. 개인적인 보람을 생각하기보다는 내 돈이 가는 방향을 알고 싶은 겁니다. 단체에서 일하다 보면 보람이나 자기만족으로 가는 친구들이 있어요. 그런 친구들이 오히려 수동적이에요. 저는 NGO나 좀 큰 틀의 사회활동을 하나의 야심가의 영역이라고 보거든요. 그 야심이라는 게 개인적인 야심일 수도 있고, 내 이름을 날리고 싶다는 야심일 수도 있고, 사회 변화에 대한 야심일 수도 있어요.

손아람 그렇죠. 저도 그렇게 생각합니다.

이준석 태생적으로 보면 봉사하는 사람들 중에서 야심가가 선택하는 길들은 제가 표현한 광의의 정치와 가깝습니다. 반대로 보람과 자기만족을 위해 봉사를 하는 사람들은 말 그대로 그냥 수동적이죠. 그런 사람들은 단체가 있으니까 가서 좋은 일 해야지, 이런 식이라는 겁니다. 저는 두 부류가 봉사활동 또는 큰 틀에서의 비영리 활동가의 영역에 공존한다고 봐요.

손아람 사실 저는 인성에 관한 말을 하는 건 아니고요, 모든 봉사하는 사람들을 의심하거나 폄하하는 것도 아닙니다. 사회적 평판 같은 것에 야망이 없이 선의로 봉사활동을 하는 걸 보고 실제로 저도 감동을 받아본 적도 있거든요. 캄보디아 봉사도 가봤는데, 거기서 어떤 목사님이 캄보디아 애들한테 밥을 주는 모습이 참 감동적이었습니다. 무더위에 땀을 뻘뻘 흘리면서 하루 종일 밥을 주더라고요. 거기서 몇 년째 그 일을 해왔다고 하더군요. 감동적이죠. 그런데 저는 누군가를 돕는다면 내가 죽어도 영원히 남는 구조와 제도를 만들기 위해 시간을 바치지, 눈에 보이는 애들 몇 명을 돕는 데 시간을 바치지는 않을 것 같다는 생각이 들었습니다. 그 지점에서 진보와 보수의 시각이 약간 갈릴 수도 있겠다는 개인적인 인상을 받기도 했고요.

인상이라기보다는 통찰로 느껴집니다.

손아람 한편으론 미국 모델이 과연 이상적인 모델인가, 싶기도 해요. 워런 버핏 어록 중에 이런 게 있더라고요. 투자 기준을 고를 때 시장을 독점하는 기업인가 아닌가를 본다. 자기 수익을 생각할 때는 시장을 독점하고 시장을 교란할 수 있는 기업에 최우선적인 가치를 두면서, 그렇게 번 돈을 가지고 사회에 환원하는 것을 정의의 관점으로 이야기합니다. 사실 애초에 독점이 없이 차근차근 사업을 하는 사람들이 자기 능력을 발휘하고 사회가 빈곤 상태로 떨어지지 않는 게 더 이상적이지 않나. 저는 워런 버핏의 철학을 보면서 그런 생각이 들었거든요. 과연 미국처럼 극단적인 양극화 속에서 신에 가까운 부자가 탄생하고 그 부자가 자기 마음 씀씀이를 넓혀서 사회에 뭔가를 환원하는 방식이 이상적인 사회인가. 기부나 봉사에 대해 떠올릴 때 드는 생각입니다.

그리고 100퍼센트라고 말할 수는 없지만, 적어도 제가 체감하는 범위에서는 흥미롭게도 좌파라고 자청하면서 봉사활동이나 기부의 형태로 사회적인 지출을 하는 사람은 거의 없어요. 봉사 대신 시민단체에서 활동하고, 기부와는 조금 다르게 특정한 단체들에 정기후원금을 내죠. 저도 그렇게 하고 있고요. 보수적인 사람들은 대부분 후원금을 내도 보통 월드비전 같은 데를 택하죠. 근데 자기를 진보라고 생각하면서 그런 식으로 국제 구호 단체에다가 기부를 하는 친구는 제가 알지 못하거든요. 대부분 상당히 보수적인 시각을 가진 친구들이 아프리카 빈민이라든지, 그런 어떤 이미지를 보고 후원에 동참하는 거죠. 구조와 제도를 생각하는 게 아니라 '내가 그런 아이들을 살린다' 그런 걸 훨씬 더 중요하게 생각합니다.

"

그들이 가진 것은 원래 그들의 것이 아니다

사회봉사나 기부 얘기를 하다가 진보와 보수의 본질을 들여다본 느낌입니다. 이왕 봉사로 시작했으니 지도층의 사회적 책무 문제로 얘기를 끌고 가보겠습니다. 1, 2차 세계대전에서 영국의 고위층 자식들 2천여 명이 전사했다고 합니다. 1982년 발발한 포클랜드 전쟁 당시에는 영국 여왕의 아들 앤드루가 전투기 조종사로 참전했죠. 6·25 전쟁 때도 미군 장성의 아들이 142명이나 참전했고, 그들 중 상당수가 죽거나 부상을 당했다고 합니다. 미국이나 영국의 사회 지도층, 혜택받은 자들의 책임, 즉 노블리스 오블리주를 보여주는 사례들입니다. 그런데 한국의 재벌이나 부자들, 고위층은 반칙이 일상화된 사람들이죠. 병역 미필, 부동산 투기, 위장전입 3종 세트라는 말이 생겼습니다. 이명박 정권 때는 '강부자', '고소영'이란 신조어가 만들어졌습니다. 왜 한국의 지도층은 사회적 책무를 다하지 않을까요? 보수와 진보는 그들에 대해 어떤 생각을 갖고 있는지 두 분 얘기 들어보겠습니다.

손아람 저는 군대 문제로 얘기할 부분은 아니라고 봅니다. 외국의 고위층이라고 사회적 책무를 다하는지, 우리나라만 아닌지는 잘 모르겠어요. 왜냐면 군대는 조금 다른, 어떤 역사와 문화적 맥락이 있습니다. 우리나라에는 양반 문화, 선비 정신, 이런 게 있지만 서양은 기사라는 전통이 있단 말이죠. 혼란기에 군인으로서 복무해 나라를 살리는 것을 귀족의 명예로 아는 전통이 아닐까요. 우리나라는 부유층 자제가 군인으로 전투에 참여하는 것을 그렇게 대단하게 생각하지 않는 것 같아요.

이준석 최민정이라고 SK 최태원 회장 딸이 해군으로 복무했어요.

손아람 우리나라 사람들이 대단하다고 생각하는 것은 삼성전자 이재용 부회장이 서울대 나왔다, 똑똑하기까지 하다, 공부도 잘했다, 이런 거잖아요.

이준석 SK 최태원 회장 딸 최민정은 꽤 이슈가 됐어요.

손아람 저는 외국에서 부유층 자제들이 전쟁에 참전하는 것이 과연 '우리나라는 노블레스 오블리주가 없는데 외국에는 있다'는 사례로 적당한

지 의문입니다. 그리고 1, 2차 세계대전 때와 지금은 다를 거라고 생각해요. 현대전은 죽음의 위험이 매우 높은 전쟁입니다. 그렇다면 과연 외국의 귀족층이 자제들을 전쟁에 보낼까요? 외국도 우리와 비슷하지 않을까 싶은데요.

이준석 민주공화국에서 국민의 대표성을 가진 엘리트들의 역할이 중요합니다. 저는 노블리스 오블리주는 엘리트가 자신을 뽑은 유권자에 대한 신뢰도나 대표성을 높여주는 가장 중요한 도구 중의 하나라고 생각해요. 그게 명예고, 국민들에게 존중받는 지점입니다. 저는 국민들의 존경이 흔들리는 순간부터는 원활한 대의민주주의가 어렵다고 봅니다. 대한민국의 일반적인 자영업자들이 세금 신고를 아주 공정하고 정확하게 한다고 믿는 사람은 별로 없을 거예요. 합법적인 범위에서 절세하는 방법을 찾기도 하고, 편의상 누락시키는 일이 있을 테니까요. 반대로 정치인들한테는 아주 높은 덕목들을 요구하죠. 조금 위험한 얘기일 수 있겠지만 정치인들이 세금 안 내는 비율보다는 자영업자가 세금 신고를 제대로 하지 않는 비율이 높을 겁니다. 국민들은 정치인들은 우리를 이끄는 집단이니 우리보다 높은 도덕성이 있어야 한다고 생각하는 것 같아요. 저는 정치인이 국민적 기대치에 부합하는 자세로 솔선수범하거나 희생의 자세를 보여주는 것이 노블리스 오블리주라고 믿습니다.

손이람 노블리스 오블리주를 일종의 매너나 교양으로 번역한다면 그것은 인간이 가져야 할 기본적인 소양에 해당하는 거라고 봅니다. 노블리스 오블리주라는 표현을 권력을 가진 사람들이 자기 권력의 근간을 사회와 나누는 의미로 쓰는 게 아니라, 권력 외곽을 과시하면서 일종의 이미지 세탁으로 쓸 때는 매우 위험한 표현이 된다고 생각합니다. 이를테면 부를 통해 권력을 가진 사람들은 자기의 부를 가능케 하는 요소들을 사회와 나누려고 하지 않죠. 이를테면 세금제도를 개편하거나 복지를 늘리는 데 동의해 자기의 벌이를 줄이는 방식으로 권력의 근간을 조정하지 않아요. 늘 권력의 외곽, 액세서리를 이 사회에다가 잠시 빌려주는 형태로 접근하죠.

재력이나 권력은 독점하면서 시혜적인 차원으로 접근한다는 뜻이죠.

손이람 그렇죠. 절대 귀족 가문끼리만 결혼하지, 신분은 양보 못 하잖아요. 권력의 근간을 나누지 않는단 말이죠. 그렇기 때문에 사실 노블리스 오블리주라는 말은 특히 현대로 올수록 교양에 가까운 의미로 쓰이는 경우가 많거든요. 내가 권력을 가졌는데 김무성처럼 트렁크를 던지는 게 아니라 오히려 내 비서 트렁크를 들어주는 정치인이야, 이런 방식인 거죠. 또 내 권력을 이용하면 엄청난 막장 행동을 할 수 있는데 그런 걸 안 한다는 방식이고요. 그래서 제가 노블리스 오블리주라는 말을 싫어하기도 합니다.

이준석 대표님도 다른 생각이 있다면 말씀해주세요.

이준석 노블리스 오블리주를 번역하면 '명예로운 책임'이란 의미입니다. 정치 집단이 그걸 수단으로서 평가하는 것은 어느 정도 동의하는데, 그 수단을 폄하할 수는 없다고 생각합니다. 손아람 씨도 정부 정책에 불신이 있으면 그 불신이 그 다음 정책에 대한 불신으로 이어지는 경우가 있잖아요. 박근혜 탄핵 때, 더 이상 행정을 할 수 없을 거라는 판단을 했기 때문에 저는 박근혜에 대한 믿음을 내려놓은 거예요. 저는 정부가 정부의 도덕적 권위와 지도력을 유지하기 위해서 하는 모든 일련의 정책이나 행동 또는 지도층이 명예로운 책임을 다하기 위해서 하는 행동 자체를 나쁘게 볼 수 없다, 라는 겁니다.

노블리스 오블리주의 개념이 확대된 것 같네요.

이준석 명예로운 책무라는 말은 지도력과 연결되어 있고, 국민들이 거기에 가치를 부여한 거죠. SK 최 회장 딸 최민정 중위는 그냥 해군 사관후보생(OCS)으로 임관한 장교들 중 하나예요. 근데 그 사람에게 주목하는 이유가 있죠. 그런 일을 하지 않아도 되는 경제적 위치에 있고 하지 않아도 되는 여성인데 자발적으로 해군 사관후보생을 선택했기 때문이에요. 물론 아버지가 감옥에 있었으니까 그런 선택을 했다며 안 좋게 보는 사람도 있긴 하죠. 저는 그의 행보를 선하고 모범적인 행위로 국민의 지지를 얻는 방식이라고 평가합니다.

손아람 선하고 모범적인 행위는 분명하죠.

이준석 우리 정부의 근간을 이루는, 민주화 운동에 참여했던 분들이 가진 경력도 로마 시대로 따지면 시민군 참여 경력에 비견되는 명예로운 경력이죠. 민주화 세력으로 그분들이 희생했던 것도 어떻게 보면 명예로운 책무까진 아니지만 명예로운 경력이 되는 겁니다. 저는 지금 이 정부에 대한 신뢰 역시 상당 부분 그런 것에서 왔다고 봐요. 개인의 이익이 아니라 대의를 위해 싸웠다는 것도 하나의 노블리스 오블리주라고 생각하거든요. 그렇게 노블리스 오블리주의 의미를 확장하면 좋겠어요. 지금은 '명예로운 책무' 정도로 번역하고 있는데, 저는 '명예로운 경력' 또는 '자랑스러운 경력'이 모두 노블리스 오블리주에 포함된다고 봅니다.

손아람 저도 동의하는데 서로 표현이 다른 것 같아요. 민주화 세대의 정치인들은 학생운동 경력을 가지고도 평가하죠. 이준석 씨가 의미를 확장해야 한다고 얘기하셨다면 저는 오히려 의미를 축소해야 한다고 생각해요. 노블리스 오블리주라는 말은 귀족적 색깔이 더해졌잖아요. 사실 이 말은 시민이 가져야 할 보편적인 교양 수준의 얘기죠. 그런데 정치인이나 귀족들이 얼마나 교양이 없었던지 그들의 윤리 언어

가 된 겁니다. 저는 그 단어를 현대어로 의역해 '명예로운 경력' 정도
로 하면 될 것 같아요.

노블리스 오블리주는 보통 보수의 가치로 이야기되죠. 그렇게 뭉뚱그려서
할 이야기는 아닌 것 같아요.

손아람 핵심을 말하면 노블리스 오블리주는 이거예요. 내가 너희에게 시혜
를 준다는 것이죠. 좌파적인 시각, 진보적 시각에서 보면 그들이 가
진 것은 원래 그들의 것이 아닌데 말이죠.

저는 손아람 작가님의 통찰에 공감하면서도, 사회 지도층의 노블리스 오블
리주는 계속되어야 할 것 같습니다. 그것이 비록 시혜라고 하더라도 베풂과
나눔이 많은 게 좋은 사회니까요.

창의성 교육
들어는
봤나

두 분 다 명문대 출신이고 나름 창의적인 삶을 사는 분들인데, 한국 교육의 문제에 관해, 특히 창의성 문제에 관해 할 말들이 좀 있을 것 같아요.

이준석 우리가 창의성 교육을 얘기할 때 항상 나오는 말이 주입식 교육이죠. 초등학교, 중학교 때까지 저는 주입식 교육에서 항상 승리자였습니다. 고등학교 때부터 대학교까지는 너무 탁월한 집단에서 공부를 해 경쟁이 무의미하다는 인식 속에서 살았고요. 지금 드는 생각은, 주입식 교육이 과연 창의력과 배치되는 개념인가 하는 겁니다. 주입식의 반대되는 개념으로 창의력을 얘기하는 사람들은 주입식 교육 대신에 차라리 사고하는 법을 가르쳐야 한다고 얘기하거든요. 그런데 인류가 축적한 지식의 방대함에 비해 우리가 사고로써 만들어낼 수 있는 양은 굉장히 제한적이에요. 어느 정도까지는 지식의 양을 확 끌어올린 다음 사고력이 발달해야지 그게 유의미한 사고력이라고 보거든요.

창의성도 주입식 교육을 선행학습으로 한 다음에 길러야 한다는 건가요?

이준석 네. 저는 창의력이 중시되는 사회가 될수록 유의미한 창의력을 발휘하기 위해 어느 수준까지 고속 주입이 강화될 가능성이 있다고 봐요.

손아람 저도 비슷하게 생각합니다. 저는 주입식 교육, 흔히 객관식 교육이라는 한국식 교육의 진짜 문제는 그 질이 아니라 절대량, 시간이라고 보거든요. 사실 저는 창의성 부족이 어떤 특정한 교육 형태에 문제가 있어서라기보다 자유로운 것들을 해볼 시간이 부족하기 때문이라고 생각해요. 이를테면 지금 애들이 아침 9시 학교 공부부터 시작해 학원 공부까지 밤 10시가 넘도록 공부를 합니다. 객관화된 커리큘럼을 따르는 그 안에서는 어떤 커리큘럼을 하더라도 창의성은 불가능하다고 봐요. 하루 한 시간짜리 교육이라면 아무리 기계적인 교육이라도 인간이 기계화되지는 않는다는 생각이거든요. 그리고 예를 들어 미국 교육과 비교를 하자면, 실제 수학, 과학을 배울 때 커리큘럼 상의 필요한 것들을 주입하는 방식에서는 미국식보다 한국식 커리큘럼이 오히려 우월할 수 있습니다.

내가 나 스스로의 가설이라든지 생각들,
호기심들을 실험해볼 물리적인 여유가
도무지 안 난다는 게 현실이죠.

이준석 그렇죠. 한국 방식이 캘리포니아에서 성행하고 있거든요.

손아람 미국에도 한국식 학원이 생기고, 오바마도 한국의 교육에 관심을 보였죠. 중요한 문제는 입시 효율성을 최대화하기 위해 양적 시간을 너무 점유하고 있다는 거예요. 그럼 교육 방식, 커리큘럼을 바꾸면 창의성이 강화될까? 저는 그런 문제는 아니라고 봅니다.

얘기를 좀 더 구체화하면 가령 교과서에 실린 문학 작품들 중 너무 표준화, 규격화된 작품들이 많다고 합니다.

손아람 저는 문학 텍스트 자체가 아무리 표준화되었어도 실제 많은 학생들이 자기 욕망과 수요로서의 문학 독서를 할 수 있는 여건이라면 아무 문제가 안 된다고 생각합니다. 실제로 대부분의 학생들이 문학 교과서와 수능 관련 지문으로서의 문학만을 기억할 수밖에 없는 환경에서 청소년 시절을 보낸단 말이죠. 저 역시 마찬가지였고요. 또한 표준화된 교육을 받았습니다. 그래서 제가 세뇌됐느냐, 그렇지는 않아요. 대학에서도 여전히 표준화된 커리큘럼들이 있었는데, 고등학교와 비교할 때 딱 한 가지 차이점은 여유 시간이 굉장히 많았다는 겁니다. 그 시간 동안 더 다양한 텍스트들을 읽고 토론할 수 있는 여유가 있었고, 표준화된 커리큘럼이 절대적으로 나를 차지할 수는 없었어요. 저는 창의성이란 것은 거기에 가능성이 있는 것 같아요.

이준석 그게 수업이 적었기 때문인가요, 아니면 다음 단계 입시가 없었기 때문인가요?

손아람 아마 둘 다겠죠. 요즘 대학생들은 취업 문제가 심각하지만요.

이준석 저는 중학생들을 가르쳐봤잖아요. 그동안의 교육 방식이 입시를 위한 교육이라 창의적인 교육을 하겠다고 하니 아이들 말이 다른 나라 얘기라는 겁니다. 그게 일선 현장의 어려움이겠죠. 자유학기제 같은 경우 뭘 해야 할지가 명확하지 않아요. 직업 탐구를 1년 동안 하라고 풀어줬다면 학생들 스스로 커리큘럼을 만들어야겠죠. 그런데 그럴 능력이 없거나 의지가 없는 아이들한테는 신나게 PC방 가는 시즌이거든요. 박정희 시대는 교육 목표가 명확했어요. 그것이 국민교육헌장에 그대로 담겨 있었고요. 공장에서 일하거나 산업에 투입될 수 있는 인력은 이 정도는 아는 게 있어야 한다, 수학도 이 정도는 알아야 한다, 이런 목표를 가지고 공민교육 형태로 사람을 단기간에 기계로 찍어내듯 하는 거죠. 목적과 성과가 명확했습니다. 그런데 창의력 교육이란 게 과연 결과를 낼 수 있는 것이냐, 꿈과 끼를 살리는 교육이라는 것이 과연 성과가 나올 수 있는 것이냐, 이게 국가가 해야 할 일이냐에 대해서는 저는 약간 다른 생각이 있는 거예요.

손아람 저도 거의 동의합니다. 입시 다양화를 위해서 대학에서 사회봉사활동 실적을 본다고 하니까 그것 자체가 커리큘럼이 돼버리잖아요. 여기 가서 무슨 봉사활동 점수 따고, 저기 가서 무슨 봉사활동 점수 따고, 그게 커리큘럼화가 돼버리는 겁니다. 어떤 목표가 주어지고 자기가 원하는 것을 실험해볼 여지가 사라지는 순간 획일화될 수밖에 없다고 생각하거든요. 뭘 가르치느냐는 중요하지 않다고 봐요. 그런 식으로 인간이 쉽게 바뀔 수는 없다고 믿고요.

그런 믿음을 가지게 된 특별한 이유라도 있나요?

손아람 중학교 2학년 때 도덕 선생님이 굉장히 진보적이고 대화가 될 것 같은 분이었는데, 제가 질문을 해본 적이 있었어요. 신문이나 참고서에서 북한 관련 서술을 보면 한국의 입장을 이야기할 때는 사실형의 명제로 '무엇을 했다', '뭐가 일어났다', 이렇게 서술하는데, 북한의 입장을 이야기할 때는 '라고 주장했다'는 식으로 서술했더라고요. 똑같은 사실적 사건에 대한 견해를 서술하면서요. 역사를 너무 한쪽 시각에서 이야기하는 게 아니냐, 그게 만약 논쟁적이라면 양쪽의 입장을 비교하는 서술을 해야 하는 거 아니냐, 이런 질문을 했죠. 선생님은 서술의 어투가 그렇게 편파적인지 모르겠다고 말했어요. 그래서 '아, 내가 잘못 알고 있었구나. 저 선생님이 맞구나', 그렇게 끝나지 않았거든요. 저는 국사 교과서를 읽을 때 끊임없이 서술에 대한 의심들을 가졌고, 개정된 교과서들이 역사 서술을 어떻게 했는가 찾아보기도 했어요. 저한테는 순수한 호기심이었는데, 그런 호기심들을 실험해 볼 만한 여유가 있었다면 거기서 바로 다양성, 창의성이 시작되었겠죠. 이를테면 교과서가 하나의 시각만을 소개하는 게 아니라 열 개의 시각을 소개하면 열 배만큼 다양성과 창의성이 생기나? 그건 아니라는 얘깁니다.

이준석 도덕 교과서의 문제라기보다는 손아람 씨가 기본적으로 창의성이 내재된 사람이겠죠.

손아람 그 선생님은 아마 혹시라도 물의가 빚어질까 그런 발언은 하고 싶지 않았을 것 같아요. 그런데 이런 생각이 들어요. 만약 그 선생님이 무리를 해서 "맞아, 우리나라는 굉장히 북한 문제에 편협하게 한국 정부의 시각에서만 국사를 기술하고 있어"라고 말하고 나는 '역시 내가 맞았구나' 생각했다면 그게 창의성 교육, 다양성 교육이냐는 거죠. 결국 저는 똑같은 교육이라고 보거든요. 내가 나 스스로의 가설이라든지 생각들, 호기심들을 실험해볼 물리적인 여유가 도무지 안 난다는 게 현실이죠.

특별히 창의성이 요구되는 이과는 어떨까요?

손아람 선배 중에 한 명이 물리학 전공으로 유학을 갔어요. 그분은 자기가 한국에서 늘 뛰어난 학생이라 물리학, 수학에서는 미국 학생들에게 밀린다는 생각이 들지 않는다고 했어요. 그런데 정말 기상천외하고 이상한 걸 막 만들어내고 한국에선 못 보던 걸 할 줄 아는 애들을 보면서 놀랐다는 겁니다. 자기는 그런 걸 해볼 여유와 생각과 경험 자체를 10대 시절에 못 가져봤다는 거예요. 그 사이에서 상당한 괴리감을 느꼈다고 했어요. 자기가 할 줄 아는 건 종이 위에서 논리적인 진행을 하는 것뿐인데 말이죠. 그러면 그런 차이가 과연 어디서 오느냐. 커리큘럼에서 오나? 아닌 것 같아요.

이준석 우리가 교육에서 결핍됐다고 생각하는 부분을 제도를 보완함으로써 공교육이 해낼 수 있을까? 아니면 애초에 그런 교육은 불가능한 영역인가? 아까 말했지만 창의력에 관한 부분도 그렇고 우리가 결핍됐다고 하는 여러 가지는 결국 공교육으로는 해결 못 한다고 보거든요.

그럼, 어떻게 해야죠?

이준석 지난 대선 때 안철수 공약 중에 학제 개편에 관한 이야기가 있었죠. 그것은 생각해볼 만해요. 지금 우리나라는 12년 제도교육 안에 직업 탐구, 창의력 교육 다 끌고 들어와요. 직업 탐구를 하기 위해서 자유학기제라고 6개월 통째로 주는 게 지금 방식이거든요. 그리고 장기적으로 1년으로 늘려 자유학년제로 하겠다고 했죠. 저는 미래 교육에 대응한다는 의미에서 학제를 12년 과정이 아니라 10년 과정으로 단축하고 자유를 가질 수 있는 시간을 더 확보해주는 게 어떨까 하는 생각을 해봅니다.

좋습니다. 지금까지 젊은 보수, 젊은 진보로 평가받는 두 분에게 생활밀착형 현안문제에 관한 생각을 들어봤습니다. 다음은 보수와 진보의 미래에 대해 두 분의 의견을 들어보도록 하지요.

보수와
진보의
미래

세상을
보는 눈,
통찰

두 분은 다섯 살 나이 차이가 나지만 진보정권 10년 동안 청년기와 대학시절을 보냈습니다. 인간은 보통 그 시절에 자신의 정치적인 성향이 결정된다고 합니다. 그렇게 본다면 두 사람의 믿음 혹은 사상을 만든 것은 진보정권일 텐데요. 그 시절 어떤 잔영들이 자신의 정치적 성향을 결정했을까요?

손아람 제가 고등학생이었던 1997년에 정권 교체가 됐습니다. 그때만 해도 막연하지만 엄청난 일이 일어났고 드디어 시대가 변했다는 인상을 받았습니다. 그런데 서울대에 입학한 뒤 선배들이 강경하게 김대중 정권에 반대하고, 정책에 반대하고, 투쟁적인 자세로 나오는 것을 보고 저는 당황스러웠습니다. 군사정권도 독재정권도 아닌데 왜 이러지? 신입생 때 첫인상이 그랬어요. 우리가 이렇게까지 싸워야 하나?

그런 생각을 했지만 미학과 분위기 때문에 운동권 문화를 경험하게 되었습니다. 제가 한 경험을 제 세대의 표본적인 경험이라고 말할 수는 없어요. 우리 세대 때만 해도 대학에서 운동권이 거의 사라졌으니까요. 학생운동 조직이 여전히 영향력을 미치는 대학 경험을 한 사람이 많지는 않거든요.

한국에서 과학고를 졸업하고 미국에서 대학을 다닌 이준석 대표님은 전혀 다른 기억을 가지고 있을 것 같습니다.

이준석 제게 미국은 하나의 얼굴이 아니었습니다. 그럼에도 분명히 각인된 것은 미국 중심주의적인 관점입니다. 우리가 중화주의를 말하지만 미국은 중국만큼 자부심이 강해 자기 중심으로 모든 문화를 풀어나갑니다. 예를 들어 세계경찰의 역할도 오만함과 자신감이 없으면 할 수 없는 것이죠. 야구 리그를 월드 시리즈라고 하는 데도 굉장한 오만이 녹아 있고요. 오죽하면 트럼프가 '위대한 미국'이란 구호를 다시 들고 나왔을까요? 저는 미국에서 두 가지를 동시에 습득했어요. 아마도 《서유견문》을 쓴 유길준의 마음이 이런 게 아니었을까 싶습니다. 첫 번째로는 미국의 능력 혹은 힘입니다. 다음은 반대로 미국의 명암을 많이 봤습니다. 제가 본 것은 주로 교육 쪽이었습니다. 미국은 공민교육 측면에서 보면 별로 배울 것이 많지 않습니다. 미국 유학을 다녀온 사람이 이런 말을 하면 역설적으로 들리겠지만 저의 솔직한 느낌입니다. 일부 엘리트층은 굉장히 좋은 교육을 받을 수 있지만 국가 교육 시스템 면에서는 피교육자들이 방치된다는 생각도 들었습니다.

두 분은 청년시절에 전혀 다른 세상을 봤군요.

손아람 대학에 입학했지만 제 머릿속엔 온통 음악뿐이었습니다. 그래도 학회 세미나에 참석하고, 학생들과 같이 모여서 이야기를 할 때가 있었어요. 선배들이나 동기들이 하는 말을 들어보면 분노가 많이 묻어 있었어요. 신입생으로서 이해가 잘 안 됐죠. 제가 느끼는 김대중 정권은 과거의 박정희, 전두환 때처럼 싸워야 할 대상은 아닌 것 같았거든요. 그 시절 우리가 정부 정책에 반대하면서 싸웠던 의제들엔 당시 사람들이 귀 기울이지 않았고 무슨 소린지도 이해하지 못했을 겁니다. IMF 이후니까요. 주로 정리해고, 비정규직 문제였거든요. 사람들이 회사가 해고하면 해고당해야지. 비정규직은 뭐지? 입사하는 사람들은 회사 사장이 내건 조건에 맞춰서 들어가야 해. 그런 조건을 붙이면 회사 망하지. 사람들의 귀에는 저희가 외친 구호가 의아하게 들렸을 겁니다. 그런데 그로부터 15년이 지난 지금, 김대중 정권 시절에 가장 진보적이었다고 말할 수 있었던 운동권에서 비현실적이라는 소리까지 들어가면서 내놓았던 의제들이 정부 정책에 반영되고 있어요.

좀 더 구체적으로 설명해주시죠. 정규직, 비정규직을 말하는 건가요?

손아람 정리해고의 경우 노동법 논의를 포함해서 정부가 정책적으로 그것을 반영할 만큼 사회적으로 확산된 의제가 되었다는 거죠. 결과적으로 가장 왼쪽의 주장들이 제도권 정치를 견인한 겁니다. 만약 그때 더 왼쪽으로 나아가서 비현실적으로 들리는 목소리를 낸 사람이 없었다면 지금의 현실은 모습이 달라졌을 거라고 생각합니다.

이준석 제가 미국의 명암에 대해 말씀을 드렸는데, 명이라는 것도 자유에서 나왔고, 암이라는 것도 자유에서 나왔습니다. 자유라는 게 뭘까요? 최대한 자연 상태에 가깝게 놔두는 것이거든요. 그 자연 상태의 섭리 중에 대표적인 게 약육강식입니다. 아무리 인간이라고 해도 약육강식의 원리를 벗어날 수 없습니다. 약육강식은 강자가 약자를 먹는다는 섬뜩한 명제죠. 미국은 그걸 최소한으로만 수정하려는 믿음을 갖고 있는 거예요. 어떤 시험제도를 만들어도, 어떤 룰이나 보완책을 만들어도 말입니다. 최소 인권을 보장하는 것 이상의 격차는 불가피하다고 본 겁니다. 예를 들어 교육에도 자유가 적용되고 창업에도 마찬가지입니다. 또 이미 교육을 받은 일부 엘리트들 내에서의 자유경쟁도 보장돼요. 그것 자체도 자연의 섭리라고 보는 거죠. 한국의 경우 공평의식이란 게 있어요. 평등과 공평이 크게 자리 잡고 있기 때문에 공정 경쟁의 기준선을 어디로 잡느냐가 다릅니다. 미국은 태어나는 순간부터 경쟁의 시발점이 되는데, 한국은 공민교육이라든지 공정한 출발선을 인식하죠. 공정 경쟁의 기준선이 훨씬 뒤예요. 그러다보니 국가가 그 선까지 끌고 가야 한다는 인식이 사람들 사이에 있죠.

미국 사회에 대한 깊은 통찰로 들립니다. 또한 평등에 대한 미국인과 한국인 사이의 인식 차를 정확히 본 것 같고요.

이준석 선과 악의 상태에 대한 인식 차이가 있는 것 같아요. 우리는 공정한 출발을 얘기할 때 가난한 사람이나 부자나 사회 전선에 뛰어들 때까지 나라로부터 어느 정도 교육을 받을 권리가 있다고 생각합니다. 미국은 그 기준이 약간 달라요. 부자는 더 나은 교육을 받을 수 있고, 가난한 사람은 더 못한 교육을 받게 되는 거죠. 물론 미국도 나라에서 최소한의 교육은 제공하겠죠. 그런데 우리나라는 심지어 그 평등성을 보장하기 위해 급식도 무상으로 평준화시킵니다. 미국의 경우는 극단적이죠. 미국은 학교 급식도 약간 달라요. 학교 안에 식당은 있는데 대부분 카페테리아에 가서 자기가 사먹어요.

손아람 재미있네요. 우리는 청년시절 전혀 다른 세상을 본 것 같군요. 제가 살았던 시절 얘기를 계속해보겠습니다. 당시는 운동권 학생들뿐만 아니라 시민단체 활동가들도 그런 목소리를 냈습니다. 꾸준히 냈죠.

민주정권 동안에도 냈고, 보수정권 9년 동안에도 정리해고나 비정규직 철폐에 관한 목소리를 냈습니다. 다만 현실 정치에서는 민주정권 동안에는 거의 장벽이나 저항 없이 신자유주의화가 진행됐고요. 보수정권이 들어선 이후로는 민주정권이 해오던 방향으로 갔고, 정리해고라든지 비정규직 문제가 더 심각해졌지요. 그런데 이번 정권에서 처음으로 정권 차원에서 그것을 역방향으로 되돌리는 작업들이 이루어지고 있습니다. 저는 그게 단순히 착한 대통령 혹은 불쌍한 사람들을 돌볼 줄 아는 정권이 등장해서 반짝하고 나타난 현상은 아니라고 봅니다. 누적된 사회적 운동의 결과라고 생각하거든요.

손아람 작가님은 대학 다닐 때의 선후배와 동기들, 그들과 함께한 날들이 오늘날 자신의 정치적인 성향을 결정했군요.

손아람 저에게 많은 영향을 끼친 것은 분명합니다. 그들 가까운 곳에서 그런 목소리들을 듣지 않았다면 제 정치적 성향이 달라졌을 수도 있고요. 20대는 정치적인 세계관을 결정하는 시기죠. 10대 때부터 완성되어 나오는 게 아닙니다. 20대에 들여다보거나 생각해볼 기회가 없었다면 제 정치적 세계관이 달라졌거나 아주 늦어졌을 수도 있을 것 같아요. 그랬다면 제가 어떤 사람이 됐을지 모르겠지만 30대쯤 사회생활을 하면서 고민을 시작했을 수도 있겠죠. 당시 제 또래 20대들은 신자유주의 시대를 경험했기 때문에 어느 정도 노동이나 경제에 대해서도 자유주의적인 사고방식을 가진 경우가 많거든요. 저도 그런 비슷한 유형이 됐을 수도 있고요.

이제 두 분의 세계관이 확연히 보이는데요. 이준석 대표님은 자유의 가치가 중요하고, 손아람 작가님은 평등의 가치를 더 중요하게 생각하는 것 같습니다. 이제 두 분이 진보와 보수의 쟁점 부분을 자유롭게 토론해주시면 좋겠습니다.

양날의 검, 규제와 지원

이준석 우리가 좋은 제도다, 혹은 좋지 않은 제도다, 라는 말을 할 때 그것은 대단히 상대적인 개념입니다. 가령 고용안정성이 상대적으로 높은 우리나라가 다른 나라에 비해 정리해고의 문턱이 높아졌기 때문에 좋은 상태라고 구분하는 건 위험하다고 봐요. 고용안정성은 우리가 고도 성장기에 사람 구하기 어려웠던 시절에 만들어놓은 건데요, 오히려 기업 입장에서 억지로 만들어놓은 조항이죠. 왜냐하면 사람이 자꾸 나가면 안 되니까 정규직에 더 많은 가치와 대우를 부여하는 제도였거든요. 제가 가장 인용하기 싫어하는 게 OECD 통계이긴 한데요, 하여튼 OECD 통계를 보면 국제적으로 정리해고 비용이나 고지하는 비용, 해고 비용 등이 가장 낮은 나라가 미국이에요. 그건 뭐 당연한 결과죠. 미국은 정규직 개념 자체가 없으니까요. 정규직 비용이 가장 낮은 데가 미국인데, 우리나라가 정리해고 비용은 역설적으로 높아요. 무슨 말이냐 하면 기업이 근로자를 해고하는 데 드는 비용이 너무 크다는 겁니다.

OECD 통계가 그렇다는 거죠. 왜 그럴까요?

이준석 근로자의 정리해고를 막기 위해서 다른 나라에 비해 많은 법적인 장치를 해준 거예요. 처음 목표는 정규직의 고용안정성과 비정규직의 고용안정성 간의 격차를 줄이자는 것이었죠. 애초엔 양쪽을 다 같이 살리자는 목표가 있었다면 결과는 반대로 정규직의 단단함을 더 단단하게 만들어버린 겁니다. 그러다보니까 결국 조직화된 정규직과 조직화되지 못한 비정규직의 대립이 되었다고 저는 보거든요.

손아람 미국에서 자유주의가 팽배한 것은 단순하게 이렇게 이야기할 수 있어요. 자유는 항상 가장 강한 자에게 좋습니다. 모든 것이 자유로울 때 가장 큰 이득을 보는 사람은 가장 강한 자거든요. 그래서 늘 강한 국가는 자유주의가 주도하는 경향이 있고요. 왜냐하면 세계 전체가 자유로웠을 때, 가장 큰 이득을 볼 수 있는 게 강대국이니까요. 미국 사회에서 자유주의가 중요한 가치로 자리 잡은 것은 미국이 19세기부터 세계 최고 수준의 경제를 가진 국가였기 때문입니다. 대부분 국력에서 밀리는 국가는 자유가 그만큼의 위력을 발휘하지 못하죠. 단순하게 한 국가 내에서도 우연히 어떤 문화가 자리 잡지는 않아요.

대학시절 경험했던 하나의 사건을 소개해보겠습니다. 당시 우리가 관심을 가지고 대응했던 것 중 하나가 스크린쿼터 축소를 조건으로 내세운 한미자유무역협정, FTA에 반대하는 것이었죠. 국내 특정한 기업들이 이득을 보는 스크린쿼터 제도에 대한 입장은 분분했습니다. 할리우드 영화, 미국의 대자본에 대해 한국영화를 보호하지만 그보다 더 약자인 저자본 국내영화와 영화 제작진은 보호하지 않는 제도였기 때문이에요. 해외 자본에 대해서는 약자의 보호를 주장하던 기업들이 국내의 상대적 약자를 보호하자는 주장에 대해서는 시장 논리를 들이댔죠. 배우와 스태프의 소득 격차에 대해 문제 제기가 있었을 때는 스크린쿼터 폐지 반대 운동에 앞장섰던 유명배우가 이런 말을 했어요. 배우의 급여는 시장에서 적정 가격으로 결정됐을 뿐이라고요.

영화판에서 가난한 제작진들과 감독들은 결국 한국 자본의 이익만을 위해 싸운 셈이군요.

손아람 영화 및 비디오물 진흥법의 스크린쿼터 제도는 할리우드에 비해 상대적 저자본인 한국영화를 보호한다고 만들어졌지만, 한국영화는 이미 대기업인 CJ, 롯데, 이런 대기업이 장악하고 있습니다. 그런 대기업들은 쿼터 안에서 보호를 받고 있지만 국내 대기업으로부터 인디

영화라든지 저자본 영화를 보호하는 아무런 규정도 없거든요. 그러니까 사실은 스크린쿼터 제도가 국내 대기업을 보호하는 제도가 되고 있는 거죠. 진정한 자유주의자라면 완벽한 자유를 원해야 하는데, 자기를 잡아먹을 강자에 대해서는 규제를 원하면서 자기가 잡아먹을 수 있는 약자에 대해서는 자유로운 상태에 놓여 있기를 바라는 겁니다. 이건 자유가 아니라 사실상 자유 논리의 허구성을 드러내는 거죠. 자기가 가장 최선의 이득을 볼 수 있는 상황에 대한 자유예요. 우리나라 무역 자유화의 순서에서도 늘 국내 강자인 대기업이 해외 자본에 먹힐 수 있는 시장은 가장 마지막에 개방되고, 국내의 약자들, 예를 들어 농업 같은 분야는 자유시장에 가장 먼저 먹이로 던져졌습니다. 만약 우리가 문자 그대로 자유를 신봉하고 시장에 정착시킨다면 국내의 경제적 약자뿐만 아니라 한국과 관련된 모든 것이 강대국에 잡아먹힐 거예요. 사람들은 자유를 쉽게 말하지만 실은 진정한 자유시장 원리를 따르지도 않고 그런 시장을 원했던 적도 없는 겁니다.

이준석 그것도 스크린쿼터를 보는 한 시각이겠죠. 제 생각은 이래요. 스크린쿼터 같은 규제가 일시적으로는 필요할 수도 있겠죠. 하지만 지금 한국영화 시장은 스크린쿼터 때문에 유지되는 게 아닙니다. 지금은 대기업의 자본력이 먹히는 시장이라는 인식이 생겼고, 그 뒤로는 외세에 상응하는 자본으로 투자를 했기 때문에 약자 대 강자 관계가 아니라 한국영화 대 외국영화로 힘의 균형이 맞춰진 거예요. 대기업과 자본이라는 새로운 고래를 키우면서, 외세라는 고래에 대항해 국내 약자 보호를 위해 처음 스크린쿼터 운동을 하던 사람들의 의도와는 그 결과가 아주 달랐다는 것을 방금 인정해버린 것 같은데요. 그게 제가 항상 말하는 규제의 불안전성이에요. 항상 규제의 목적은 선하다고 보지만 규제의 결과까지 선하다고 담보할 수 없는 상황들이 많습니다. 대부분은 심지어 규제하지 않은 상황보다 못한 상황이 생길 수도 있다는 생각마저 들어요. 아까 말했듯 자유의 틀 안에서 규제의 틀을 조금 만들어놨더니 그 규제의 틀 안에서 최대한의 약육강식이 펼쳐지는 겁니다. 규제의 무의미성까지는 아니겠지만 유한성이라고 해야할까요? 제한성이 있기 때문에 저는 그렇게 마이크로하게 규제에 접근한다는 게 무의미하다고 생각해요.

손아람 그런데 스크린쿼터 운동을 했던 사람들이 모두 하나의 마음은 아니었어요. 다양한 사람들이 있었죠. 실질적 시장주의자들도 거기에 끼어 있었습니다. 시장주의자지만 자기보다 강자에 대해서는 보호를 받아야 살아남을 수 있는 사람들이었죠. 제가 예상하기로, 만약 스크린쿼터 규제가 2000년대 초반에 폐지되었다면 지금의 한국영화는 없다는 거예요. 이준석 씨는 대기업 자본이 나중에 영화시장에 들어왔다고 했지만, 사실 그 자본이 성숙하고 관객들을 붙잡아둘 수 있도록 시장을 점유할 때까지의 성장기를 스크린쿼터 덕분에 가질 수 있었거든요. 그리고 한국영화가 외화를 압도하는 지금도 그 제도는 존재해요. 자유지상주의적인 원리로 접근했다면 약자와 강자 모두 상대적 약자로서 몰락할 수 있는 상황이었습니다. 그러니까 스크린쿼터는 국내 토종자본을 보호하기 위한 법이지, 산업에 종사하는 영화인들을 보호하는 법이 아니었다는 얘기죠. 제가 하고 싶은 말은 이거예요. 자유는 누구에게 좋은 것인가? 자유가 좋은 것이냐 나쁜 것이냐를 말할 때, 거기에는 주체가 빠져 있거든요. 누구에게 좋은 것이냐, 누구에게 나쁜 것이냐.

손 작가님의 경우 20대의 경험이 세계관을 형성하는 데 큰 영향을 준 것 같네요.

손아람 20대 초반에 이 문제로 논쟁을 한 적이 있어요. 그때 들었던 이야기가 아직까지 기억납니다. 사장이 사람들을 고용했다가 회사가 어려워 그 사람들을 자르겠다는데, 노동자들이 대체 무슨 권리로 사장의 결정에 반대하느냐? 회사는 사장의 것인데, 직원을 자르겠다는 결정에 왈가왈부할 근거가 뭐냐? 이것은 전혀 다른 세계관에서 출발하는 거예요. 저는 그 반대의 질문을 할 수밖에 없었죠. 사람들이 대부분 하지 않는 질문이에요. '그렇다면 노동자들은 자기가 노동을 할지 말지 결정할 권리가 있는데, 해고를 막기 위한 파업의 자유를 사장이 반대할 근거는 무엇인가?' 우리 법이 바로 그 파업을 막을 근거를 제공하고 있습니다. 게다가 점점 더 해고할 자유는 강화되는 반면 노동

저는 우리나라 보수는

보수가 아니라고 생각해요.

제공을 거부할 자유는 점점 더 강하게 규제하고 있어요. 정말로 완벽하게 자유롭다면 이런 모습이 되어야겠죠. 사용자는 자유롭게 노동자를 해고하고, 노동자는 자유롭게 파업을 벌이고. 또한 서로의 자유로운 결정 사이에서 교섭을 통해 접점을 마련하고. 그런데 실제로 노동시장은 그렇게 돌아가고 있지 않습니다. 저는 과연 진짜 자유가 실현되는 상황인지에 의문을 가지고 있고요, 그런 의문을 가질 만한 계기들이 제 20대 때의 경험을 통해 마련됐던 것 같아요.

이준석 앞에서 영화에 대한 얘기를 해주셨는데, 우리나라에서 상업영화가 발달하기 위해 정부가 장벽을 쳐야 한다는 것 자체가 물음표예요. 상업영화는 이미 발달했지만, 애초에 상업영화 발달이 하나의 목표가 되는 것 자체가 자연스럽지 않아 보여요. 우리도 상업영화를 키워야 하니까 장벽을 치자고 하는 것이요. 그게 과연 옳은 것인가 생각하게 되고요. 그와 비슷한 예가 대표적으로 이런 것이죠. 우리나라가 스마트폰 산업을 키워야 하니까 비관세 장벽으로 아이폰 수입을 어떻게든 막아내는 겁니다. 결과적으로 그래서 삼성이 잘 됐고요. 그러나 그런 비관세 장벽 하나하나가 앞으로도 과연 옳은 선택일까 의문이에요.

손아람 그런데 실제로 보수정부도 그렇게 하잖습니까. 신산업, 4차 산업 등등.

이준석 저는 우리나라 보수는 보수가 아니라고 생각해요. 자유주의 관점에서 보면 박정희 대통령은 경제적 측면에서는 보수가 아니에요. 박정희 때 했던 경제개발은 보수가 아니라 국가 주도 경제개발이었죠.

우리나라는 이중적인 잣대를 가지고 있어요. 대한민국은 외수(外需)로 먹고사는 나라라 수출이 제일이죠. 다른 나라에 당신 나라는 휴대폰 만들지 말고 우리 것을 사서 쓰라고 해요. 반대로 우리가 다른 나라의 것을 받아들이는 데는 아주 인색하죠. 과도한 국수주의고 이중적인 태도예요. 원래 국제적 분업이라는 게 있고 비교우위가 생기면 우리가 그걸 잘할 수 있는데, 그 분업을 인정하지 않는 건 중상주의에 가깝죠. 결국 보호무역이거든요. 이게 성공할 수도 있고 실패할 수도 있어요. 여러 직군에 따라서요. 예를 들어 북한이 코카콜라 수입 안 하고 설탕물을 만들면 매출은 좀 있겠죠. 그게 우리가 경제학에서 이야기하는 IS 정책, Import Substitution이라고 하는 것이고요. 그런데 그게 무슨 성공이냐는 거죠. 설탕물 공장 차릴 돈으로 코카콜라 사오면 얼마나 많이 사오겠어요. 한국의 경우는 굉장히 특이한 상황에서 성공한 케이스지만요.

한국은 너무 특이하게 성공한 나라라서 일반화할 수 없다는 얘기인가요?

이준석 아까 말했던 것처럼 장벽 쳐서 하는 전략을 가장 많이 썼던 나라가 아르헨티나를 비롯해 중남미 국가들이에요. 그런데 결과는 참혹했죠. 옛날에는 잘 나가던 산업 기반이 다 무너졌어요. 결국에는 성장할 수 있는 기틀을 마련해줘야 한다는 명제에 사로잡힌 거예요. 쟤네가 차를 잘 만들면 우리도 차를 잘 만들 수 있게 장벽을 쳐야 한다는 생각을 한 거죠. 우리가 장벽을 치지 않았어도 어쩌면 더 잘할 수 있는 분야가 있었을지도 모릅니다. 지금은 결과적으로 한국영화가 잘됐다고 보고 어느 정도 파이가 있다고 생각하지만요. 갤럭시 판매량을 보면서 잘 됐다고 생각할 수 있겠죠. 하지만 우리가 장벽을 치지 않고 비교우위에 있는 영역에 정부의 동일한 지원들을 쏟아 부었으면 더 나은 결과가 나왔을지 아무도 모르는 겁니다. 예를 들어 반도체를 더 밀어 붙였다든지요. 그런 관점에서 봤을 때 저는 아까 말했던 우리의 이중적인 태도에 문제가 있다고 봅니다. 남한테는 개방하라고 하면서 우리는 휴대폰도 만들어야 하고 상업영화도 만들어야 하고……. 예술영화는 다른 장르로 존재한다고 보지만, 상업영화에서도 할리우드를 이겨야 한다고 생각하고요. 이런 것들이 자연스러운 판단일까요. 그게 손아람 씨가 부정할 수도 있는 산업 지원 논리가 될 수 있는 겁니다. 제가 봤을 때는 대기업에 몰아준다든지 하는 게 바로 스크린쿼터예요.

손아람 저는 쿼터 폐지에 반대하는 입장이 아니에요. 만약 자유가 이상적으로 실현된다면 말이죠. 스크린쿼터가 이렇게 어정쩡하게 유지되면 국내의 대기업만 규제 혜택을 받는 겁니다. 쿼터를 자본 단위로 조정하는 쿼터 인 쿼터가 있어야지, 외국영화로부터 한국영화만을 보호하는 쿼터는 아무 의미가 없다는 거예요. 약자가 아니라 국내 강자만을 보호하는 규제예요. 우리가 보호를 하고자 한다면 가장 약자들부터 순차적으로 보호할 수 있는 방식이었어야 하는데 그 반대였죠. 자유시장의 논리가 아니라 말 그대로 정글에서의 힘의 논리에 따라 결정된 겁니다. 이준석 씨 말대로 우리나라가 비교우위에 따라 자유롭게 시장이 형성되게 놔뒀을 때, 누가 이득을 보죠? 국가가 이득을 본다? 이건 굉장히 모호한 말이거든요. 규제가 없는 시장이었으면 대한민국이 세계시장에서 이득을 보기 굉장히 어려웠을 겁니다.

이준석 이거 하나만 말씀드릴게요. 규제의 반대말은 보통 영어로 'subsidy'라고 말하는 지원이거든요. 제가 생각하기에 규제와 지원은 양날의 검이에요. 규제로 인해서 생기는 부작용과, 반대로 지원에 의해서 생기는 불공평 및 부작용이 있습니다. 미국이 항상 얘기하는 게, 우리나라에서 산업용 전기료가 왜 그렇게 싸냐는 거예요. 스크린쿼터 같은 규제도 그 혜택은 대기업 등의 강자가 받아가죠.

손아람 그건 진보가 하는 이야기이기도 해요. 극단적인 비유를 들어볼까요. 미국, 서유럽 등 경제적 강대국이 자국의 이익을 최대로 하는 자유주의로 기울고 있는데요, 개발도상국이 규제 없는 자유시장을 채택해서 역사적으로 성공한 사례가 있는지도 의문입니다. 그 자유주의가 약소국에도 이득을 안겨줄지를 두고 이런 식의 사고 실험을 해볼 수 있죠. 안드로메다 은하에서 고도로 발달한 문명이 압도적인 기술력과 경제력을 가진 채로 지구에 와서 우주무역을 시작했다고 합시다. 우리로서는 상상도 할 수 없는 제품들을 터무니없이 싼 값에 우리에게 제공할 수 있는 문명이에요. 미국, 영국, 프랑스, 독일 등 자유지상주의로 기울고 있는 국가들이 과연 이 문명을 상대로도 자유무역과 시장원리를 주장할 수 있을까요? 자국 산업과 경제가 파멸할 텐데도? 자유는 스스로 이득이 되는 강자일 때는 주장하기 쉽습니다. 상대적으로 약자의 입장에 처했을 때는 아주 주장하기 힘든 원리입니다. 그게 자유의 반자유적인 속성이죠. 그것을 미시적으로 국가 단위로 적용해봅시다. 대한민국 안에서의 시장원리, 그것의 이득을 누가 보는가? 경제적 약자는 이득을 볼 수가 없거든요.

국가는 합의에 의해서 만들어졌습니다. 민주주의 국가는 기본적으로 다수의 이익을 표방하고 있는데, 자유시장의 논리들, 그러니까 자유롭게 두면 다수의 사람들한테 이익이 된다는 논리를 믿는 건가요? 이준석 대표님 생각을 들어보고 싶습니다.

이준석 자유가 절대선이라고 믿는 건 아니에요. 현상을 놓고 보자면 이렇습니다. 대한민국이든 미국이든 간에 정부가 어떤 역할 때문에 했던 것으로 인한 변화보다 민간 기업의 탐욕과 기술의 발전에 의한 변화가 긍정적인 게 더 많았다는 거예요. 교육을 한번 보죠. 대한민국에서 1990년대에 살던 사람, 2000년대에 살던 사람, 2016년에 산 사람들의 지식의 양을 비교해봅시다. 당연히 2016년에 산 사람들의 지식의 양이 훨씬 많겠죠. 세금을 투입해 학교 커리큘럼이 좋아져서일까요, 아니면 인터넷 플랫폼이 좋아져서일까요? 저는 후자가 압도적이라고 보거든요. 기업가가 탐욕이 넘친다고 했을 때, 그 탐욕이 무조건 부정적인 의미로 자신의 성장만을 위한 것일까요? 제 생각에는 아니거든요. 성장에는 소비가 따라와야 하는 것이고요. 예를 들어 내가 아이폰을 만들었다 하면 아이폰을 소비할 정도의 고차원적인 소비자가 있어야죠.

갑과 을의
평행선

자유라는 것이 결국에는 다수에게 이익이 된다는 얘기죠?

이준석 강자도 약자의 성장 없이는 성장할 수 없는 한계치가 있다는 말이에
　　　요.

손아람 그건 맞는데요, 강자로서의 개개인이 과연 그 전체의 이익을 생각할
　　　까요? 제 경험을 이야기해볼게요. 작가로서 글을 쓰면서 제 글이 꾸
　　　준히 나아져왔겠지만 활자만 두고 봤을 때 제가 쓴 글의 절대적 가치
　　　가 현격하게 두 배, 세 배, 열 배로 늘어났다고 생각하지 않아요. 제가
　　　첫 번째 작품을 써서 원고를 들고 여러 출판사에 가져갔어요. 그중
　　　한 출판사가 저한테 이런 제안을 했습니다. 신인은 책 내기 어려운

데, 만약 인세랑 돈을 한 푼도 안 받겠다고 하면 책을 내주겠다고요. 그 이후로도 터무니없는 제안들, 경제적으로는 말도 안 되는 제안들을 많이 받았죠. 하지만 사정이 급할 때는 제가 그런 제안을 받아들일 뻔했거든요.

많은 신인작가들이 비슷한 경험을 했을 겁니다.

손아람 맞아요. 책을 내야 하는데 아무도 안 내주니까 말도 안 되는 조건도 받아들일 만큼 절박할 수밖에 없었죠. 지금은 저한테 말도 안 되는 조건을 제안하는 메일이 오면 답장도 보내지 않아요. 제가 다른 걸 선택할 수 있으니까요. 이게 바로 완전 자유시장 아래서 벌어질 수 있는 일이거든요. 우리가 믿는 것처럼 시장원리를 따라 시장이 작동하는 게 아니라 힘의 원리에 따라 작동하는 거죠. 만약 출판업계 표준계약이 강행 규정으로 존재한다면 신인작가였던 저에게 공짜로 글을 써달라는 제안을 아무도 할 수 없었을 거예요. 그런 규제가 과연 시장을 교란하는 행위인가? 제 생각에는 아닙니다. 시장은 완전한 자유 상태일 때 오히려 힘에 의해 교란될 가능성이 있어요.

이준석 표준계약서가 강제되는 상황이라면 애초에 손아람 씨에게 제안이 안 가고 손아람 씨는 아무것도 못 했을 겁니다. 신인작가한테 연락을 안 하는 거죠.

손아람 그렇지 않죠. 왜냐하면 출판사들마다 책을 낼 수 있는 절대량은 정해져 있는데, 작가들 수도 정해져 있거든요. 유명한 작가들은 더 좋은 조건으로 더 많은 돈을 줄 수 있는 대형 출판사로 가겠죠. 모든 출판사가 그런 작가를 잡아 책을 낼 수 있는 건 아니란 말입니다. 책을 내야 작은 출판사도 유지될 거 아니에요. 문제는 저에게만 그런 일이 일어나는 게 아니라 많은 신인작가, 많은 신인 예술가들에게 일어난다는 거예요. 로이엔터테인먼트란 방송음악 제작사 소속 작곡가들은 1년 반을 무급으로 일하고, 그 다음 1년은 월급 30만 원 받고 일했다고 합니다. 그런 일이 어떻게 일어날 수 있을까요? 그들의 노동이 경제적 가치가 전혀 없어서? 한 달에 30만 원 가치밖에 안 돼서? 시장에서 절대적인 약자를 강자의 힘으로부터 보호하는 규제가 없기 때문입니다.

이야기가 평행선을 달리고 있는 것 같네요. 이쯤에서 요즘 국가적 이슈인 최저임금 인상에 관한 논의로 넘어가볼까요?

이준석 제가 동네에서 식당 하는 분들에게 요즘 최저임금 상승으로 장사하기 어떤지를 물어보면 이렇게 말씀하십니다. 시급으로 따졌을 때 한 달에 200만 원 정도를 월급으로 줘야 하는데 자기네는 그렇게 줄 의향이 없어 일이 많아도 추가로 고용을 안 한대요. 그런데 가끔 보면 150만 원 주면 일하겠다는 동네 할머니들이 나타나요. 그게 현실인데 최저임금 인상을 어떻게 받아들일 수가 있을까요?

손아람 최저임금이 강제적으로 지켜지던 문화가 없었을 때, 불과 20여 년 전까지만 해도 아르바이트생에게 첫 한 주나 첫 한 달간은 급여가 아예 없었어요.

이준석 조금 전에 말한 할머니를 예로 들어보죠. 저는 월급을 200만 원 줘야 한다면 고용할 생각이 없지만 150만 원이라면 고용하고 싶어요. 그럼 150만 원에 그 할머니를 고용하면 할머니와 나는 서로 윈윈이죠.

손아람 하지만 최저임금 하한이 200만 원이라면 애초에 할머니를 150만 원에 고용할 수가 없겠죠.

이준석 200만 원에 고용하라 그러면 나는 안 합니다. 그럼 누가 윈이죠?

손아람 200만 원에 고용하기 싫어서 고용 자체를 안 하면 모두 패배죠.

이준석 윈윈과 패배를 놓고 봤을 때, 윈윈이 낫지 왜 패배가 낫죠?

손아람 그게 왜 윈윈이죠? 할머니가 200만 원을 벌 수 있는데 150만 원만 버는 게 어떻게 윈이 됩니까?

이준석 그 할머니는 어딜 가서도 200만 원에 일할 수가 없어요.

손아람 바로 거기서 차이가 있는 거죠. 애초에 할머니가 200만 원으로 어디서든 일할 수 없다고 전제를 하고 있잖아요. 그 할머니는 월간 최저임금을 150만 원으로 규정하고 있으면 어디에 가서든 최소 150만 원으로 일할 수 있고, 최저임금이 200만 원이면 200만 원으로 일할 수 있다고 보거든요.

이준석 고용주가 이 할머니를 고용해서 150만 원보다 높은 효용을 낼 수 있다고 생각해야 150만 원에 고용하는 거 아닌가요? 예를 들어 그 할머니의 노동이 나한테 150만 원 이하의 효용가치밖에 없다면 얘기가 달라지죠.

손아람 이 문제의 본질은 규제고, 규제는 노동이 효용만큼의 평가를 받지 못하니까 도입하는 겁니다. 현재 최저임금이 6천 원에서 7천500원으로 올라 자영업자들에게 부담이 된다는 건 알아요. 하지만 노동효용이 실제로 6천 원인가? 그래서 시급 7천500원이 되면 자영업과 아르바이트생을 고용한 산업이 전부 사라지게 되나? 저는 그렇게 생각하지 않습니다.

좋습니다. 한 치의 양보도 없는 논쟁인 것 같네요.

보수와
진보의
행복한 망명

청년 세대의 중요한 특징 중 하나는 보수와 진보의 개념 자체가 분명하지 않다는 겁니다. 그들은 정책에 따라 진보를 혹은 보수를 지지하죠. 청년 세대의 이런 실용주의적인 정신은 국가 또는 정부로 이어집니다. 안현수 선수의 경우는 빙상연맹의 부당한 조치로 국가대표가 되지 못하자 국적을 바꾸었죠. 이런 선택은 50대나 60대에서는 이해할 수 없는 일입니다. 국가가 곧 자신이라는 믿음은 최근에는 조금씩 약해지고 있지만 아직도 많은 5, 60대들에겐 국가나 민족의 개념이 머릿속에 강하게 자리 잡고 있습니다. 국가나 정부를 선택할 수 있다면 한국 정부는 과연 청년 세대에게 어떤 매력을 가지고 있을까요?

손아람 그 문제에 대해 생각해보면 아주 재미있습니다. 우리는 흔히 국가주의와 개인주의를 대립적 개념으로 이해하죠. 그리고 지금까지의 논쟁에서 알 수 있듯이 보수는 리버럴한 입장이라 당연히 개인 혹은 개인주의의 방향이어야 하는데 그 반대란 말이죠. 우리나라뿐 아니라 세계적으로 비슷해요. 우리나라만 해도 태극기 집회로 보자면 보수주의가 점점 더 국가주의 쪽으로 가고 있고요. 진보들이 오히려 개인의 자유와 사상, 표현의 자유를 말하고 있거든요. 진보는 국가가 아니라 정부의 역할을 강조합니다. 반면에 보수는 북한이라는 존재 때문인지 민족주의와 결합해 정부의 역할에 대해서는 소극적이면서 국가의 역할은 강조하는 재미있는 현상이 나타나고 있어요.

이준석 그냥 관성이라고 봐야 할 것 같아요. 무슨 말이냐 하면, 우리나라 보수의 기억 속에는 국가 주도의 경제개발 모델이 깊이 자리 잡고 있습니다. 특이한 상황이지만 국가에 대한 신뢰가 굳건한 거예요. 내 삶을 국가가 바꿀 수 있다는 믿음이 존재하고, 앞으로도 그럴 거라고 믿는 것이죠.

손아람 예전에 NL계에 몸담았던 김기종이란 사람이 리퍼트 미국 대사를 피습했던 적이 있었죠. 한국에서는 그가 NL 출신이어서 좌파다, 일종의 진보다, 그런 말이 있었습니다.

이준석 김기종은 좌파가 아닙니다.

손아람 그렇죠. 정작 진보에서는 그를 좌파라고 부르는 사람이 없었어요. CNN에서 보도할 때는 그를 우파로 규정했거든요. 우파 테러라고요. 왜냐하면 CNN은 한국 정치사를 깊게 들여다보지 않았기에, 국가주의나 민족주의에 사로잡힌 우파의 테러라고 판단한 거예요.

이준석 한복을 입어서 그런 것 아닐까요?

손아람 그럴 수도 있죠. 실제로 NL계를 진보 내에서는 우파라고 불러요. 그러니까 우리가 흔히 진보, 좌파라고 말하는 사람들은 국가주의와는 거리가 멀어요. 이상하게 보수 안에서 가장 오른쪽에 있는 사람들이 오히려 국가주의를 강하게 점유하는 경향이 나타납니다.

　우파, 보수 논리 중에 하나가 자유시장 논리인데요, 자유가 시장에서만 있는 게 아니거든요. 그런데 보수는 시장에서는 자유를 말하고 정치적 영역에서는 오히려 규제를 말하지요. 자유로운 시위, 자유로운 표현들, 개인의 행동은 적극적으로 규제하면서 시장에서는 자유를 말하는 게 무엇을 의미할까요? 전 이렇게 봅니다. 시장에서는 한 개인이 점유할 수 있는 자원의 양적 차이가 어마어마하게 크기 때문에 자유가 강자에게 이득이 되지만, 정치적 표현의 영역으로 가면 달라지죠. 근본적으로 민주주의는 1인 1표니까요. 돈이 많다고 해서 남의 표를 살 수 없거든요. 정치적 표현은 한 개인이 점유할 수 있는 크기의 절대량이 정해져 있어요. 자기가 강자일 수 있는 경제적 영역에서는 자유를 말하고, 자기가 명백하게 강자가 될 수 없는 정치적 영역에서는 규제를 주장하는 거예요.

이준석 미래지향적인 보수주의자들 중에서는 공화주의자가 많이 나옵니다. 극단적 자유주의자는 법도 거추장스럽게 생각하는 경향이 있는데, 저 자신은 자유주의자보다 공화주의자로 분류하고 싶어요. 자유주의자와 공화주의자의 차이는 이런 것 같아요. 자유주의자에게 법은 일종의 규제죠. 하지만 법이라는 건 합의된 규제입니다. 법을 만드는 데는 최소한 대의민주주의 요소가 필요해요. 규제는 그 외에 다른 방법들이 있고요. 법에 의한 규제 같은 경우 자유를 침해하는 요소는 아니라고 봐요. 구성원의 합의가 어떤 식으로든 있었기 때문에요. 공화주의자들은 네거티브 규제도 포지티브 규제도 받아들여요. 반면에 자유주의자들은 무정부주의로 갈 때까지 거부하기도 하죠.

손아람 저는 국가가 아니라 정부의 역할을 생각하는 거예요.

국가와 정부가 어떻게 다른지 정의해주실까요?

손아람 국가주의는 국민을 국가의 부속품으로 보고 국가가 국민보다 먼저라고 보는 시각입니다. 이때 국가는 국민에 대한 통치 주체를 말하고요. 특히 우리나라에서 국가는 민족이라는 개념과 굉장히 강하게 결합되어 있지요. 반면에 정부는 꼭 우리 국민으로 구성될 필요가 없는 것이에요. 이주노동자도 포함할 수 있고요.

국가와 정부의 개념을 어떤 경우에 보다 정확히 인지할 수 있을까요?

손아람 아까 이야기했던 스크린쿼터의 사례에서 보듯 국가의 역할은 우리나라 산업을 외국 산업으로부터 보호하는 것이죠. 이에 비해 정부는 대기업의 이익만 챙기는 규제를 해서는 안 되고 경제적 약자를, 시장에서 배제된 약자를 보호하는 정책을 펼쳐야 합니다.

좀 극단적인 얘기를 해보겠습니다. 우리나라의 경우 외국에 나가서 살려면 제약 조건이 많아요. 만약 우리나라가 영어를 국어 혹은 이중 국어로 정해서 사람들이 영어를 자유롭게 쓸 수 있다면 젊은 사람들은 망명을 많이 하지 않을까요?

손아람 저는 그런 상상을 '국적의 시장주의'라고 부릅니다. 만약 국적이나 언어, 문화적인 것을 우리가 자유롭게 선택할 수 있다면 우리 정부는 지금 같은 체제를 유지할 수 없다고 봐요. 일종의 정치적인 의미에서 시장원리가 적용되거든요. 프랑스가 마음에 안 들면 독일 국민으로 살겠다, 독일이 아니면 영국 국민으로 살겠다고 결정하는 것처럼요. 일본 혹은 중국, 베트남 등의 국적을 자유롭게 선택하는 데 장벽이 없다면 대한민국도 다른 정부 체제와 경쟁해야 하겠죠. 세금을 내야 할 국민을 붙들어놓기 위해서 말입니다.

이준석 안현수의 경우 국가대표는 아주 제한된 기회이기 때문에 그런 선택을 했죠. 저는 비슷한 얘기를 하는 젊은 사람들을 많이 만나봤어요. 미국으로 가고 싶다고 말입니다. "제가 미국에 가면 행복할까요?"라고 물어보기도 하죠. 그런 의지는 대부분 환상에 근거합니다. 제가 가장 많이 느끼는 환상은 미국 가면 뭘 해도 한국에서보다는 잘 살 수 있다는 거예요. 막연한 얘기를 듣고 꽂히게 되거든요. 한국에서는 대기업의 탐욕 때문에 휴대전화 요금 등 통신비가 비싸고 미국 가면 싸다, 이런 거요. 실제로 살아보면 미국이 훨씬 비싸거든요. 미국에서는 휴대전화 요금이 제일 싼 게 60달러예요. 우리나라가 왜 비싼 것처럼 보이냐면 비싼 휴대폰을 사서 그럽니다. 할부요금이랑 같이 나가서 비싸게 느껴지는 거예요.

그런 것처럼 일상생활에서 이민을 결정할 정도로 비용의 차이가 나는 국가는 없어요. 특히 서민 삶의 입장에서 그렇죠. 최근 루이비통 회장은 프랑스 세금이 너무 많으니까 벨기에로 간다는 소리를 했습니다. 잃을 게 많은 사람이 할 수 있는 선택이죠. 일반 서민이나 중산층의 입장에서는 이 나라나 저 나라나 크게 다른 점이 없어요. 독재처럼 자유와 생명에 위협을 받는 문제가 아니라면 그런 선택은 의미가 없다고 생각합니다.

손아람 유럽 내부에서는 근대 이후로 자기 이익을 좇아 국경을 넘어가서 국적을 바꾸는 게 그렇게 어려운 일이 아니었습니다. 언뜻 비양심적 행동처럼 보이죠. 하지만 언어나 문화적 장벽이 지금보다 낮다면 굉장히 많은 사람들이 선택할 수 있는 옵션이었죠. 그게 나라가 망하는 결과를 초래하는 게 아니라, 국민을 붙잡아두기 위한 인접 국가와의 체제 경쟁을 촉발시켜왔을 거라는 상상을 해보는 겁니다. 프랑스 시민혁명이 일어나자 빠른 속도로 민주주의가 인접 국가에 전파된 것처럼요.

이준석 체제 경쟁이라고 표현한 것은 너무 편협한 것 같은데요. 저는 안현수가 러시아로 간 것은 국제적으로 항상 있는 일자리 이동 정도의 느낌입니다. 터키에서 독일로 대규모 이민이 이뤄졌던 때가 있었는데, 터키와 독일이 서로를 얼마나 알겠습니까? 체제에 대한 호감이나 선호 때문에 사람들이 이동했다고 보지 않아요. 터키 노동자들의 노동력이 필요해서 독일이 문호를 많이 개방했던 거죠. 실제로 독일로 간 터키 사람들이 독일 인구의 8퍼센트가 되었고요. 경제학 측면에서 일자리의 불균형에 따른 이동과 체제의 선호에 따른 이동은 완전히 다르다고 생각해요. 안현수가 한국에서 국가대표 됐으면 안 갔을 거 아니에요.

손아람 그렇죠. 제 말도 그 말이에요. 거기서 중요한 건 국민이 국가를 선택할 여지입니다. 현재로서는 터키인이 독일에 가서 외화를 조금 벌어오는 게 터키 정부 입장에서는 나을지 모르지만요, 노동력의 지속적인 유출이 국가에 불리하게 작용하게 됐을 때 터키 정부가 할 수 있는 일은 무엇일까요? 노동력을 붙잡아두기 위해서 노동에 우호적인 정책 방향을 세울 거란 말입니다. 그런데 현실적으로 터키 국민이 여러 가지 문화적, 언어적 장벽 때문에 국적을 바꾸기 어려운 상황이라면, 즉 대한민국 같은 상황이라면, 국가는 그렇게 강한 체제 선회 압력을 받지 않는 거죠. 많은 아시아 국가들이 그렇지만 대한민국에서도 국가가 국민 여론을 수렴하는 데 경직된 것은 사실상 국제정치에서의 시장원리가 적용되지 않은 결과라는 생각이 많이 들어요.

이준석 대표님은 현실적인 차원에서 답을 하셨는데, 제가 질문을 던진 것은 가정을 해보자는 거였습니다.

손아람 영국은 1980년대까지만 해도 이렇게 자유주의적인 분위기는 아니었습니다. 그런데 미국 따라서 시장주의로 갔고, 유럽도 따라갔습니다. 저는 그 원인 중 하나는 자본의 자유로운 이동이 가능했기 때문이라고 생각해요. 문화, 언어, 여러 가지 자본을 가진 자는 이동할 수 있는 여유와 기회도 더 많이 갖게 됩니다. 많은 것들을 쉽게 이동시킬 수 있는 환경에 있기 때문이죠.

영국 사람들은 이민을 갈 수 있는 옵션이 많죠? 실제로 이동이 많았나 보군요.

손아람 역사적으로 계속 이동해왔죠.

이준석 저는 영국 사람들이 호주로 그렇게 편하게 넘어가는 것을 일자리 이민이라고 규정합니다.

손아람 그것 역시 개인의 선택지에 속합니다. 한국은 국가, 즉 통치 체제에 비해 국민 개인이 가진 옵션이 너무 적습니다. 개인이 가질 수 있는 옵션이 적을 때 통치 체제가 경직되는 극단적인 사례가 바로 북한이죠.

북한은 말 그대로 아주 극단적인 사례라고 할 수 있겠죠.

손아람 북한은 개인이 가질 수 있는 정치적 선택지가 거의 없어요. 그래서 북한 체제에서 가장 열심히 하는 일이 탈북을 막는 것이죠. 북한 사람들이 만일 중국이나 한국으로 자유롭게 넘어올 수 있다면 그 체제는 유지가 안 되거든요. 공산주의고 자본주의고 논할 필요도 없이 그 체제는 유지될 수가 없어요. 대한민국은 북한만큼 심하지는 않지만 다른 의미에서 국가통치 체제의 섬이라고 할 수 있습니다. 이론적으

로는 열려 있지만 많은 사람들이 실제로 쉽게 이동할 수 없기 때문에, 국가 입장에서는 일종의 독점시장 같은 것이죠.

이준석 그 주장엔 부정적인 입장인데요, 사회 경제적으로 차이가 나는 것들에 자기 선택권이 있어야 한다면 가장 많은 이동이 일어나야 하는 나라는 미국이에요. 미국은 연방정부이기 때문에 주마다 많은 것들이 다릅니다. 술을 살 수 있는 시간도 주마다 다르고, 동성결혼을 할 수 있는 주도 있고 없는 주도 있어요. 마리화나를 할 수 있는 주도 있고 없는 주도 있고요. 근데 그런 것 때문에 이동하는 사람은 없습니다. 거의 다 일자리 때문에 이동하는 거예요.

손아람 저는 일자리를 군이 분리할 필요가 있는지 모르겠습니다. 연방제로서 미국 주별 체제가 과연 국민들의 이동을 심각하게 촉발할 만큼 차별적인가요?

이준석 차이는 굉장히 많아요.

손아람 삶의 질과 환경을 현격하게 바꿔놓을 만큼인지 궁금하네요. 사람들은 비용을 고려하죠. 내가 이곳에 마련한 터, 내 친구들이 있는 환경, 나에게 익숙한 환경을 버리고 떠났을 때 얻을 수 있는 것이 얼마만큼 큰가 하는 것들을요.

이준석 나라 안에서의 이동보다 나라 밖으로의 이동이 훨씬 많은 비용이 들죠. 아무리 국제적으로 규제가 풀린다 해도 예를 들어 미국인이 스칸디나비아 가서 사는 것보다 미국에서 주를 옮겨 가는 게 비용이 덜 들겠죠. 그런데 이동 장벽이 낮은데도 이동이 생각보다 적다는 겁니다.

손아람 작가님은 국가의 어떤 정의나 정체성에 대한 믿음이 덜하다는 거죠?

손아람 네. 저는 일자리나 체제를 분리할 수 있는 건 없다고 생각합니다. 사실 안현수 선수도 엄밀하게 말하면 체제에 밀려난 겁니다. 빙상협회 안에서 정치적인 논리로써 자기 일자리에 영향을 받았죠. 일자리라는 게 결국에는 그런 것이거든요. 국가 체제가 내 경제활동에 충분한 보상과 동기부여를 주느냐, 공정하냐, 살 만하냐를 묻겠죠. 아니라고 생각하면 다른 일자리를 찾아서 떠나는 거고요.

이준석 그건 국가가 아니라 빙상연맹이죠.

손아람 빙상연맹은 비유고요. 국가의 역할도 결국 그런 정치기구의 역할과 비슷한 거죠.

이준석 전혀 국가에 대한 불만이라고 볼 수 없는 상황이었어요.

손아람 제가 하고 싶은 말은, 많은 사람들이 안현수처럼 선택을 할 수 있는 사회를 가정하면 그때 국민을 잃고 있는 국가가 무엇을 선택하겠냐는 겁니다. 국민을 다 잃고 나라가 존속하지 못하는 상황을 택할까? 아니겠죠. 최저임금제가 안 지켜지는 나라 혹은 정리해고가 마음대로 돼서 내 직업적 전망을 바라볼 수 없는 나라에서 노동이 해외로 마구 유출될 환경이라면? 저는 그 유출을 막기 위해 국가가 가장 먼저 생각해야 할 것은 노동의 안정이라고 봅니다. 노동유연성이라는 말을 함부로 할 수 없는 정치가 등장할 여건이라는 거죠. 현재의 대한민국은 그런 여건이 안 돼 있어요. 국민이 국적에, 문화에, 언어에 노예처럼 묶여 있거든요. 반면에 자본은 국적에 묶여 있지 않기에 정부가 늘 자본의 눈치를 보죠.

그 문제에 대한 논의는 일단 여기서 마무리할까 합니다. 좀 엉뚱한 가정을 전제로 던진 질문이었습니다. 언뜻 보기에는 두 분의 견해가 비슷한 것처럼 보이지만 사실은 전혀 다른 얘기를 하고 있다는 느낌을 받았습니다.

도둑놈!
정치인들은
다 도둑놈!

현실 정치가 극복해야 할 중요한 과제가 사람들의 정치적 무관심입니다. 그 때문인지 우리나라는 대통령 선거를 제외하면 투표율도 대체로 낮습니다. 이와 관련해 언론이 사람들의 정치적 무관심을 조장한다고 말하는 분들도 많죠. 사람들의 정치 무관심이나 정치 혐오의 원인을 놓고 두 분의 의견을 들어보겠습니다.

손아람 정치는 사람을 위해 존재합니다. 그런데 정치가 나로부터 너무 먼 곳에 있는 그들만의 리그가 되면 정치가 불투명하게 보이고, 나는 정치에 아무것도 영향을 미칠 수 없다고 느끼게 되죠. 저는 사람들이 정치에 대해 누적된 불신들이 크다고 봅니다. 왜 나와 정치 사이에 거리가 있냐면 정치가 양당 구도 속에서 공화주의적으로 운영돼왔거든요. 내가 들어갈 틈이 없고 위에서부터 아래로 내려오는 방식의 정치가 늘 존재해왔어요. 저는 그것이 함축된 대표적인 언어가 '정치 9단'이라는 표현인 것 같아요.

정치 9단은 아직도 많이 쓰이는 말이죠.

손아람 그 말은 정치를 엄청 잘 한다, 우리 국민들에게 어마어마한 도움이 되는 법안을 많이 냈다, 상상을 초월하는 통찰력과 식견이 있다, 이런 뜻으로 쓰이지 않습니다. 비상식적인 짓을 했는데도 정치판에서 살아남았다, 또 당선이 됐다, 좀 심하게 말하면 술수에 능해서 죽어 마땅한데도 정치 생명이 연장됐다는 뜻으로 쓰이죠. 사실 그런 경우는 정치 시장에서 퇴출돼야 합니다. 그럼 왜 그런 뜻으로 쓰일까요? 민의를 수용하는 과정이 아래에서 위로 올라가는 방식이 아니기 때문일 겁니다. 위에서 공작을 통해 살아남았다는 거죠. 이 현실이 정치 9단이라는 표현에 투영된 겁니다.

신문 칼럼이나 지식인들의 글들 중 일부가 정치 혐오를 조장한다고 생각하지는 않나요?

손아람 신문에 대체 얼마만큼 정치 혐오적 표현이 쓰인다는 거죠? 저는 잘 모르겠어요.

가령 양비론도 엄밀하게 보자면 정치 혐오를 조장하는 것일 수 있죠. 사안에 대해 정확히 가려 비판해야 하지 않을까요. 저는 신문을 읽을 때 칼럼이 정치 불신을 만든다는 느낌을 자주 받는데요.

손아람 전 그렇게 느끼지는 않습니다. 신문 칼럼의 문제라고도 볼 수 없고, 편견이라고도 볼 수 없고, 정치 불신에는 근거가 있다고 생각해요. 사람들을 위해 존재한다는 정치에서 막상 사람인 내가 아무것도 할 수 없는 상황 같은 거요.

이준석 클릭 수가 언론사들에게는 중요하죠. 그들이 그런 현상을 만든다고 생각합니다. 그와 관련해서 기억에 남는 일이 하나 있습니다. 이분은 정치인은 아니지만, 세월호 때 진도실내체육관에서 서남수 교육부장관이 라면을 먹었다고 논란이 된 적이 있었죠. 장관이 라면 먹은 것을 좋게 보면 소탈한 것으로 엮어낼 수도 있습니다. 그런데 왜 눈물 흘리는 유족 옆에서 라면을 먹었냐, 이런 논란으로 갔어요. 이렇게 기사화하면 사람들이 호응해줄 거라고 언론이 판단한 것이죠. 그때 박준영 전남지사가 서남수 장관과 같이 있었대요. 박준영 지사가 "논란의 현장에 있었던 나로서는 좀 당황스럽다"고 했더라고요. 박 지사 같은 경우 공직생활도 오래 했기 때문에 그런 감정에 무딘 사람은 아닐 텐데요.

언론이 조장하는 측면이 있다는 뜻이죠?

이준석 정치 혐오를 드러내는 데 있어서 싸잡는 경우가 있어요. '성누리당'이
란 표현 같은 것 말입니다. 당은 어지간하면 입당 심사 안 하거든요?
살인자도 입당 심사 안 해요. 요즘에는 온라인 입당이 있어서 휴대전
화로 본인 인증만 하면 다 입당됩니다. 그 상황에서 과연 당에 있는
조직원 개개인의 도덕성을 논하는 게 무슨 의미가 있겠습니까? 이를
테면 스테레오 타이핑이라고 하잖아요. 새누리당 지지자는 이래요,
새누리당 국회의원은 이래요, 아니면 민주당 지지자는 이래요, 민주
당 국회의원은 이래요, 뭐 이런 식으로 싸잡으면 그때부터 개인은 굉
장히 나약해지거든요. 그럼 그 안에서 구성원에 대해 내부 비판을 안
하지 않느냐? 저는 내부 비판 다 했어요. 그래도 싸잡는 문화가 있다
는 겁니다. 미국에서는 오히려 공화당 지지자들을 민주당 지지자가
싸잡는 경우는 있어도 정치인을 싸잡는 경우는 참 드물거든요.

손아람 정치 혐오의 정의가 좀 다른 것 같은데요. 이를테면 내가 반대하는
정당을 극단적인 표현으로 공격하는 것은 그냥 극단적인 적대감이
지 정치 자체에 대한 혐오라고 하면 안 될 것 같아요. 이를테면 더불
어민주당 지지자가 새누리당을 향해 친일독재라고 부른다거나, 새
누리당 지지자가 더불어민주당을 향해 빨갱이라고 부른다거나 하는
거요. 이건 정치 혐오의 카테고리에 드는 언어가 아니라 극단적인 적

대의 언어죠.

이준석 여기서 약간 다른 지점이 뭐냐면, 정당에서 그렇게 공격을 하잖아요? 상대 정당에서 그것과 비슷한 방식으로 공격해요. 구조적인 양비론을 유도하죠.

손아람 그건 정치적인 매너의 문제고요. 제가 생각하는 정치 혐오는 정치는 다 똑같다고 생각하고, 어떤 특정한 지지나 반대의 입장 자체를 포기하는 거예요. 무관심이죠. 이것은 방향성을 갖는 정당 혐오와는 다릅니다.

이준석 왜 사람들은 정치가 자기 삶을 바꿀 수 없다고 생각할까요? 그것은 일종의 정치무용론인데, 그런 논리가 만들어지는 이유가 정치 혐오 때문입니다. 정치 혐오를 조장하는 쪽은 주로 정치인들의 능력보다는 도덕성을 공격합니다. 예를 들어 저놈은 바보다, 정도로는 공격이 안 돼요. 저 새끼는 인간이 아니다, 정도는 돼야 공격이 되지요. 그래서 가장 많이 나오는 표현이 성누리당이에요. 한나라당 시절에 최연희 전 의원이 여자 가슴을 만졌다? 성누리당이다. 2014년에 민주당 시의원 김형식의 청부살인 사건이 보도된 적이 있었어요. 그럼 민주당은 청부살인당이다. 이런 식으로 나옵니다.
　　제가 경험한 바로는 대부분의 청년들이나 젊은 사람들은 "정치하는 놈들은 다 그렇지" 이렇게 나와요. 차라리 "정치인들은 바보다, 틀렸다" 이러면 극복이 가능하지만, 각 정당의 한 개인의 잘못을 정당 전체의 문제로 만들어버리면 힘들어져요. 사람들에게 도덕적으로 문제가 많은 것으로 각인을 시켜버리니까요. 저는 이 구조적인 문제가 정치인 입장에서는 굉장히 무거운 거라고 생각합니다. 내가 뭔가 바꾸려고 할 때나 앞으로 나아가려고 할 때, 항상 나오는 말이 '박근혜 키즈', '친일', 이런 것들이에요. 일종의 집단 체벌이죠. 집단 체벌도 어느 정도는 받아야겠지만 대부분의 정치적 공격이 집단 체벌이에요. 제가 페이스북에 무슨 글을 쓰잖아요? 문재인 지지자들 중 제가 올린 내용이 싫으면 그걸 논리적으로 반박하는 경우는 아주 드물어요. 대략 95퍼센트는 '새누리당 종자', '꼴통', '박근혜 키즈'라고 공격합니다. 당하는 사람도 짜증나지만 그런 댓글은 상호간의 혐오를 부추길 뿐이에요.

손아람 정치인과 유권자의 관점차가 보이네요. 늘 도덕성이 문제가 되지만 근본적으로는 다른 문제가 내재되어 있다고 생각합니다. 그런 발언을 유권자의 언어로 번역하면 이런 것이 아닐까 싶습니다. 정치는 내 목소리가 전달될 수 없는 영역이다! 정치인들은 내 목소리를 들어주는 집단이 아니라 자기들만 챙기는 집단이다! 나의 이권을 잘 대변해주고 내 목소리를 잘 반영해주는 정당이라면 도덕적인 문제가 터졌을 때도 비판은 하더라도 여전히 지지할 겁니다. 그런데 아주 오랫동안 정당들이 유권자들의 생각을 실현시켜주거나 대변해주지 않았다는 믿음이 광범위하게 퍼져 있어요.

예전에 재미있게 읽은 기사가 하나 있는데, 현대자동차 관계자가 해외 매체와 했던 인터뷰예요. 관계자가 우리는 한국 소비자들에게 섭섭하다, 한국 소비자들은 자국 자동차 기업을 사랑하는 게 아니라 혐오한다, 이런 식의 말을 한 게 국내로 번역되어 왔어요. 실제로 현대자동차만큼 자국민의 불신과 혐오를 사는 기업은 없는 것 같거든요. 현대자동차는 후졌다! 흔히 듣는 그 말을 단순히 자동차 혐오로 봐야 할까요? 그 속에는 소비자의 목소리가 영향력을 가질 수 없는 독점산업에 대한 분노가 있어요. 그와 비슷하게 정치에 대해서도 도덕성 및 이런저런 문제가 표적이 되지만 사실은 목소리가 전달되지 않는, 유권자와 거리를 두고 운영되는 공화주의적 정당 체제에 대한 불신들이 굉장히 큰 겁니다. 혐오는 무관심과 동의어라고 생각해요. 무관심을 야기하는 정당 운영이 사라진다면 그 문제는 해결될 수 있다고 봅니다.

이준석 옛날 우리나라 정당은 총재를 바탕으로 수직화된 조직이었죠. 그때는 정치 집단에 대한 혐오가 가능했다고 봅니다. 다 예스맨이니까. 검사들도 마찬가지예요. 검사동일체 원칙이 존재하는 하에서 검찰이 하는 일이 같으면 집단 체벌을 받을 만하다고 봐요. 왜냐하면 그 안에서 이견이 있을 수 없으니까요. 그런데 지금의 검찰이 검사동일체 원칙을 버린다면 개개인을 비난할 수는 있어도 그 패거리를 싸잡아서 "검사들은 다 이래"라고 하는 건 굉장히 위험하죠. 예를 들어 저는 김형식이 청부살인을 했다고 민주당이 청부살인당이라고는 절대 생각하지 않습니다. 최연희 의원이 여자 가슴 만졌다고 새누리당이 성누리당이 된다고 생각하지도 않고요. 문제는 이 스테레오 타이핑을 극복 못 하면 그 다음 단계의 정책적인 이슈들이 나오지 않는다는 거예요. 예를 들어 노동조합이 이익집단화해서 "우리 노동조합의 말을 잘 들어주고 소통하는 민주당을 뽑겠다. 그런데 새누리당은 우리의 이익을 대변해주지 않는다"고 했다고 칩시다. 여기서 "우리는 새누리당 싫어!" 이렇게 말한다면 정치 혐오가 아니라고 보는 거죠. 정책적 판단이고 이익집단의 선택입니다. 지금은 그걸 넘어선 단계의 양비론 플러스 혐오론이 있다는 생각을 해요.

손아람 양비론인지는 잘 모르겠습니다.

이준석 양비론이 구조적으로 나오는 이유는요. 아까 말했던 것처럼 항상 한쪽이 세게 집단 체벌을 주면 상대편에서도 세게 집단 체벌을 주거든요?

정치 혐오가 무서운 것은 사람들에게 정치 참여를 안 하게 만든다는 것이죠.

손아람 저는 의견이 좀 달라요. 성누리당이라는 표현을 쓰거나 성누리당에 소속돼 있었으니 이준석도 성누리다, 라는 말을 하는 사람이 있다면 그는 누구겠습니까? 새누리당 지지자가 아닐 겁니다. 일종의 정치적 적대감을 극단적인 표현으로 배출하는 것인데, 그것을 정치 혐오의 일부로 봐야 하는지 모르겠어요. 그렇게 말한 사람들은 다른 정당의 아주 강력한 지지자일 가능성이 높다고 생각해요. 오히려 누구보다 정치적인 사람이죠. 그건 정치 혐오가 아니라 매너의 문제로 봐야 하지 않을까요.

정치에 지속적으로 관심이 있는 사람들은 정치 혐오가 있다고 해도 투표를 안 하지는 않고 그것으로 자신의 정치적인 견해가 달라진다고 생각하지도 않아요. 선거 때 제가 식당에서 밥을 먹으면서 주인아줌마한테 투표를 하고 왔냐고 물어요. 그럼 안 했대요. 왜 투표를 하지 않는지 물어보죠. 이렇게 대답해요. "국회의원들 말이야, 여자 아니면 돈이나 좋아하지." 또 하나가 양비론인데, 다 똑같은 놈이란 겁니다. 이런 식의 극단적인 혐오가 생각보다 많아요.

손아람 그게 근본적인 원인이 아니라는 거죠. 새누리당이 식당에서 일하는 사람들의 바람을 수용하는 강력한 정책을 펼쳐온 정당이라고 합시다. 식당 주인들은 설사 욕을 하더라도 계속 새누리당에 투표할 거라고 생각해요. 하지만 그분들은 이미 자기 목소리가 새누리당뿐만 아니라 이 정당 체제 내에서 반영될 틈이 없다는 좌절감을 느끼고 있고, 그래서 쉽게 튀어나오는 말이 '정치인들은 뒷돈만 챙긴다'는 거예요.

이준석 그런 인식 자체가 이미 사실이 아니죠.

손아람 저는 나아지고 있다고 봐요. 2000년대 초반 이전에는 실질적으로 어느 정당이든 유권자들의 목소리가 피드백을 받을 수 있는 구조가 아니었거든요.

이준석 항상 딜레마였던 게, 예를 들어 식당 아저씨와 정치 얘기를 하다 보면 그 아저씨가 "정치인은 다 도둑놈 새끼야"라고 말해요. 거의 관용어구로 돼 있죠.

손아람 여기서 혐오를 잘 규정해야죠. "모든 정치인이 싫어"라고 했다면 정치 혐오겠지만.

이준석 제가 봤을 때, '싫어'보다 더 무서운 게 '저 새끼는 도둑놈'이에요.

손아람 진보정당 입장에서 보면 '빨갱이'라는 표현이 그 역할을 할 때가 있죠. 근데 저는 빨갱이란 표현은 정치 혐오의 표현이 아니라고 봐요. 빨갱이라는 표현을 하는 사람들은 명백한 정치적 목적이 있거든요.

이준석 '정치인들은 다 도둑놈!' 이렇게 근거 없이 보편화된 스테레오 타이핑을 어떻게 보냐는 거예요.

손아람 옳은 말은 아니죠. 정치인들이 다 도둑놈은 아니니까. 저는 그 혐오가 단순하게 편견에서 시작된 게 아니라, 그 배경엔 사실 아주 오랜 역사적 근거들이 있어왔다고 봅니다. 실제 도둑질을 얼마나 하느냐가 중요한 게 아니라고 생각해요.

이준석 그건 위험한 얘기죠. 네가 왕따를 당할 만하니까 왕따를 당했다는 말과 비슷해요.

손아람 권력에 대해 이야기할 때는 왕따라는 표현이 적당하지 않죠. 현대자동차가 시장 점유율 몇 퍼센트인데 소비자들이 왕따를 시키고 있다고 말할 수 없는 것처럼요.

이준석 혐오의 근원을 찾아본 결과 정치인 개개인이 도둑놈이라는 혐오를 받을 이유가 없다고 해요. 그렇다면 근거 없는 정치인 혐오는 시정해야 하는 부분이라고 봐요.

손아람 당연히 시정되어가고 있다고 생각해요. 왜냐하면 제 세대만 해도 "정치인들 다 도둑놈이야. 도둑놈한테는 투표 안 할 거야" 이런 사람들은 없거든요. 놀러가느라 투표를 안 했으면 안 했지.

손아람 작가님 주변 사람들은 투표를 많이 하는 모양이군요.

손아람 제 주위에서는 많이 해요.

이준석 근거 없는 정치인 혐오의 단골 메뉴가 또 있어요. 왜 정치인들은 다 군대를 안 가는가? 실제로 통계를 보면 정치인들의 주력이 1960년대 생과 1970년대 생인데요, 18대 국회 때부터는 일반인 평균보다 10퍼 센트 가량 군 복무율이 높습니다. 일반인 면제율이 20퍼센트 대 후반 인데 국회의원 면제율은 10퍼센트 대 후반이에요. 그런데 아직까지 그런 얘기는 들리지 않아요.

손아람 사실적 통계를 인식하는 데 있어서는 오류를 범할 수 있죠. 그게 옳 다는 얘기를 하는 건 아닙니다. 저한테 더 중요해 보이는 것은 '정치 인은 도둑놈' 같은 목소리가 아니에요. 그 목소리는 점차 사라져갈 거라고 봅니다. 투표율이 낮아지고 있는 진짜 이유는 정치가 도둑놈 의 것이라서 아니라, 정치가 나와 상관없는 것이 되었다는 생각 때문 이거든요. 그게 가끔 '정치인은 도둑놈이야!'로 잘못 번역될 수는 있 겠지만요.

이준석 도둑놈이 아닌데 도둑놈이라고 생각하기 때문에 투표를 안 한다는 거예요.

손아람 실제 도둑놈이어도 내 이권을 잘 대의해주는 정치인에 대해서는 아무도 도둑놈이라고 하지 않을 겁니다. 그래서 실제 박근혜가 어떤 도둑질을 했든, 정부가 어떤 도둑질을 저질렀든 자기의 이권을 아주 잘 대변했다고 느끼는 기업인들이 적극적으로 지지해왔죠. 전 비슷한 것이라고 생각하거든요. 진보정당이 어떤 도덕적 문제를 겪을 때, 자기 이권이 매우 강력하게 결합되어 있으면 정당 지지층이 '이 정당도 내가 믿을 정당이 아니네'라는 정치 혐오로 나아가지 않거든요. 지지층이 넓진 않지만 충성 지지층이 확연하다는 거죠. 결국 모든 정치가 그렇게 가게 될 겁니다. 보수정당을 포함해서 모든 정당이 지지자와 국민들의 목소리를 형식적으로나마 수렴하는 채널을 마련하려 하고 있죠. 그 과정을 통해서 막연한 정치 불신은 나아질 거라고 믿어요. 일부 유권자들의 욕설을 첫 단추로 두고 정치 혐오를 분석하면 안 될 겁니다.

이준석 우리가 새누리당만 예를 들어서 그렇지, 진보 쪽에서도 엄청나게 겪고 있는 고민이에요. 민주당이 집권하면 막연히 북한에 적화될 것 같다고 생각하는 사람들도 있거든요.

손아람 그렇죠.

명찰을
바꿔 다는
유권자들

한국의 정치 지형은 바른미래당의 출현으로 변하고 있습니다. 바른미래당의 출현을 정치사적으로 정의해보면 '제대로 된 보수정당의 탄생'일 것입니다. 한국 정치에 두 개의 보수정당이 출현했습니다. 국민들은 그만큼 다양한 모습의 정당을 볼 수 있게 됐습니다. 현재 집권당인 더불어민주당은 엄밀하게 말하면 진보정당이 아니라 보수정당의 성격이 강합니다. 이에 진보정당이 제대로 자리 잡아야 한다는 주장들이 많습니다. 실제로 아주 선명한 견해를 피력하는 노동당의 경우는 국회 진출이 요원해 보입니다. 진보정당이 다른 세력과 연대하지 않고 독자적으로 다수의 국회의원을 배출하는 그런 날을 상상해봅니다. 실제로 이준석 대표님은 보수당 소속이지만 여러 색깔의 정치 세력이 등장해 한국의 정치 환경이 풍성해져야 한다고 믿는 정치인입니다. 이 문제를 한번 얘기해보도록 하죠.

이준석 정당은 정책이나 이념으로 갈 것이냐, 아니면 수권으로 갈 것이냐에 대한 판단을 명확히 해야 합니다. 저는 진보정당 입장에서 더불어민주당에게 보수정당이라는 공격을 하는 건 본인들이 수권정당이 될 가능성을 상당히 부정하기 때문이라는 생각이 들어요. 수권정당이 되려면 예를 들어 문재인 대통령이 했던 것처럼 사회적으로 민감한 문제에 대해 언급할 때 머리를 굴려야 합니다. 상대편에게 약간 비열하다는 소리를 들어도 어쩔 수가 없습니다. 그런 문제에 순수성이나 이념성으로 접근하기 시작하면 집권하지 말자라는 이야기와 비슷하죠. 저는 그 과정에서 정의당이 민주당과의 차별화를 위해 이념 정당화를 하면 할수록 오히려 수권정당의 길은 멀어진다고 생각합니다. 이미 진보정당이라는 것보다 진보적 가치에 대한 국민의 호응도는 일정 부분 높아졌다고 봐요. 그렇기 때문에 조급증을 가질 필요가 하나도 없죠.

예를 들어 저는 보수정당이 집권하면 좋겠지만 꼭 그것 자체가 목적은 아닙니다. 보수적 가치가 세상에 더 많이 편입되는 게 목표예요. 내가 당선되면 더 좋다, 혹은 우리 당이 대통령 내주면 더 좋다는 관점은 당연히 존재하죠. 왜냐하면 보수적 가치를 구현하는 데 더 편하니까요. 그런데 그것과 관계없이 정치는 우리 가치를 더 많이 편입시키기 위해 싸우는 거예요. 그런 과정에서 내가 당선돼 월급 받으면서 하면 더 좋고, 아니면 다른 일 하면서 해도 좋고, 그 정도의 여유는 가져야 합니다. 이제 정의당의 영향력을 어느 정도 평가할 수 있어요. 저한테 실제로 체감되는 영역에 있으니까요. 진보정당의 역할을 강화해나가는 것에도 저는 동의합니다.

손아람 2002년 촛불집회가 처음으로 대단한 정치적 영향 속에 성공하고, 2003년에 노무현 대통령이 당선되고, 2004년에 민주노동당에서 10석 정도 의석을 차지했을 때를 생각하면 재미있어요.

이준석 2002년 미선이 효순이 촛불집회요?

손아람 네. 당시 새누리당의 전신 한나라당에서 이런 주장을 했어요. 앞으로 한나라당 대 민주노동당, 보수와 진보 양당제가 정착될 것이다. 민주당에서는 거꾸로 민주당 대 민주노동당의 양당 구도가 될 거라고 전망했고요. 그때 노회찬 의원이 아주 재미있는 말을 했어요. "미래는 아무도 알 수 없는 것이다. 그러나 민주노동당과 X의 양당 구도인 것은 확실하다."

당시 민노당은 멀지 않은 미래에 집권할 것이라고 했었죠?

손아람 지금도 많은 사람들이 비슷하게 섣부른 예견을 하는 것 같아요.

정치 지형이 변한 것은 분명합니다.

손아람 지금도 더불어민주당이 보수의 영역으로 넘어가고 정의당 같은 정당이 진보정당 역할을 할 거라는 말을 하는 사람들도 나오고요. 그런데 저는 모든 게 쉽게 정리될 거라고는 보지 않습니다. 다만 한 가지는 느꼈어요. 지금 이 시점의 정치 지형도 결국에는 작년 촛불시위의 결과거든요. 한 번 시민사회가 운동을 통한 승리를 경험하면 대세에 따라 유권자들이 명찰을 바꿔 다는 현상이 나타납니다. 주한미군 주둔 문제는 민족주의와 강력하게 결합한 이슈인데, 2002년 미선이 효순이 사건을 진보가 먼저 선점했기 때문에 보수적 유권자들이 적당히 진보로 명찰만 바꿔 달고 진보처럼 보이는 표를 던지는 현상이 나타났죠. 덕분에 노무현 대통령이 당선될 수 있었고요. 보수 유권자들은 지금도 보수에 그런 식으로 반항하고 있어요. 박근혜 정권의 몰락과 시민사회가 승리한 시점에 도저히 보수 행세를 할 수 없는 보수 유권자들의 표가 잠시 진보 표로 명찰을 바꿔 달고 있는 거죠. 저는 보수주의는 세계관이라 지지 정당을 바꾼다고 세계관도 쉽게 바뀔 거라고는 생각하지 않아요.

이준석 저도 동의합니다. 보수는 그동안 무엇 때문에 집권하고 세력을 유지했을까요? 실적입니다. 산업화와 성장에 대한 실적 때문이죠. 지금 진보세력은 이 보수가 실적에 관계없이 깽판을 칠 때마다 한 번씩 실적을 쌓는 기회를 얻는 거예요. 예를 들어 햇볕정책은 하나의 실적이 될 수 있었죠. 그런데 아직까지 성공을 못 했잖아요? 그리고 양극화 문제를 해결하기 위한 여러 가지 노력들도 마찬가지고요. 실적이 되는 게 중요한 거예요. 노무현 때도 그렇고 김대중 때도 실적이 쌓인 건 없거든요. 오히려 평가하기에 따라서는 좌회전 깜빡이 켜고 우회전했다는 평가를 받을 만한 것들도 많으니까요. 진보적 가치로 실적을 쌓을 기회가 주어졌을 때 실적을 쌓았으면 지금과 같은 일시적인 반동에 의한 지지가 아니라 시스템화된 구조적 진보 지지가 나타날 수 있다고 봅니다.

지금은 이념적으로는 정의당이 소수인 것처럼, 이념적으로 진보를 지지하는 사람들이 얼마나 되겠어요. 굉장히 소수의 위치로 가 있는 거고요. 저는 정의당이 약한 지지를 얻고 있기 때문에 오히려 문재인 정부의 역할이 중요하다고 봐요. 물론 손아람 씨는 생각했던 것보다 잘 하고 있다고 표현을 했지만요.

손아람 애초에 기대했던 것보다 잘 한다는 뜻입니다.

이준석 저는 문재인 정권이 조급증에 빠져 있다는 생각을 해요. 그건 속도감에 대한 관점 차이일 텐데요, 오히려 아까 말했던 '진보의 실적'이 중요하다고 봐요. 왜냐하면 노무현 때 그걸 이미 겪어봤어요. 우리가 실적이 없으니까 나중에는 오만 것들을 뒤집어쓰고 폐족이 되더라는 경험을 해본 거죠. 그래서 이번 정부에서 조급증을 보이는 것 같은데, 한 2, 3년 차 때까지는 국민들이 그래도 기회를 강하게 줄 것이라고 봅니다.

손아람 말을 이어보면 저의 진단은 완전 반대예요. 저는 반대로 진보가 어떤 종류의 실적 혹은 실적에 대한 기대로써 집권을 했고, 거기에 대한 실망과 반동으로 보수가 집권한 게 지난 20년간의 변화였다고 생각하거든요. 거기서 진보의 실적은 사실은 경제가 아니라 민주화라는 테제죠. 그런데 사실 실패는 경제 쪽에서 왔어요.

이준석 이명박 대통령의 집권은 그런 성격이 있죠.

손아람 그렇죠. 이명박 대통령의 집권은 그런 성격이 있습니다. 여전히 진보가 민주화의 가치도 어정쩡하고 경제도 잘 할 거라는 확신이 없었기 때문에 이명박 이후로 박근혜가 당선됐고요. 그런데 저는 반대로 보수가 과거의 실적을 유산으로 사용하고 있지, 이명박 박근혜 정권이 경제 분야에서 어떤 실적을 남겼다는 생각이 들지는 않아요. 오히려 이명박의 당선 자체만을 두고 보면, 진보가 민주화라는 거의 도그마 된 기치를 두고서 당선이 됐는데 경제 분야에서는 보수적인 정책을 펼쳤을 때 필연적으로 더 잘 할 수 있는 게 보수 정권이었던 거죠. 그런 전환이 왔다고 생각해요. 그리고 이번 정권의 당선도 아주 오랫동안 힘을 못 쓰던 민주화라는 가치가 박근혜 정부로 인해서 오랜만에 수면으로 다시 떠오른 거죠.

그럼 민주당이 진보적 가치를 상당히 이룰 수도 있다고 보는군요.

손아람 저는 더불어민주당을 '가짜 진보'라고 표현하는 것 자체가 조금 무의미한 느낌이에요.

이준석 저도 더불어민주당 의원들 중 진보적 성향이 상당수라고 봅니다.

손아람 저는 오히려 진보정당이 경쟁하고 있는 것은 더불어민주당 내부의 진보 성향 의원들이 아니라 바른미래당 같은 보수정당이라고 생각하거든요. 바른미래당의 운명에 오히려 영향을 받을 것 같아요. 중간에 더불어민주당을 놔두고 줄다리기 하듯이 말입니다. 가져올 수 있는 것은 더불어민주당 표지만, 더불어민주당이 보수정당의 성장에 위협받을 때는 그럴 수가 없거든요.

진짜 경쟁하고 있는 건 더불어민주당이 아니라 바른미래당이란 말이지요?

손아람 네. 자유한국당 표까지 노리기는 힘들지만, 더불어민주당이 얼마만큼 오른쪽으로 갈 수 있느냐에 따라서 사실은 진보정당도 더 오른쪽 표를 가져올 수 있는 것이고요. 더불어민주당이 얼마나 왼쪽으로 밀리느냐에 따라서는 또 다른 결과가 생기겠죠.

이준석 더불어민주당 표를 진보정당이 가져갈 가능성에 대해 얘기하자면요, 민주당이 2012년 선거에서는 굉장히 혼란스러웠어요. 정책적 스탠스가 그랬어요. 그러다 보니 결국에는 한국노총이랑 사실상의 합당을 해버린 거죠. 한국노총과의 정책연대도 아니고 말입니다. 민주통합당이라는 걸 만들면서 필요했던 게 뭐냐면 민주당의 옛날 것, 진보신당의 탈당파, 그리고 유시민의 국민참여당이었죠. 그 정당들과 대등한 주체로 포함시킨 게 한국노총이었어요. 저는 그때 그 선언을 하는 것을 보고 깜짝 놀랐어요. 노총을 여기까지 끌어당긴 것은 선거를 앞두고 연대론을 펼치려는 것이겠구나, 하는 생각을 했지요. 연대론이라는 건 새누리당의 왼쪽에 있는 세력들을 전부 모아 자기 울타리 안에 넣는 빅 텐트죠. 빅 텐트를 치려면 어떻게 해야 할까요? 그 사람들의 가치를 다 수용해야 하는 거예요. 가령 성소수자부터 시작해서. 그러다 보니 지난 2012년에는 정책 간담회에 가서 상대자를 만나 봐도 너무 공격하기가 쉬워요. 솔직히 민주통합당 지지자 중 상당수는 성적소수자, 즉 LGBT 문제에 대해 보수적이란 말이에요. 그런데도 민주통합당은 지도부나 의원들이 산발적으로 LGBT에 대해 대단히 관대한 입장이었어요. 그런데 이번 대선 때는 집권에 대한 욕망 때문인지 선을 그었잖아요. LGBT 문제에 대해서도 그렇고요. 동성애 찬성, 반대를 이야기해버렸으니까요.

LGBT 문제를 아주 크게 보는군요.

이준석 네. 저는 이번 선거에서는 명확하게 더불어민주당 표를 정의당이 가져갔다고 보거든요? 딱 그 발언 하나로. 저는 원래 연대론 하에서의 심상정 지지율이 있었다면 절대 5퍼센트를 넘기기 쉽지 않았다고 봐요.

정의당 표가 몇 퍼센트 나왔죠?

손아람 6.1퍼센트인가?

이준석 예전처럼 연대론의 함정에 빠져서 선거를 치렀으면 절대 그 득표율이 안 나왔을 거라고 봐요. 칼로 긋는 발언만 아니었어도. 모호하게만 답변했더라도 문재인이 진보에게 비판받을 일은 아니었죠. 그런데 이번엔 자신감에서였는지 아니면 지난번의 혼란을 답습하지 않겠다는 의미에서였는지 정책적으로 끊었단 말이에요. 지금 문재인 정부가 벌이는 행동을 보면 아무리 봐도 지지율 관리 정권이거든요. 박근혜 대통령도 그랬지만 지지율에 따라 말이 바뀌는 정부라고 봤을 때, 저는 문재인 정권이 그 지지율을 유지하기 위해서 관심 있는 소수 아젠다를 띄우기보다는 다수의 표를 묶어주는, 옳고 그름과 관계없는 선택들을 할 거라고 봅니다. 그럴 때마다 저는 지지율이 조금씩 떨어져나갈 거라고 생각해요.

손아람 저는 그 분석에 동의하지 않습니다. 성소수자 표를 매우 중요하게 생각하는 소수의 사람이 있긴 해요. 하지만 표를 이동시킬 만큼의 아주 큰 아젠다는 아니거든요. 실제로 심상정 지지율이 이미 계속 6퍼센트보다 훨씬 높은 상태에 있다가 정작 선거 투표율은 확 떨어졌고요. 지지율이 최고 12퍼센트까지 갔었어요. 정의당 투표율 6퍼센트는 성소수자 이슈가 영향을 미쳤다기보다는 어차피 문재인이 당선될 선거니까 받은 표가 훨씬 컸다고 봐요. 즉, 위태위태한 감정 없이 줄 수 있었던 표의 영향이 훨씬 더 컸다고 봅니다. 하지만 꾸준히 늘어날 거라고는 생각해요.

이준석 이번 대선에서 정의당 심상정 후보의 득표율이 원래 정의당 비례대표 득표율보다 낮을 텐데요. 지난 총선 때 얼마 받았죠?

손아람 비례대표 득표율이 아니라 대선 여론조사 지지율과 비교해야죠.

이준석 지난 총선 때 정의당이 얻은 비례대표 득표율보다 대선 때 심상정 후보가 얻은 득표율 6퍼센트가 낮은 걸로 기억하는데요.

손아람 정당 지지율을 얘기하는 건가요?

이준석 네. 정당 득표율이 지난번에 7.2퍼센트였거든요. 이번에 심상정 후보의 득표율은 7.2퍼센트보다 떨어졌다고요.

손아람 그런데 아까 그렇게 얘기하셨잖아요, 문재인 후보의 말 때문에 정의 당이 민주당 표를 받았다고요.

이준석 그 특정한 선거 안에서는요. 원래 문재인 후보가 받아야 할 표를 조금 더 정의당이 가져갔다는 거죠.

손아람 대통령 선거에서는 늘 진보정당 표가 평소 지지율보다 더 적게 나왔고요, 이번이 최대입니다. 대통령 선거 같은 승자독식 선거에서는 소수정당의 득표율이 정당 지지율만큼 안 나와요. 더불어민주당에 몰아주지 않으면 보수정당이 집권한다는 공포 때문에 말입니다.

이번 선거에서도 더불어민주당이 정의당 표를 가져오려는 전략을 많이 썼어요.

손아람 진보당 지지가 현격하지는 않더라도 계속 늘어나는 추세일 거라고는 생각해요. 다만 어떤 변곡점이 될 거라고 예상하는 건 이거예요. 지금까지는 진보정당이 대선후보를 내면 진보표가 분산되어 보수로 정권이 넘어간다, 이것을 무기로 해서 단순한 표 침탈이 일어났죠. 그랬다면 이제는 진보정당 지지율이 10퍼센트 가까이 되면 그 방식으로 한입에 삼키는 단일화는 불가능할 거라고 생각해요.

　그 변곡점을 아마 다음 대선쯤에는 볼 수 있지 않을까요. 그것을 기점으로 비례대표 의석 정도만 먹는 게 아니라 진보정당의 아젠다를 정부에 거래 압력으로 행사할 수 있을 때가 곧 올 것 같아요. 다만 진보정당이 양대 정당으로 성장할 것이냐, 여기까지 낙관적으로 보지는 않고요.

이준석 진보정당의 지지율이 올라가면 경쟁력 있는 후보의 경우에는 지역구에서 당선자들이 나와요. 어쨌든 정당이라는 건 표와 지지율에 따라 그 시기의 발언권이 결정되거든요. 아까 손아람 작가가 얘기한 것처럼 만약 정의당이 대선을 앞두고 여론조사 지지율 10퍼센트를 찍고 있다면 민주당도 어느 정도 그 가치를 수용할 수밖에 없어요.

지금 단계가 중요하단 말로 들리네요.

이준석 당 지지율이 10퍼센트 돌파하잖아요? 그럼 그 여파로 전국에 있는 중선거구제, 구의원을 뽑는 기초의원 선거구에서 당선자들이 나오기 시작해요. 15퍼센트 넘기는 순간부터는 선거 비용을 전액 보전받을 수 있기 때문에 안 나오던 사람들도 정의당 달고 선거 후보로 나오죠. 20퍼센트 되잖아요? 개인의 기량을 더해 국회의원으로 당선되는 사람들이 나옵니다. 이런 식이에요. 각각의 정당에 있어서 우리는 소

선거구제를 생각하니까 50퍼센트 못 얻으면 무슨 의미냐 하고 만날 단일화를 강제하는 논리가 있는데, 정당은 단계라는 게 있습니다. 정당이 20퍼센트 찍으면 굶어죽는 일 절대 없어요. 공천받기 위해서 알아서 와서 당 비례대표 하고 다 해요.

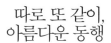

따로 또 같이,
아름다운 동행

서로를 이해하기 위해 꽤 오랜 시간 토론을 했습니다. 그래도 이야기는 여전히 평행선이네요. 진보와 보수가 함께 가는 미래를 생각하면서 하나의 제안을 해보겠습니다. 만일 손아람 작가님이 자신이 가진 것 중 하나를 버릴 수 있다고 말한다면 이준석 대표님은 손아람 작가님에게 무엇을 버리라고 말씀하시겠습니까?

이준석 간단히 말해 대한민국의 모든 갈등에서 필요한 것은 무조건 리셋이라고 봐요.

리셋이요?

손아람 모든 걸 다 버리라는 소리네요(일동 웃음).

이준석 너무 큰 얘기일 수 있겠지만 그래요. 저도 성인군자가 못 돼서 그럴지 모르지만 항상 노력하는 게 있는데요, TV 토론에 나가서 과거 얘기를 안 하려고 해요. 저는 과거의 실패 경험이 나를 사로잡는 것에 대해서, 혹은 과거의 성공 경험이 나를 사로잡는 것에 대해서 굉장히 경계하려고 하는데 잘 안 되더라고요. 과거는 무조건 버리려고 해요. 의식적으로, 계속.

손아람 자기 자신을 버린다는 거 아니에요?

이준석 네. 저도 버리니까, 손아람 씨도 저의 보수 이력을 다 지워줬으면 좋겠다는 거예요.

손아람 상대의 과거에 대한 기억들 말이죠? 저는 그 부분에 대해서는 비교적 정말 관대한 편이에요. 실제로 제 주변에도 굉장히 보수적인 친구들이 많이 있는데, 보수당 지지자니까 못 만나, 이러지 않아요.

이준석 이런 것까지 부탁하고 싶어요. 자유주의에 대한 이명박 대통령과 관련한 기억을 삭제해 달라. 신자유주의 또는 민영화에 대한 이명박 대통령과 관련한 기억을 삭제해 달라. 그러면 그 다음부터는 재미있는 토론들이 나올 수 있을 것 같아요. 손아람 씨 얘기는 아니고, 가장 짜증나는 게 있어요. 민영화를 하나의 주제로 삼을 때 사람들은 꼭 거기에서 민자 얘기를 합니다. 이미 그렇게 뇌리에 박힌 거예요. 민영화는 민자로 축소할 수 있을 만큼 간단한 개념이 아니에요. 전 세계적으로 논쟁이 되는 주제고요. 우리나라에서도 성공한 민영화도 있습니다. KT, 포스코, SK텔레콤 이런 것들이요. 부작용이 없는 그런 민영화도 있어요.

가장 싫어하는 게 이거예요. 지금 우리나라에서 태극기라는 단어도 사람들의 인식 속에서 정치적인 것으로 오염돼가고 있고, 자유라는 단어도 어느 정도 정치적인 단어로 오염돼가고 있어요. 일부에게는 북한과의 화해라는 말도 오염된 것으로 받아들여지고요. 이게 다 과거의 관성에서 오는 거예요. 하다못해 이번에 우리 당명을 정하는 데도 색깔을 정하는 것처럼 쉽지가 않아요. 민주, 정의, 이런 단어는 다 버려야 하죠. 그리고 아까 말했듯이 저는 공화주의자지만 공화라는 단어는 당연히 못 씁니다.

공화당 때문에요?

이준석 맞아요. 공화당 하면 민주공화당을 연상하고 박정희 독재, 이렇게 이어지잖아요. 이게 얼마나 역설이고 아이러니예요. 그 당시의 부정적인 이미지 때문에 단어 하나를 버려야 하는 게 얼마나 짜증나는 일이냐고요. 과거에 자신이 없어서가 아니라 그런 단어를 쓰면 당장 원치 않는 구설수에 오르니까요.

손아람 사실 완전히 자유롭다고는 말할 수 없는데, 과거 독재시대에 부역했던 부역자들이 남아 있는 정당이고 친일의 3대, 4대손이 있는 정당이니까요. 하지만 저는 그런 관점으로 본 적은 없어요. 적어도 그건 넘어섰지만 근 과거까지는 사실 지우기가 어렵네요.

근 과거라고 하면요?

손아람 이를테면 제가 태어난 이후에 일어난 일들이요. 그리고 실제 그때 공헌했던 사람들은 여전히 보수정당 안에서 매우 중요한 권력으로 남아 있고요.

조금 전과 반대의 질문을 손아람 작가님께 해보겠습니다. 만일 이준석 대표님이 하나를 버릴 수 있다고 한다면 손아람 작가님은 무엇을 버리라고 하겠습니까?

손아람 이준석 씨는 보수정당에서 정치를 시작하지 않았다고 해도 정치인이 될 수 있었을 것 같아요. 진보정당까지는 상상하기 어렵지만. 이야기를 하면서 근본적인 세계를 인식하는 방식은 진보적인 구석이 많다는 생각이 들었습니다. 제가 합리적 보수라는 표현을 좋아하지 않는데요, 그냥 보수인데 상식적 대화 매너를 갖춘 뭔가 다른 보수라고 하는 건 너무 쉬운 칭찬이잖습니까. 이준석 씨는 그냥 대화가 가능하다는 의미에서 합리적인 게 아니라, 세계관에서 맞닿는 면적이 꽤 크다는 생각이 들어요.

저는 두 사람이 전혀 다른 사람이란 생각이 들었는데요.

손아람 차이나는 지점이 있다면 이준석 씨가 정치인의 길을 걸으면서 필요에 따라 계발된 부분이 굉장히 크다는 느낌입니다. 근본적으로 우리가 어떤 방향으로 나아가고 무엇을 해결해야 하는지 하는 것보다는 현상을 인식하는 방식이 좀 달라요. 농담 삼아 말하자면, 불가능한 일이지만 혹시 보수정당의 당적을 버리고 다시 시작한다면 어떨까…….

이준석 저는 새누리당 당적을 버렸어요.

손아람 사실 더불어민주당에 이준석 씨보다 보수적인 사람도 많이 있다고 봐요. 이준석 씨가 좀 다르게 정치를 시작했다면 지금 세계를 보는 방법 중에 많은 것들이 달라졌을 거라는 생각도 들거든요? 저도 마찬가지예요. 저는 뼛속까지 좌파였던 게 아닙니다. 제가 세상에 공표

하는 의견, 말, 언어, 글을 쓰기 시작하면서 더 고민하고, 더 실천적으로 변하고, 내 행동이 내 논리를 강화하고, 그 논리가 다시 내 삶을 강화하는 반복 과정이 있었거든요.

이준석 피드백 효과가 있군요.

손아람 자기가 걷는 길이 자기 자신을 만드는 거죠. 내가 그 길을 선택했기 때문에 걷게 되는 게 아니라요. 우리는 유년기 성장 환경에서는 비슷한 부분이 많았는데, 작은 갈림길에서 점점 벌어져서 멀리 떨어진 느낌이 듭니다.

지금까지 진보와 보수의 아이콘으로 평가받고 계신 손아람 작가님과 이준석 대표님을 모시고 우리 사회의 현안문제들을 가지고 여러 가지 의견을 들어보았습니다. 두 분 장시간 유익한 대화 감사드립니다.

이준석 감사합니다.

손아람 감사합니다.

이준석 대표와 손아람 작가의 대담.

이런 임무를 부여받고 두 사람에게 전화를 걸었다. 국회의원 출마 준비로 바쁜 이준석 대표와는 자주 통화를 하며 몇몇 사회 현안에 대해 긴 시간 대화를 나누었다. 그는 구체적인 예를 들어가며 달변으로 자기 견해를 피력해 주었다. 그리고 해외여행 중인 손 작가와는 직접 통화를 할 수 없어 유튜브에 떠다니는 강의나 대담을 찾아 듣고 세상을 바라보는 그의 시각과 세계관을 정리했다. 영화와 책도 도움이 되었다. 그는 이미 대학시절 힙합으로 운동권 노래를 만들었고, 유명 기획사에서 음반 출시 계약을 했을 정도로 탁월한 음악가였다. 또한 자신의 예술행위를 한 장르에 국한시키지 않고 다방면으로 활동을 펼쳐온 전천후 작가였으며, 사회 현안에 대해 자기 목소리를 분명히 내는 지식인이었다. 필자는 꽤 오랜 시간 두 사람의 자료를 정리하면서 하나의 결론에 도달했다.

'둘은 대화가 되지 않겠구나!'

두 사람은 각자의 방식으로 세계를 인식하고 있었다. 그들은 자기 나름의 성을 견고하게 쌓아올린 청년들이었다. 전혀 다른 DNA의 소유자라 접점이 보이지 않았다. 필자는 손아람 작가에게 전화를 걸었다. 대담이 어렵겠다고 하자 그는 이유를 물었다. 필자의 말을 들은 손 작가는 그렇다면 꼭 한번 만나 논쟁해보고 싶다고 했다. 이준석 대표도 자신과 다른 세계에 속한 논객과 싸우기를 마다하지 않는 성향이었다. 그는 문제를 논쟁으로 풀어야 한다고 믿는 정치인이었다.

두 사람의 대담집을 찬찬히 살펴보면 불통의 흔적이 산재해 있다. 그뿐만 아니라 어떤 현안에 대해 동문서답을 한다는 느낌이 들기도 한다. 그것은 필자가 대담집을 편집하는 과정에서 생긴 오류가 아니라, 두 사람이 실제로 서로에게 엉뚱한 대답을 종종 했다. 그럼에도 대담에 회의적이지 않았던 것은 두 사람 다른 방식으로 소통하고 있다는 생각이 들었기 때문이다.

손아람 작가와 이준석 대표는 진보와 보수를 대변하는 청년들이다.

필자가 그들이 살아온 얘기를 들으면서 인상적인 부분은 아버지들이었다. 그들은 자기 아버지에 대해 거의 말을 하지 않았다. 하지만 두 사람의 성장과정을 보면 아버지가 이들을 방임한 흔적이 역력했다. 당신들은 아들이 공부를 잘하든 못 하든 전혀 신경 쓰지 않았다. 두 사람은 실컷 놀다가 어느 순간 어떤 일에 몰두했다. 그들이 자기 일을 찾은 것은 순전히 아버지의 무관심 때문으로 보였다. 아버지가 이들에게 무엇이 되라고 강요했다면 그들은 자신을 발견하지 못했을 것이다. 또한 그들을 사로잡은 것은 공부가 아니라 특이한 동아리, 학생회 활동이었다. 두 사람이 고교시절 공부에만 매달리지 않고 조금은 튀면서 했던 활동들이 오늘의 그들을 만들었다. 그들은 자기 마음의 나침반을 따라 살아온 사람들이었다. 그들은 세계를 보는 눈이 전혀 달라 닮은 점이 없을 것 같지만 실은 비슷한 영혼의 소유자였다.

그들은 서로 만나는 지점이 많지 않아, 이렇게 다른 사람들이 같은 사회를 살아가고 있다는 게 신기할 정도였다. 특히 두 사람이 대척점을 이루는 분야는 경제였다. 그 때문인지 진보진영의 대통령인 김대중, 노무현에 대한 평가가 비슷한 측면이 많았다. 자유와 규제, 이것이 두 논객의 서로 다른 핵심 인식이었다. 하지만 필자는 두 사람의 대담을 지켜보면서 이 젊은 논객들이 만나는 지점을 발견할 수 있었다. 또한 필자는 긴 시간을 달려온 논쟁의 끝자락에서 감동적인 장면과 마주치기도 했다. 그들의 논리는 양보 없이 팽팽했지만 접점을 찾아 서로를 조금씩 받아들이기 시작했던 것이다. '이래서 사회가 삐걱대면서도 조화를 이루며 굴러가는가!' 두 사람이 자신의 주장과 논리를 펼친 시간이 실제로 그리 길지는 않았다. 그럼에도 서로를 논박하는 과정에서 감정의 교류가 일어났다. 두 사람은 애초에 다른 DNA의 소유자가 아니었다. 다만 걸어가는 길이 다를 뿐이었다. 앞으로 두 사람은 좋은 친구가 될 수 있을 것 같았다.

한 사회는 진보와 보수로 이루어져 있다. 역사는 시계의 추처럼 좌우로 왔다 갔다 하면서 발전해왔다. 어느 한쪽으로 기우는 것은 위험한 일이다. 필자는 두 사람의 논쟁을 지켜보면서 그 위험성을 감지하면서도 접점을 찾을 가능성을 발견할 수 있었다. 손아람 작가와 이준석 대표가 좋은 친구가 되는 것은 두 사람만의 숙제가 아니라 우리 사회 진보―보수의 조화를 위한 숙제일 것이다.

강희진(작가)